隠居暮らしのおっさん、女王陛下の剣となる
～王国筆頭騎士は結婚を迫られる娘を守り抜く～
VOLUME 2
天酒之瓢
HISAGO AMAZAKE-NO
イラスト みことあけみ
AKEMI MIKOTO

「広ーいねー！」
オグデン王国女王陛下にしてワットの実の娘
アンナ・オグデン
『ソコム商会』会頭代理
メディエ・ソコム
「ここがエンペリモ王国……すごく、綺麗ですね！」

オグデン王国筆頭騎士
ワット・シアーズ
オグデン王国近衛騎士団員の騎士団長
キャローム・アエストル

アーダボンガ王家の王太子
コールス・アーダボンガ
「我がアーダボンガ王国は、バヒリカルドの平穏をこそ望んでいるからです」
「平穏を……」

「あいつらがね、姉上を連れてこいって！」
「そしたらね、面白いことがあるぞって！」
第一王子レザマの嫡子にしてアンナの双子の義弟妹（弟）
レオナルド・オグデン（レド）
第一王子レザマの嫡子にしてアンナの双子の義弟妹（妹）
レイヒルダ・オグデン（レダ）

「いえ。私にはまだ……
わからないことだらけなのです」
「……貴女は、
もう決めたのですか」
ドオレ王国の王弟
ソナタ・ドオレ

「いきなり
ご挨拶だな、弟弟子。
なんだい、俺を助けに
来てくれたのかい？」

「無様なことだ、兄弟子殿」

CONTENTS

隠居暮らしのおっさん、女王陛下の剣となる

~王国筆頭騎士は結婚を迫られる娘を守り抜く~

VOLUME 2

天酒之瓢
HISAGO AMAZAKE-NO

イラスト みことあけみ
AKEMI MIKOTO

第一話

王国筆頭騎士の穏やかな日常

朝日が昇り、鳥のさえずりが聞こえてくる。カーテンの隙間から差し込んだ柔らかな日差しが寝ている男の顔にさしかかった。ややあって彼は顔をしかめて起き上がり、大きく伸びをかます。

「んん～。ふぁ～」

しばしぼけっと顔を掻《か》き――男は、唐突にカッと目を見開いた。

「んおあいっけねぇッ⁉　寝過ごしたァ！　もう駅を開ける時間じゃねぇか！　……って」

大慌てで布団を蹴り飛ばし、ベッドから飛び出したところでふと気づく。

「そうだった。もう俺ぁ駅員じゃないんだったな」

へなへなと座りなおす。彼が王国最辺境の街『フロントエッジシティ』で暮らし、中央駅の駅員であったのはもう半年も前のことである。あれから職を変え、今では夜明けとともに出勤する必要もなくなった。だから彼はそそくさと布団に入りなおして。

「そいじゃあおやすみなさ～」

「そうはいきませんお父様！　そろそろ起きてください！」

「んのぅッわぁっ⁉」

音を立てて扉が開かれ、男――『ワット・シアーズ』はベッドの上でもう一回飛び上がった。

四十がらみの中年男性の心臓は繊細なのである、軽々しく驚かせないでほしい。早鐘《はやがね》を打つ胸を落ち着かせながら、彼は抗議の声を上げようとしたところで、ふと重大な疑問に気づいた。

「ええと……アンナさんや。どうしてここにいらっしゃるので？　確かこの家、俺が一人で暮らしてたような気がするんだけど……？」

扉の傍らで自信満々に仁王立ちする彼の娘――『アンナ・オグデン』へとおそるおそる問いかける。

そうなのである。フロントエッジシティを出て王都オルドロックにあるこの家へと移り住んでからこちら、ワットはずっと一人暮らしをしていたはずなのだ。アンナは彼の実の娘であるが、いくらかの事情があり一緒に暮らすわけにはいかないのである。

その疑問に答えるように、主犯格がアンナの後ろから顔をのぞかせた。

「それはもちろん、私がお連れしたからよ」

「キャ～ロ～！」

ワットの抗議に彼女――『キャロ《キャロ》ーム・アエストル』はしてやったりと笑みを浮かべる。

「あなたが毎日ダラダラと寝てばかりでなかなか起きないから、陛下が心配なさって」

「そうですお父様。生活リズムを整えることは、健康への第一歩なのですから！」

ワットはどっと疲れた様子で額を押さえていたが、やがて両手を上げて降参を示した。

「そりゃあなんともありがたいね……っていうかアンナにキャロよ。そもそも家に鍵かかってただろ。どうやって入ったのさ？」

確かに昨日、帰ってからちゃんと鍵をかけた記憶がある。そんな誰でも自由にお入りくださいなんて状態ではなかったはず。その質問にアンナさんは花咲くような笑みを浮かべて、それを懐から取り出した。

「ここに合鍵があります！」

「……そう、でしたね」

それは不測の事態に備えて渡していたものだったが、当たり前のように日常的に使われるらしい。ワットはため息を漏らす。確かに寝坊しがちな彼が悪い。悪いは悪いが、ちょっとは手段を選んでほしいものである。

（そういやフロントエッジシティで暮らしてた頃も、毎朝起こされてたかも……）

フロントエッジシティにいた頃には、短い間ではあったが一緒に暮らしていた娘だからして寝坊は許せないのだろう。しかし今は立場上、毎朝娘が起こしに来るのはいかにもマズいのである。

（こりゃあ、本腰入れて早起きしないとか……）

「ところで、いつまでベッドにいるつもり？　朝食の用意はできているから早く来なさいな」

「は～いよ」

ワットはしょんぼり起き上がった。さようなら、怠惰な朝の時間。せっかく日の出とともにお仕事の始まる駅務めから、ゆっくりと眠れる職場に転職したというのに、なかなかそうは問屋が卸してくれないらしい。

「いよっし！　そんじゃあ行きますか！」

頭を切り替え、ワットはぱしんと頬を叩《たた》くと動き出す。洗面所で髭《ひげ》を剃《そ》って整え、顔を洗った。

顔を上げれば鏡に映る、冴《さ》えない中年男の風貌。またちょっと髪の毛に白いものが増えた気がする。染めるか、いやまだ少ないし目立たないだろう。なるべく余計な手を加えたくないのは怠惰なのか足掻《あが》きなのか。

「ま、こんなもんでしょ」

さっぱりとした気分でクローゼットを開き。中にかかったぴっしりと整えられた制服を前に、上がったはずのテンションがみるみる落ちていった。

「今の仕事も悪くはないんだけどさぁ。これを着るのだけは未だに勘弁してほしいねぇ」

十代、二十代の洟垂《はなた》れ時分ならばともかく、四十も間近なオッサンにとって派手なデザインの制服はなかなか辛いものがある。それでも昔からずっと袖を通してきたのならまだ馴染《なじ》みを持てたのかもしれない。しかし彼はつい数か月前にこの仕事に復帰したばかりであり、なかなか慣れることができないでいた。どうせならもっと落ち着いたデザインの制服が良かったが、伝統だと言われてしまえばどうしようもなく。

諦めて制服に袖を通し、食堂へやってきたワットを準備万端の朝食が出迎える。彼の顔が中途半端な笑みのまま固まった。わずかに焦げ目のあるパンにカリカリに焼けたベーコン、湯気を上げる卵焼き、おそらく中はとろっと半熟に違いない。

「これは……キャロだな?」

疑問ではなく確信。フロントエッジシティで娘が用意してくれていたものとは違っている。それに、二十年くらい前の彼はこういう食事が好みだったのだ。それを未だに覚えているとは、キャロームの几帳面《きちょうめん》さをまだまだ甘く見ていたようである。

「というか二人とも……いったいいつからうちにいたわけ？」

おそるおそる問いかける。この調子ではついさっきたなんてものではないのだろう。ということは彼女たちが朝食を用意している間、彼は何も知らず爆睡していたということになる。なにそれこわい。

「いいでしょ、そんなこと。それより冷めないうちに食べてちょうだい」

「キャロームさんはすごく料理がお上手で！　今度作り方を教えてくださいね」

「はい。仰せのままに、陛下」

そうしてキャロームとアンナが並んでいるのを眺めているとまるで年の離れた姉妹のようにも見える。もしくは――。ワットは慌てて頭を振って、その恐ろしい想像を振り払った。

「……うう、やめやめ！　しっかしなんか悪いな、朝飯まで。それも手が込んでる。朝なんてもっと簡単なものでいいのによ」

「まぁ、お父様。朝食は一日の活力の源なのですよ。しっかり食べてくださいね」

「はい……」

娘に言われて勝てる父親はいない。ワットはそそくさと席につくと朝食へとかぶりついた。バクバクと豪快に朝食を平らげる彼を、アンナとキャロームはそろって満足げに眺めていたのだった。

◆

——オグデン王国の王都『オルドロック』。

王城を中心として広がる、歴史だけは十分にある古い街並み。街の半ばを過ぎるころから新しい建物が目立ち始め、やがて最新技術の結晶である巨大な鉄脚道駅が見えてくる。城と駅、新旧それぞれを象徴する二つの巨大建造物は、どちらも王都の住人たちにとっての誇りとなっていた。

「はぁ。また王城を職場《ここ》にする日が来るなんてねぇ」

「何をいまさら」

アンナとキャロームと連れ立って王都の街並みを横切りながら、ワットは感慨深げに唸《うな》る。彼らの向かう先に聳《そび》えているのは王城。彼が一度この地を去り、再び土を踏むまでに十七年の時が流れた。しかしこの景色は永久であるかのように何も変わってはいない。

裏側の通用門に回り、もうすっかり馴染みとなった門番に挨拶する。一緒にいる面子《メンツ》を見た門番はぎょっとして慌てて敬礼していた。気持ちはわかる。彼をなだめてから、職場を目指して王城の中をてくてく上ってゆく。

「しっかし毎回思うけど無駄に入り組んでるんだよなぁ」

「お城とはそういうものではないのですか?」

「はい、陛下。まずないこととはいえ、有事の備えも考えておかないといけませんから」

ワットが若かりし頃に城に勤めていた時は気にもならなかったが、四十近い今となっては入り組んだ階段移動が地味につらい。しかも目的地である執務室は王城の中でも上の階層にあるのだ。

（しっかり朝ごはん食べといてよかったぜ。通勤途中に息切れなんざ、さすがに格好つかないったら！）

朝からたっぷりと疲れながら、ようやく目的地へと辿《たど》り着いた。すでにひと仕事終えたような気分だが単に通勤が終わっただけである。

「おはようございま～す」

執務室は広く、品の良い調度品が適度な密度で収まっていた。反対側の開け放たれた窓辺からは王都の景色がよく見渡せる。

そこで彼の隣をぱたぱたとすり抜けて、アンナが奥へと向かった。そこにある豪奢《ごうしゃ》でありながら実用的にもしっかりと作りこまれた執務机へとつくと、彼女は姿勢を正して。

「はい、おはようございます。私の筆頭騎士！」

「本日もご機嫌麗《うるわ》しゅう、我が女王陛下……」

わざとらしく挨拶をかわし、三人揃《そろ》ってくすくす笑い合う。そう、アンナ・オグデンは本当につい半年前に出会ったばかりのワットの実の娘であり——そして今はこのオグデン王国の女王なのである。

彼女を追ってフロントエッジシティに襲い掛かった賊を返り討ちにしたのも今や昔。この半年の間にアンナは十七歳となり、そしてすっかりと女王としての振る舞いを身に着けていた。対照的にワットはだらしなくその辺の椅子に腰かける。女王の前と思えば不敬とも言えようが、身内しかいない場所では父と娘として振る舞ってもさほど問題あるまい。父だとしてもだらしがないという意見は、この際横に置くとして。

もちろん、彼を見つめる娘の優しい笑みはすぐに厳しいものへと変わってゆくのである。

「お父様を起こしていたら、お日様がこんなに高く昇ってしまいましたわ」

「……いやそりゃね、ちょっとは寝坊気味かもしれないけど。そもそも筆頭騎士なんていって平時は大した仕事ないんだよ。そんなに肩ひじ張ることないんだって」

『王国筆頭騎士』――なんとも仰々しい肩書きだが、これが今のワットの職業なのである。かつて彼自身が一度は捨て去った立場。しかし女王となった娘を護《まも》るため、彼は復帰を決意したのである。

とはいえ実際、普段はそれほどやることがないのだ。女王の身辺警護は主に近衛《このえ》騎士の役目だし、筆頭騎士がわざわざ出張るような事態はそうそう起こらないのである。そんな父親の様子に、アンナは何かを決意したかのように頷《うなず》いていた。

「やはり私が一緒に暮らさないと……。このままではお父様が堕落してしまいます！」

「さすがに女王陛下が下町に寝泊まりするのは無茶もいいところでしょ！」

アンナがフロントエッジシティで過ごした期間は一週間かそこらしかない。にもかかわらず彼女にとっては非常に思い出深いものらしく、何かにつけて同じように過ごしたがっている節がある。

（こればかりはなぁ。俺の娘ってだけならともかく、女王ってんだからさすがに無理なんだよな）

では逆にワットが王城で一緒に暮らせばいいじゃないかというと、話はそう簡単ではなく。

かつてワットの婚約者であったカリナジェミアが、アンナを身籠もったままオグデン王国の第一王子レザマ・オグデンへと嫁いだことでアンナは王族の一人となった。ゆえにワットは確かにアンナの実の父親ではあるのだが、自身は王族というわけではない。そのため彼は城に住まうことを許されていないのである。

（正直、肩が凝るだけだから王城に住むのなんざ勘弁してほしいところだしな）

王城なんかで寝泊まりしたら三日はおろか、その日のうちに息がつまって倒れる自信がある。というわけで彼は娘と離れて街中に家を借りて暮らしているのだった。

「ですが、そうでもしないとお父様は自分で起きてくれませんし」

「いいじゃないか、ちょっとくらい寝てたって！　おっさんにはな、早起きは辛いんだ！」

「お父様……」

「ワット、威張って言うことではないわよ」

夜明けとともに仕事の始まる駅員と違って、王国筆頭騎士は時間の縛りが緩い。とかくゆっくり眠れるという一点においてこの仕事は最強なのだ！　譲ってなるものかとワットが徹底抗戦の姿勢を見せていると、執務室にノックの音が響いた。

「失礼する。女王陛下はいらっしゃったか……ふむ、ワットもいたか」

「おんやぁオットーさん。おはようございますよ」

顔をのぞかせた『オットー・ソコム』男爵が頷く。

「そろそろその呼び方を改めてもらわなくてはな、王国筆頭騎士殿よ？　君の方が立場は上だろうに」

「いやいやオットーさんこそ、その肩ひじ張った呼び方やめてくださいよ。いきなり十数年分をひっくり返すのも難しいんですから」

　オットーは貴族でありながらソコム商会の会頭でもあり、フロントエッジシティ時代はワットの雇い主でもあった。十年以上の長きにわたって身に着けた上下関係なのだ、そう簡単には抜けそうにない。

　そもそもワットの王国筆頭騎士という立場がややこしい。身分的には近衛騎士と同等ということになってはいるが、所属としては騎士団から独立して女王の直属となる。対するオットーは爵位こそ男爵位だが、『アンナ派』や『女王派』と呼ばれる貴族たちの筆頭として彼らを取りまとめる立場にある。今や互いに女王を支える仲間であり、肩を並べる間柄と言えた。

「それで、今朝はどうされたのですか」

　アンナが首を傾《かし》げる。多忙を極めるオットーであるが、時折こうして執務室に顔を出してくる。

「陛下に決裁いただきたいことがいくつか。それと派閥の運営についての相談もあります」

「はい。いつもありがとうございますね、ソコム男爵」

「女王陛下ともあろう御方が、男爵風情に頭を下げるものではありませんよ。派閥への体面もある、もっと堂々としていただかなくては」

「頭ではわかっているのです……。けれど、どうにもむず痒《がゆ》いのです」

「陛下にとってはそうでしょうな。おいおいでも良いですが、これぱかりは慣れてもらわないといけません」

　立場に対する戸惑いが残っているのはアンナも似たようなものである。むしろ彼女が一番大きいかもしれない。そもそも彼女は貴族として振る舞った経験が皆無に等しいのである。女王として即位して以降、猛勉強を続けているとしても一朝一夕には身につかないものだ。

そうしていると廊下をバタバタと走る音が近づいてきて、勢いよく執務室の扉が叩き開けられた。

「へろー！　アンナいるー!?　あっ、パパもいるー！」

開口一番放たれた元気印の挨拶を耳に、オットーが深い、とても深いため息を漏らした。

「……メディエ。いかに昔の誼《よしみ》があるとはいえ、公私の区別はつけろと何度も何度も何度も言っているだろう！」

「えへへ、は～いぃ。気を付けるよ、パパ」

笑顔で誤魔化す娘に、もうひとつため息を重ねる。オットーの一人娘である『メディエ・ソコム』は、女王派閥の運営に忙しい父に代わって『ソコム商会』の会頭代理へと就任していた。まだ肩書きから代理の文字は取れないものの、実質彼女が商会の代表者として活動している。

「もちろん、お仕事もしてるよ！　これ、運んできた品物の一覧ね！」

「メディエさんも。いつもありがとうございます」

「もう、なんでも任せてよ！　うちの商会に用意できないものなんて、ほとんどなくなってきたからね！」

彼女の自信も故《ゆえ》なきことではない。ソコム商会は女王からの信任厚きことを背景にさらに商売の幅を広げ、そこに大陸縦断鉄脚道《キングダムズトレイル》の輸送力をフルに活用することで大躍進の時を迎えていた。今や王都の物流にとってなくてはならない存在となりつつあるのだ。

「メディエはもうすっかり、いっぱしの商人だな」

小さな頃からメディエを知っているワットにとっても感慨深いものがある。褒められたメディエはと言えば、満面の笑みで胸を張った。

「師匠、もっと褒めてくださいよ～。それとどうせ暇なんでしょう！　たまにはボクと一緒に訓練しましょうよ！」

「いやいやいや、いくら暇っても今お仕事中だからね。そんなふらふら行っちゃダメだからね？」

朝が遅いのと職務中にふらふらと出歩くのとどちらの方が問題か、それには微妙な判断をくださねばなるまい。しかも――。

「行ってきても大丈夫ですよ。城の訓練場が空いていると思いますから」

「やった！　持つべきものは友達だね！」

「おおう、お許しが出ちゃったか……」

ここには最高権力者こと女王陛下がいらっしゃるわけで、彼女が言えばそれが正解となるのだった。

そんなこんな話していると、またしても慌ただしい足音が部屋に近づいてくる。ノックの返事を待たず扉が開かれた。

「火急の事態につき失礼いたします！　王都外郭部にて、鉄獣機《マシンスティール》による襲撃が発生しました！」

「なんですって？　この街で暴れるとはずいぶんな不届きものね。他に報《しら》せはあって？」

すっとキャロームが立ち上がる。彼女は女王直属たる『近衛騎士団』の騎士団長なのである。王都の平穏には敏感だ。

「はっ！　近衛騎士団がすぐさま対応に向かいましたが、暴れているのが……その、『神獣級《ディバイナー》』なのです！　よって筆頭騎士殿への出撃要請が来ております！」

「あー……うん。見えてるわ」

窓の外を睨《にら》んでいたワットが嫌そうに顔をしかめた。王都の街並みの向こう、外壁のあたりで巨大な影が暴れている。それは魔物《モンスター》の素材をもとに造られた巨大な機械鎧《よろい》――『鉄獣機《マシンスティール》』。人類の持つ最先端技術の結晶は、しかし心ない者の手によって破壊のための道具と化していた。

「っていうか、何かと思えばありゃあ『バハムートドミニオン』じゃねぇかッ！　封印したはずだろが、どうしてその辺ほっつき歩いてるわけぇ!?」

鉄獣機はその性能や製造方法によっていくらかの区分がある。非戦闘用の『普獣級《ライブストック》』に始まり戦闘用の『魔獣級《ブルート》』、より高性能な『聖獣級《クルセイダー》』と続き。そして最強であり最上位にあたる区分が『神獣級《ディバイナー》』なのである。

アンナの目くばせを受けたオットーが素早く金庫を調べた。

「……やられた。バハムートの起動鍵がない。盗まれたようですな」

「ということはもう、だいたい犯人はわかっていますけどね……。では陛下、すぐに鎮圧してまいります」

今暴れている神獣級鉄獣機『バハムートドミニオン』は、半年ほど前の『継承選争《レガリスベルム》』においてワットが撃破して以来、封印措置が取られていたものだ。本来、女王の許しなく持ち出して良いものではないのである。

「よろしくお願いします、キャローム様」

「勿体《もったい》ないお言葉ですわ。それでは失礼します。ほらワット、きりきり行くわよ」

「うおお、行くからそんな引っ張んなって。そいじゃな、アンナ！」

ドタバタと出てゆく二人を仲間たちが見送る。

「ちぇー。せっかく師匠に訓練つけてもらえそうだったのに～」

「また機会を作りましょうね。それではオットーさん。事後の処理をお願いします」

「御意。委細お任せを」

頷き、素早く動き出す。ワットとキャロームが向かったからにはこの騒ぎもすぐに終わるだろうから。

◆

ワットとキャロームは近衛騎士団詰所へと急いだ。そこには近衛騎士たちが使用する鉄獣機を収めた格納庫がある。近衛騎士団長であるキャロームの機体はもちろん、それ以外もここに収められていた。

格納庫へと飛び込んだワットは迷わず一機の鉄獣機の前へと急ぐ。流麗な赤い装甲も眩《まぶ》しき聖獣級《クルセイダー》鉄獣機、その銘《な》は『ロードグリフォン』。彼が王国筆頭騎士となる以前から、もう二十年来の付き合いとなる相棒である。

「仕事だぜ。筆頭騎士ってぇのは思ったよか忙《せわ》しないもんだな、まったく」

彼が愚痴っていると、整備士たちが声を張り上げた。

「筆頭騎士殿、整備は万全ですぜ！　いくらでもぶん回してきてくださいやぁ！」

「ああ！　いつもあんがとよ！　そいじゃ戦《い》ってくら！」

操縦席に飛び乗り機体に起動鍵を差す。感覚同調《ハーモナイズ》により、ワットは巨大な鉄の軀体《くたい》と一心同体と化した。

ロードグリフォンが蒸気を噴き出し、歩き出す。その後方より、もう一機の鉄獣機が現れた。グリフォンに似つつもやや外見を異にする機体、キャロームの『ロードグリフォン改《リバイズド》』だ。

「お仕事の始まりよ」

「へいへい。ちゃんとやりますともよ」

促され、ワットは格納庫の外へと急ぐ。

「ようし、いっちょ飛ばしてくぜ！　獣機変《モードシフト》！」

鉄獣機の動力たる魔心核《マシンハート》が高鳴り、ロードグリフォンの全身に魔力が充溢《じゅういつ》した。ロードグリフォンが腕を折りたたみ、足を開くと翼を展開する。翼持つ四足獣の姿へと変じたロードグリフォンは、汽笛のいななきとともに大空へと羽ばたいた。

魔獣級以上の鉄獣機は特殊能力とでもいうべき固有の『魔力技《マギスキル》』を使うことができる。ロードグリフォンのそれは『獣機変《モードシフト》』、機体自体を『グリフォン』の姿へと変えることで強力な飛行能力を得ることができるというものだ。

ひと息の間にトップスピードに乗ったロードグリフォンに遅れることなくキャロームの改が続く。改にもまた獣機変の機能は受け継がれているのだ。

そうして二機はまもなく王都の外縁部へと辿り着いていた。

「おっ、やってるな！　大捕り物だ！」

上空から見ると現場の様子がよくわかる。包囲のど真ん中にある巨大な機体が『バハムートドミニオン』。それを囲むのが近衛騎士団員たちが駆るロードグリフォン改だ。近衛騎士たちは数の上では優位にありながら、バハムートドミニオンの強さゆえに押し切れないでいるようだった。

先行したキャロームのロードグリフォン改が舞い降りざま、獣機変を解除《リリース》する。

「皆、下がりなさい。ここは私たちで当たります！」

「ちょいとお邪魔するぜぇ」

続いて降り立った、改ではないロードグリフォンの姿を見た団員たちが沸き立った。

「ほらほら、鈍々《のろのろ》してっから真打ちが来ちまったぞ。賊よ、お前さんもうおしまいだな！」

「団長！　筆頭騎士殿！　あとはお願いします！」

団員の改が潮が引くように下がってゆく。代わりに進み出た二機がバハムートドミニオンの巨体の前に立ちはだかった。バハムートドミニオンが、軀体のわりに小さな上半身を乗り出し咆《ほ》える。

「来たかワット・シアーズ……この逆賊めが！　どの面を下げてこの機体の前に立つゥ！」

「おうや、俺をご指名だったか。聞きなれねー声だが知り合いかい？　そりゃ仮にも王国筆頭騎士なんて肩書きもらってるんだ、狼藉者《ろうぜきもの》の片付けくらいはしに来るだろ」

ワットが来た時から賊の注意は彼一人のみへと注がれている。周囲の一切が既にその眼中にはなく。

（はてさて。こいつはどこで買った恨みだかねぇ……）

ワットは思わず頬をかいた。過去から今まで、恨まれた数など両手両足に余るほど。いちいち思い出していたらきりがない。

「いずれにしろだ。お前は封印された鉄獣機を勝手に持ち出し、あまつさえ王都に被害をもたらした。よってここで成敗だ。残りの恨み言は牢《ろう》の中でぶちまけるんだな！」

「やれるものならやってみるがいい！　レザマ様のご加護あるこの機体、易々《やすやす》と倒せると思うなッ！」

「あぁ～なるほどお前、元第一王子派かぁ」

「元だとッ!?　なんと無礼極まるッ！　第一王子殿下は未だご健在なりィ！」

確かに第一王子レザマは継承選争において敗れ去ったものの、まだ生きてはいる。しかしそれだけだ、彼の心は完全に折れてしまった。この賊はかつて彼の派閥にいたのだろう。全てを失ったレザマにもまだ、付き従う人間が存在しているのである。

「レザマ殿下を陥《おとしい》れ、王を僭称《せんしょう》する輩《やから》に、私が正しき裁きを下してやる！　我らが主を差し置いて無能な小娘が至高の座につこうなどと、身の程を知るがいぃッ⁉」

賊が言い放った瞬間、それまではどこか気だるげだった空気が一変した。映像盤越しにバハムートドミニオンを睨みつけ、ワットが口を開く。

「……何を考えてのことかと思やぁ、付き合いきれねぇな。いい加減目ぇ覚ましやがれ、レザマは己の非道の報いを受けた。アンナは皆に選ばれて女王となった。気に入らないだのなんだの、ガキの我儘《わがまま》にゃいつまでも付き合っていられないんでね」

「黙れ、黙れ黙れ黙れぇッ！　私は認めないぃ！」

言い終わる前にバハムートドミニオンが打って出た。その手に握られる特大剣は鉄獣機の全高よりも巨大。直撃すれば粉々になること必至である。

「その攻撃はまだ、忘れちゃいないぜ」

しかしワットは怯《ひる》むことも躊躇《ためら》うこともなく、大胆に特大剣の間合いの中へと踏み入った。豪風渦巻き振り下ろされる特大剣を紙一重でかわす。繰り出す反撃はたったの一撃。鋭く、正確に手首の筋を斬り裂く。

「んなっ⁉　剣がッ！」

全身を重厚な装甲で包まれたバハムートドミニオンであるが、関節部まで固めることはできない。どれほど強力な武器であっても摑《つか》む手を破壊されてはお終《しま》いである。

特大剣を取り落としたバハムートドミニオンが強引に蹴りを繰り出した。攻撃をかわしたことによりロードグリフォンが離れたことを確かめ、新たな魔力技を起動する。

「おのれ、天罰を受けよ！　凌駕魔力技《オーバーマギスキル》『フェザースフィア』‼」

ババムートドミニオンの背にある翼が開き、ざわめくように羽根が浮き上がる。機体の周囲を舞い踊る、それは攻防一体の強力無比なる技。やがて羽根はロードグリフォンへと向けて殺到し――。

「おいおい。まさかお前、敵が俺だけだとでも思ってんのか？」

呆《あき》れたように告げられ賊は、はっと周囲を見回した。

「遅いッ！」

同時、死角から飛び込んできたキャロームのロードグリフォン改が渾身《こんしん》の力でハルバードを叩き込んでいた。グリフォンシリーズの膂力《りょりょく》に加え、遠心力の乗った鋭いピックがバハムートドミニオンの胸部へ深々と食い込む。金属の悲鳴とともに己の真横を掠《かす》めていった巨大なハルバードを見て、賊が震えあがった。

「ヒッ、ヒイッ……⁉　やめっ……こ、殺さないで……」

「大人しく降《お》りなさい。安心なさいな。この刃ではなく、ちゃんと司法の手で裁いてあげるから」

機能を停止したバハムートドミニオンが力を失ってゆくのを眺め、ワットは操縦席で汗をぬぐっていた。

「ふぃー。キャロ、鉄機手《スティールライダー》を避《よ》けて急所に一撃かよ。あのでかい得物でよくやるぜ。こりゃあうっかり怒らせないように注意しねぇとな」

元々キャロームは大剣を得物としていたが半年前の継承選争を機に考えを変えたらしく、いつの間にやらごついハルバードをぶん回すようになっていた。まったくどんどんと敵に回したくな――

もとい頼もしくなってゆくばかりである。

そんなワットのぼやきが耳に届いたのだろう。改が振り向いた。

「あら？　これでも王国筆頭騎士様にはまだまだ遠いわ」

「こんな大仰な肩書あっても、おっさんの肩が凝るだけだっての。どうせもらえるなら主任とか課長とかがいいなぁ」

「それだけ鋭い剣を振るっておいて、よく言うわ。あなた以外の誰に務まると思って？」

彼らが軽口をかわしている間にも団員たちが賊を操縦席から引きずり出し、しょっ引いていった。残されたバハムートドミニオンの巨体を運ぶのには少々苦労しているようだが、後は任せて構わないだろう。

「そいじゃあ俺たちは陛下に報告あげてくら。あとはよろしく」

団員たちの返事を背に、ロードグリフォンと改が飛び立ってゆく。格納庫へと舞い戻ったワットはロードグリフォンを整備士に預け、アンナの元へと急ごうと城内を足早に進み。


――パチパチパチパチ。


途中の人気《ひとけ》の少ない廊下で、唐突に響いてきた拍手に足を止めた。

「あ～らら、父様の形見を壊すなんてひどいんだ～」

「あ～らら、やっぱり雑魚《ざこ》は雑魚でしかないんだ～」

振り向けば廊下の奥に踊る影。タンタンとタップを刻みながら、一組の男女がくるくると舞う。

「やっぱりお前らかよ」

ワットの表情が一気に渋いものへと変化してゆく。くるくる、くるくる。片時も踊りを止めることなく、人を小馬鹿にしたように喋《しゃべ》るさまには彼ならずとも苛立ちを覚えることだろう。

この二人の名は『レオナルド《レド》・オグデン』と『レイヒルダ《レダ》・オグデン』。第一王子レザマ・オグデンの嫡子にして女王アンナの双子の義弟妹である。

「形見っていうかよう。臥《ふ》せってるだけで、レザマ死んでねぇっつってるだろ」

ちらりと王城の一画を見やる。そこには元第一王子、レザマ・オグデンがいる。継承選争に敗れた彼は、その戦いにおいて精魂尽き果て、一気に老け込んだように寝たきりとなってしまったのである。その傍らには今も妻であるカリナジェミア・オグデンが静かに付き添っていることだろう。

すべては一度終わったことだ。

脳裏をよぎる想《おも》いを振り払い、ワットは目の前にいる問題児たちを睨みつけた。

「こぉの悪ガキどもめ！　まぁた仕込みやがったな⁉」

「まさか～僕たち何も言ってないし」

「まさか～僕たち何もしてないし」

（好き勝手言ってくれやがる。今回もどうせ、こいつらにつながる証拠なんて何ひとつ出ちゃこないんだろうがよ）

一事が万事この調子。この国で大がかりな騒ぎが起こるところ、必ずレドとレダの姿がある。どう考えても彼らが関わっているし、なんなら毎回現場に現れて煽《あお》り散らかしてくれるのだが、これがどれほど熱心に調査したところで決定的な証拠は何ひとつ出てこないのだ。レドとレダの差し金と思しき事件はそれこそ何件でも挙げられる。しかし全てうやむやのまま、ワットたちは対処療法的に当たることしかできないでいた。

くすくす、くすくすくす。囁《ささや》くような笑い声が耳に響く。まったくこの双子はどうしてこう、人を苛立たせることだけは得意なのか。

「いつまでも野放しのまま済むと思うなよ」

「あらあら。僕らはお強い騎士様に斬られちゃうのかな」

「いやいや。斬れやしないよ。何を斬ればいいのかもわかっていないんだからさ」

「それじゃあ、そろそろ行こうかな」

「それじゃあ、姉上によろしくね」

笑い声だけが廊下に反響する。そうしていつの間にか姿を消した双子に、ワットはとてつもなく長いため息を漏らした。

「ったく、どーしてそういうところだけ父親に似るんだかね。お前らもカリナの子供だろうに」

彼らの父親、レザマも策略を巡らせるタイプの人物だった。しかしレザマが王族という権力を背景に自ら動くことを好んだのに対して、レドとレダはより裏方的な動きを好む。いずれにせよ陰険さという一点においては似たもの父子であるといえよう。

「しっかし本当、皆してオッサン遣いが荒いんじゃあないかい？」

そうして振り向いたワットは、そこに聳える上り階段を目にしてさらにげんなりとしたのであった。

王城の階段をヒィヒィいいながら上り、ようやく辿り着いた執務室。ワットがどっかりとソファーに身体を投げ出した。

「はぁ～今日はもう十分働いた！　お仕事はおしまいにします！」

「すまないが、そうはいかないようだ」

「えぇ？　勘弁してくださいよ……」

オットーに窘《たしな》められて渋々起き上がったワットの目の前に、アンナが何かを差し出してくる。

「今しがたのことです、お父様。このような書簡が届きました」

ワットは書簡を睨んでしばし唸り、それからがっくりと項垂《うなだ》れた。女王の頼みとあっては筆頭騎士として拒否するわけにもいかないのである。渋々受け取り中身を改める。

「こいつは……そうか、もうそんな時期が来たのか」

ワットが目を見開いた。記されていた内容はシンプルなもの。

「『至冠議会《コローナセナートゥス》』を、開催す」

ただそれだけだったのである。

第二話　旅に友あり情けなし

オグデン王国、北の門『ノースゲートシティ』。

王国縦断鉄脚道《キングダムズトレイル》のもうひとつの終着点にして、他国と領土を接した境界の街である。普段は交易に勤《いそ》しむ商人たちの姿が目立つこの街に今、アンナ・オグデン女王一行の姿はあった。

「やっほ……あっ。オッホォン！　ようこそいらっしゃいました、女王陛下！　ソコム商会一同、御身の到着をお待ちしておりました！」

　ひと足先に待ち構えていたメディエがアンナたちを出迎える。口調こそ取り繕っているものの、ぶんぶんと嬉《うれ》しそうに手を振っては台無しだ。この場にいないオットーに代わって、ワットはため息をひとつ、ついておいた。

「やれやれ、今からその調子で大丈夫なのかぁ？　派閥運営で残らなきゃならねぇオットーさんと一緒に、留守番しといたほうがいいんじゃないか？」

「ちょっ……！　大丈夫、大丈夫だから！　せっかくアンナと旅行にいけるのに、置いてけぼりなんてひどいって！」

「わかってるか？　目的はあくまで会議に参加することだからな？　物見遊山ばかりの旅じゃないからな？」

「もっ……ちろん。そ、それくらいわかってるしー」

「おいこっち見て話せ」

「ふふ。メディエさんならきっと大丈夫ですよ。それで、見せたいものがあるとのことでしたが、なんでしょうか？」

「そうそう！　よくぞ聞いてくださいましたぁ！　こっちこっち。来てよ～！」

メディエは誤魔化すように勢いよくアンナの手を取ると、小走りにかけてゆく。まるで学生同士のような振る舞いだが、相手は女王陛下だと本当に覚えているのだろうか？　なんとも不安を増しつつワットとキャロームも後を追った。

「じゃじゃ～ん！　ご覧くださーい！　こいつがあればどんな長旅でも平気！　アンナ女王陛下のための特注馬車でっす！」

「まぁ、カワイイですね！」

向かった先の倉庫、中央に鎮座した物体の前でメディエがはしゃいでいる。先ほどまでの気分は吹き飛び、彼らは目を見開いた。

「こいつは……半人機馬《ケンタリオランナー》じゃないか！　おいおい、わざわざ輸入したのか？」

ワットが額を押さえて声を上げる。そこにあったのは一機の鉄獣機《マシンスティール》。上半身が人型で下半身が馬の首から下の形をした、いわゆる半人半馬の姿を持った機体である。彼らの驚きに、メディエが指を振って訂正を入れる。

「あっま～い、師匠！　コレはね、うちの商会で造った期待の新商品な～の！」

「ほほう自家製なのか！　やるじゃあないか」

「国家工房以外で、これを造れるなんてすごいものね」

「ふっふ～ん。元々うちは狩人向けに鉄獣機を造ってたからね！　ちょっと頑張ればこの通りだよ！」

ソコム商会製と聞いて、キャロームまでもが腕を組んで唸《うな》った。彼らの反応を見たメディエはその立派な胸を張るのに大忙しである。そろそろ反り返り過ぎて後ろに倒れるかもしれない。

そこでケンタリオランナーの威容に見入っていたワットが問いかけた。

「しかしお前、コレ下手な聖獣級《クルセイダー》が買えちゃう値段してるはずだろ。いくらアンナのためとはいえ、張り込み過ぎじゃないか？」

「ああうん、それはね……」

メディエはちょっとだけ悩み、それでも口を開く。

「これから皆で国外まで出かけるわけでしょ？　もしも何かあった時……機馬車だと御者が真っ先に狙われちゃうからさ」

一般的に、移動用の鉄獣機として普及しているのが『機馬車』という小型の機種である。これは馬の首から下といった姿をしており、首のところに御者が乗る形式となっている。街中などで使う分にはなんの問題もないが、御者が露出しているために戦いに巻き込まれるとひとたまりもないのは確かだった。その点、ケンタリオランナーは完全に装甲で覆われた大型鉄獣機であり、耐久性や生存性が桁違いに高い。万が一女王が危険に晒《さら》されたとしてもタフな働きをしてくれること間違いなしである。

「メディエさん、私のためにここまで……ありがとうございます！」

手を合わせて喜ぶアンナに、照れたのかこころなし顔を赤くしたメディエが得意げに腕を組む。

「へへー、友達のためだもの！　それにね〜これからコレ、バンバン売っちゃうから！　値段だって問題ナシッ！」

「おー？　そんな都合よく売れるかぁ？」

「売れるよ！　だってアンナが諸外国への旅に使うってことは、コレは女王お墨付きってことになるもの！　貴族相手に売り込むよ〜！」

「なぁる。お前、商売上手くなったなぁ。ふっふっふ男爵屋、そちもワルよのぅ」

「いえいえ筆頭騎士様ほどではぁ」

無駄にあくどい顔で笑いあうバカ師弟をよそに、ケンタリオランナーを詳しく改めていたキャロームが戻り、頷《うなず》いた。

「そういうことなら遠慮なく使わせてもらいましょう。これは近衛《このえ》の者に預けます。女王陛下は長旅に慣れておられないのもありますからね。助かりますよ、メディエ」

「私、旅の間に頑張ってこれを宣伝しますね！」

「本当？　ありがとねアンナ！」

「なるほど、これが癒着というやつだな」

本当に女王を広告塔にする奴があるか。とはいえソコム商会にはアンナが女王となる時にもたっぷりと力を借りたのだから、それくらいの便宜を図ったところで罰は当たらないだろう。そもそも女王本人がやる気なのだから止めても仕方がない。

「それじゃあ出発準備するね！」


馬であるケンタリオランナーへと巨大な馬車が接続される。もちろんこちらも特注品である。車体サイズに余裕がある分、足回りにも気を配ってあり車内はほとんど揺れないという高性能品だ。片道で一週間にも及ぶ長旅向けともなれば、快適さにも十分にこだわる必要がある。もちろんそれら性能の分は建造費に跳ね返ってくるわけだが、見合った価値はあるといえよう。

「そういえば。行き先の『エンペリモ王国』ってどんなところなの━？」

準備が進められている間、暇になったメディエがやってくる。

「私も……この地、『バヒリカルド』にある国々が一堂に会する大会議『至冠議会《コローナセナートゥス》』の開催地である、としかわかりません」

アンナが首を傾《かし》げる。オグデン王国を含む地、『バヒリカルド』。エンペリモ王国はそのほぼ中心に位置している──そんなありきたりな情報しか知らない。ワットが頷き返す。

「前に騎士やってた時にも行ったことがある。エンペリモ王国はちと珍しい国でな、いわば観光立国なんだ」

「へぇ～！　観光なんだ、珍しいね。貿易だったらまだわかるけど！」

「さすがはメディエさんです。商人の視点が板についてきましたね」

「えへ。それほどでも～」

じゃれ合う娘たちはさておき。確かにこの時代、観光という産業はメジャーではない。なぜと言って客が足りないのだ。王国縦断鉄脚道《キングダムズトレイル》を擁するオグデン王国ですら鉄脚道の利用者の多くは商人なのである。一般市民が気軽に旅をするのはまだまだ難しい。つまり観光とは主に一部の金持ちの道楽であり、国の主要産業にするには心もとないというのが一般的な認識なのであった。

「まぁもちろん他にもあるんだが。とにかく、至冠議会にゃあこの辺の国の人間が勢ぞろいするからな。エンペリモ王国は歓迎の準備がたっぷりとあるってこった」

「なんだかとても楽しそうです」

「うんうん。これは視察もはかどりそう！　いっぱい見て回ろうね！」

「はいっ！」

娘たちの様子を眺め、ワットはうんうんと頷いていた。もちろん至冠議会へと参加するために向かうのではあるが、決め手のひとつにこの観光目的がある。

「昔の記憶だが、景色が綺麗《きれい》で飯もうまい。たっぷりと楽しむぞー！」

「はい！」

「おー！」

◆

腕を振り上げる父娘と弟子を、キャロームがほっこりと見つめていたのであった。

準備を終え、オグデン王国使節一行が出立してゆく。

一行の中心には二台のケンタリオランナー牽引《けんいん》馬車。一台は女王の御料車であり、もう一台には旅の間の消耗品がたっぷりと積み込まれている。その周囲をぐるりと近衛騎士のロードグリフォン改《リバイズド》が囲み、護衛についていた。

「女王陛下、御出立！」

「女王陛下万歳！」

「オグデン王国万歳！」

巨大な馬車を囲む大行列を、ノースゲートシティ市民たちが喝采《かっさい》をもって見送る。華やかな鉄獣機の集団は彼らにとって格好の話題のネタになったに違いない。

そうして一行は市街を抜けるとまず国境へと向かい、関所を越えた。

「木々の様子が、またオグデン王国とは違います。本当に国の外まで来たのですね……」

「ねー！　やっぱりいつもと違う景色ってなんかワクワクするよね！」

道中、アンナとメディエは窓に張りつくようにしてはしゃぎ合っていた。硝子《ガラス》張りの窓からは外の景色がよく見える。座席は馬車の上部にあるので周囲を見渡すのにちょうどよかった。

「おうおう、はしゃいじまってまぁ。こうしてると本当に子供だなぁって思い知るよ」

「そうね。本当はなんの理由もなく旅に行けたらいいのでしょうけれど……」

馬車の中にはワットとキャロームの姿もある。彼らは女王の身辺警護を担っており、移動中の護衛は基本的に近衛騎士団員たちの役目となっていた。ただし有事には即座に動けるよう、彼らの鉄獣機もしっかりと持ち込んである。

「大丈夫です、キャロームさん！　私、今とても楽しいんです！　王都を出たのもついこないだが初めてなのに……今となってはオグデン王国の外まで来たのですよ。これってすごいことですよね！」

知らない景色、知らない街で暮らす知らない人々。継承選争《レガリスベルム》において初めて王都を出て以来、アンナの人生は未知と驚きに満ちている。

そのキラキラとした瞳をみてワットは微笑んだ。彼女の人生を窮屈にしていた者たちはもういない。これから彼女の世界はどこまでも広がってゆくことだろう。そのために力を貸すのが、父親であり筆頭騎士であるワットの役目となるだろう。

（娘のためとあっちゃあ、ひと肌脱ぐしかねぇな。まだまだ頑張っちまうぜ！）

こうして再び剣を取ったからには、剣を置くその時まで駆け抜けるのみである。娘たちのはしゃいだ声と、中年男の新たな決意を乗せて旅は続く。

道中、外国を通過する間もケンタリオランナーの牽《ひ》く巨大馬車の存在は常に噂《うわさ》の的《まと》となっていた。

「ほほう、あれはどこの国の方だろう。至冠議会の時期はあちこちから豪勢な一行が見れて楽しいねぇ」

まずケンタリオランナーの巨体に見入り、それに続く馬車の立派さに唸る。そうして掲げられたオグデン王国の紋章を振り仰ぐ。メディエとてここまで考えていたわけではないだろうが、巨大馬車の存在感は転じて女王アンナの権威となり、国内外問わず静かに広まってゆくのだった。

◆

そうして通過すること何ヵ国か。およそ一週間ほどかけてようやく、一行はエンペリモ王国内へと辿《たど》り着いていた。

「ここがエンペリモ王国……すごく、綺麗ですね！」

「広ぉいねー！」

アンナは身を乗り出し、硝子窓の向こうに広がる景色に見入っていた。エンペリモ王国は全体的になだらかな地形をしており、見渡す限りの平野には整然とした農地が広がっている。敷かれている街道はこれまでに見たこともないほど立派なもので、重いケンタリオランナー牽引馬車が走っても小揺《こゆる》ぎもしない頑丈さであった。

時折、農地で働く作業用鉄獣機が一行へと手を振ってくる。いかに至冠議会の時期とはいえ、それは他国に対する警戒心というものを感じさせない非常に素朴な歓迎だった。アンナの心に暖かいものが湧き上がってくる。

「素敵な景色です……。ここは平和な国なのですね」

途中で立ち寄った街も穏やかで、アンナたち一行を惜しみなく歓迎してくれた。最終目的地である街の手前で、一行は勧められるまま貴人向けの宿に泊まる。

「はぁ～、あれだけ農地があるなら多分、食べ物がいっぱいとれるよね。輸出とかしてるのかなぁ」

「ふふ。メディエさんのところで取り扱ってみますか？」

「う～ん。さすがにうちの国からは遠いし、難しいかな！　はぁ～ここの宿屋もすごく設備良いし、この国なんだか過ごしやすいね」

「はい！　素敵な旅になりましたね！」

宿でも下にも置かない歓迎ぶりで、饗《きょう》された夕食も手の込んだものであった。アンナたちが満足とともにおしゃべりしていると、部屋の隅でワットが呟《つぶや》く。

「しかもなー、このサービスぶりでこの値段は結構安いんだよな。費用だけならうちの王都の宿のほうが高いんじゃないか？」

「そんな。それで大丈夫なのですか？　暮らしとか……」

フロントエッジシティで働いた経験は、アンナに常識的な金銭感覚をもたらしていた。ワットはうんうん頷きながら。

「心配すんなって、この国はちゃんと稼いでるからよ。あとは……そうだな、気づいてるか？　この国の街にはとある大事なものがない。それはなんだと思う」

「足りてないものー？　どこも全然裕福そうで、何か不足してる印象はなかったけどー」

「私も……思いつかないです」

「答えは壁だよ。街を守る壁がどこにもないんだ」

アンナとメディエははっとして考え込んだ。思い返せば今泊まっている街にも壁がない。最後に関所を見たのも国境を超える時で、エンペリモ王国内に入ってからは遮るものが全くなかったのだ。

「それは……きっと身を守る必要がないということなのですね。ということは、それほどに平和な国なのでしょうか！」

「半分正解で半分違ってるってとこだな。確かにここはバヒリカルドいち平和で安全な国。それは強い奴らに守られてるからなのさ」

「……？」

どこか含みのある言葉に、アンナたちは首を傾《かし》げる。

「せっかく至冠議会なんてのに参加するんだ。ついでにちょっとしたお勉強だよ。平和ってのが、何を代償にして得られるのかって話でな。ようく見ておくんだぞ。景色だけじゃない、この国の姿ってやつをだ」

それはオグデン王国の女王となったアンナにとって、きっと必要な経験となるだろうから。

（そうですね……いくら旅行とはいえ私は今、他国にいるのです。知らない文化があり、知らない暮らしがあり、知らないことしかありません。女王として成長するためにも、もっと色々なことを知っていかないといけない……。ようし、頑張ります！）

根っから生真面目なアンナはあっさりと乗り気になり、力強く頷くのだった。

「それでこそだ！　それじゃあまずは、上等なもてなしを楽しもうぜ」

「はい！」

その夜、ふかふかのベッドにはしゃいで枕投げを始めたバカ師弟約二名が、キャロームの大目玉を食らったのであった。

◆

翌日。オグデン王国使節一行は目的地である至冠議会の開かれる街、『ヤンタギオ』へと到着した。

街へと差しかかった一行をエンペリモ王国の者たちが出迎えた。彼らは揃《そろ》いの制服のような装いに身を包んで頭を下げ、街の入り口からずらりと整列している。旗を振った案内に先導されながら進むと、そこにはさらに上等な衣装に身を包んだ人物が待っており、恭《うやうや》しく挨拶をしてきた。

「ようこそ、オグデン王国の皆さま。此度《こたび》も至冠議会を開けたこと大変喜ばしく。我々は参加されるあらゆる国々を歓迎いたします」

「この街のご領主の方でしょうか？　私どもには勿体《もったい》ないほどの歓迎ぶり、痛み入ります」

アンナが感心していると、そっとよってきたキャロームが彼女の耳元で囁《ささや》く。

「あちらで出迎えてくださっているのが、エンペリモ国王その方でございます」

「えっ。ええっ⁉　私としたことがきちんとご挨拶もせず、なんという失礼を！　あの、初めまして。オグデン王国女王、アンナですっ！」

アンナが慌てて馬車から飛び出し挨拶を返すと、エンペリモ国王は姿勢を崩すこともなく頷いた。

「これはご丁寧に。しかし構いません。我々は頂《いただき》に冠《かん》たる方々から議会場を任されただけの者に過ぎませぬゆえ。皆様が恙《つつが》なく会議に臨まれることこそ、我らの喜びというものです」

小なりとはいえ一国の王族だというのに、その態度はまるでらしくない。領主ですらなく、これではまるで宿屋の主人のようだ。その振る舞いにさすがのアンナも疑問を抱《いだ》きはじめる。

(この国には……確かに、何か特別な事情があるようですね)

「ささ、これより宿までは従者が案内いたしましょう。議会の始まりまでは如何様《いかよう》にも、ごゆるりとお過ごしを。ご所望のものがありましたらなんなりとお申しつけください」

ゆっくり考えているだけの時間はなく、一行は宿へと案内されていった。

そうして向かった先にあったのは、宿というよりほぼ宮殿のような代物だった。

「なんか前に来た時より、さらに豪勢になってねぇか?」

「まず間違いなく、我が国の王城よりも私財が投じられているでしょうね……」

ワットとキャロームがげんなりとした様子でささやき合う横で、娘たちは周囲の様子が気になっているようだった。

「ねぇねぇ師匠、これって街の中とか出てもいいのかなぁ?」

「良いも悪いも。会議の始まりまで待ってる間、やることなんてねーからな。あっちも自由だって言ってくれてるんだ。お言葉に甘えようぜ」

それからワットは使用人にいくらか確認してから戻ってきた。

「街中にある施設はだいたい好きに利用していいってよ。支払いなんかは後でまとめてやるから、気にするなと。近場が退屈なら遠出してもいいな。郊外にいきゃあ鷹狩《たかがり》なんかもやってるらしい」

「なんともいたせり尽くせり～」

「なにせ、議会に参加する国が揃うまで時間がかかるのが通例だからね」

至冠議会に参加する国は多数に上る。さらに国同士の距離も異なっており、到着までの時間もまちまちとなりがちだ。ここではその間の暇つぶしもバッチリ完備というわけである。まったくもって他国の歓迎に余念がない。

「それじゃあ一緒に出掛けようか！」

さっそくアンナの手を取り、メディエが立ち上がって。

「はいっ。どこか行きたい場所があるのですか？」

「食べ歩き！」

問われ、彼女は眩《まぶ》しいほどの笑顔で即答したのであった。


一行は荷を下ろすと、さっそくヤンタギオの街中へと繰り出す。

街中には整備の行き届いた道が縦横に張り巡らされ、機馬車が行き交っていた。その隣を集団で歩いても道幅にはまだまだ余裕がある。宿宮殿からほど近い場所に市場のようなものが開かれていた。ようなもの、というのは街の住人が利用する市場というよりは来客向けの催し物のようだったからだ。念《ねん》の入《い》ったことである。

「わぁすごい！　ねぇねぇアンナ、あそこで売ってる果物、見たことないよ！　食べてみようよ！あっ、あのスープも美味《おい》しそうな匂い！」

「メディエさん、落ち着いてください。食べ物は逃げませんから……」

「僕が待てない！」

ずんずんと突き進むメディエに引かれ、アンナもあっちこっちと走り回っている。好き勝手にふらつく娘たちからつかず離れず、護衛である近衛騎士たちがついて回っていた。

「歩きやすいのはいいけどよ、遮蔽物がなさ過ぎて落ち着かねぇな」

「ええ。歓迎する意図があっての作りなのでしょうけど。護衛としてはどうも、ね」

キャロームたち近衛騎士団にはうっすらと緊張が見て取れる。動きやすいというのは逆に見れば、身を隠すことが難しいということでもある。いくら安全が売りであっても、仮にも他国の領内なのだ。いかなる時でもアンナ女王を護らねばならない彼らにとっては開放的過ぎてなかなかに神経をすり減らす状況なのだった。

「しかもそこら中に他国の奴らがいるしなぁ」

ワットがちらと周りの様子をうかがえば、いるわいるわ。服装が違う、肌の色が違う、ぱっと視界に入るだけでも三ヵ国くらいの集団があった。至冠議会への誘いはバヒリカルドの地にある全ての国々に向けて送られているわけで、最終的には百をくだらない国々から人が集まってくる。いきおい、石を投げれば他国に当たるといった状況になるわけだ。

そうして娘たちが山ほどの果物や焼き菓子や正体不明の焼肉などをたっぷりと抱えていると、横合いから声がかかった。

「その旗印。オグデン王国の方々とお見受けするが、いかがか」

ぎょっとしたアンナが果物を取り落としかけたのを見かねて、ワットが素早く前に出た。声をかけてきたのはおよそ三十歳前後ほどの男。目立った印は身に着けていない。その背後へと目をやれば、護衛だろう騎士がまとう紋章が目に入った。

「そちらは……『ドオレ王国』の方々でぇございますね」

エンペリモ王国内において守らなければならないルールというのは多くはない。そんな数少ないルールの中のひとつが、所属する国の紋章を示しておかなければならないということだ。特に末端の兵士たちほど必須となる。これは問題が起こった際に関係者の所属をはっきりとさせる必要があるためだ。そのため紋章を見て素早く国を識別する技能が非常に重要になってくるのである。

(昔に覚えたやつなんてまるっきり忘れてたからなぁ。最近頑張って覚えなおしといてよかったぜ!)

かつてワットが筆頭騎士であった時には覚えていたものである。しかし時の流れとは残酷なものだ。十数年のあいだにすっかりと脳みそから流れ出た知識を、彼はとにかく詰め込んで覚えなおしてきたのである。中年の頭にとってはなかなかキツかったが、なんとか間に合わせることができたのだった。

最初に声をかけてきた男が鷹揚《おうよう》に頷く。

「私の名は『オウヴェル・ドオレ』……今代のドオレ国王だ。会議までの無聊《ぶりょう》を慰めていたところだが、これは奇遇だな。いかがかな、時間に余裕があるならば少し話でも」

なんとか体勢を立て直したアンナが進み出て答えた。

「アンナです。オグデン王国の……女王になりました。私でよければ、喜んでお受けします」

まさか食べ歩きが優先ですなどと言うわけにもいくまい。アンナの後ろでは、メディエが両手に抱えた食べ物を隠すのに必死になっている。

(着いて早々、他国からの接触とはね。忙しいことだが……確かドオレ王国は比較的仲のいい相手だったな。アンナの練習相手にゃちょうどいいかもな)

ワットは内心をおくびにも出さず、アンナの後に続いたのだった。

◆

ヤンタギオの街中には宿宮殿があり、市場がありさらに庭園まで整えられてあった。まさに国の代表同士が茶会をやる時などに利用するらしい。案内してくれたエンペリモ王国の使用人たちがテキパキと席を整えてゆく。さほど待つこともなく茶が用意され、使用人たちは恭しい一礼とともに下がっていった。

「相変わらず、この国の者たちは手際がいいことだよ」

オウヴェル王が率先して茶を含んだ。アンナも慌てて口を付ける。ホストの意地にかけて毒などはないだろうが、礼儀の問題はまた別だ。

「風の噂《うわさ》に聞いている。オグデン王国では最近、代替わりがあったとね。しかも聞こえてきた以上に年若い女王のようだ。その様子ではなかなか苦労しているのではないかな」

オウヴェルは、どう見ても少女でしかない新米女王を相手にしても侮《あなど》る様子も見せず、にこやかに問いかけてきた。

「そう……ですね。私はまだまだ未熟な身です。ですが、周りの優秀な者たちの支えがあって……なんとか日々こなせております」

対するアンナは緊張が残っているようで、どうにもぎこちなさが見て取れる。そういうところが未熟の証《あかし》なのではあるが、オウヴェルは気にせず頷いていた。

「それは何よりだ。国を相手に、人ひとりの力など高が知れているからな。信頼できる者がいて、力を合わせることができるのは幸せなことだよ」

「先達からの貴重な助言、心に刻みます」

「先達などと大層なものでもない。実を言えば私もつい最近王位に就いたばかりでね。オグデン王国とは先代の頃から仲良くさせてもらっていた縁もある。これからも若輩者同士、ともに頑張ってゆこうではないか」

「はい。こちらこそよろしくお願いします！」

（ようしいいぞ、ちゃんと話せてるぞアンナ！　そこだ、やれ！　なんとなく感じのいい返事で押しきるんだ！）

ワットは護衛としてアンナの後ろにつきながら、内心檄《げき》を飛ばしまくっていた。

その時ふと、オウヴェル王の後ろに控えた人物が目に入る。見たところオウヴェル王よりさらに年若く、そして彼とよく似た顔立ちをしていた。国王と似ているということは彼も王族、おそらくは王弟といったところだろうか。なんとなく王弟という言葉に引っかかりを覚えてしまうのは継承争が悪い意味で尾を曳《ひ》きすぎている。

（つうか、なんかすっげぇ睨《にら》まれてるんだが？）

ワットが彼に気づいたのは、彼の視線があまりに険しかったためだ。オウヴェル王とアンナは和やかな雰囲気で話している、にもかかわらず彼は憎しみすら感じる視線を注いでいた。

ワットが首をひねっていると、話が落ち着きを見せたタイミングでオウヴェル王が顔を上げた。

「そうだ。この機会に紹介しておこうか。こちらは私の弟で『ソナタ』。私に仕え、我が国の将を務めている」

「……ソナタ・ドオレです。以後お見知りおきを」

さすがに兄に紹介された上で険しい視線を保ち続けるつもりはなかったようで、ソナタは言葉少なく一礼した。

（なるほど、将ね。見た感じ、こいつなかなかやれるクチだな。しかし……なぜだろうな、覚えのある気配を感じるような？）

ソナタの身のこなしには隙がなかった。オウヴェル王の背後に忠実に控えているように見えて、何かあればすぐ彼を守れる立ち位置を常に保っている。同時にその佇《たたず》まいにどこか引っかかりを覚えた。それがなんなのか思い至る前に、王たちの会話は終わりを告げる。

「……今日は良い時間を過ごせた。それでは、会議の場でまた会おう」

「はい！」

初顔合わせは和やかに終わり、オウヴェル王とお付きの者たちを見送る。彼らの姿が遠ざかるや、さっそくメディエが盛大に息を吐いた。

「はぁーっ。緊張したー！」

「アンナじゃなくてお前が緊張するのかよ、メディエ」

「だってー。アンナの後ろで失敗するわけにはいかないでしょ？　お腹《なか》鳴ったりとか！」

「いやそんな気にしないだろ、ってかあんだけ食べて腹が鳴るわけ……」

――ぐぅ。あまりにもタイミングよく鳴り響いた音に、メディエが顔を赤くして黙り込む。すぐにアンナが噴き出した。

「ふふっ。もう、メディエさんったら……！」

クスクスと笑っている様子を見れば、いい感じに緊張はほぐれたようだ。結果オーライである、ワットは無言で親指をビシッと立てておいた。

「オウヴェル陛下は私よりは年上でしたが……王としては若い方なのですね。この場で新参者が私一人だけではないとわかっただけでも、とても安心できます」

「ああ、ドオレ王国ならうちと仲がいいってのは嘘《うそ》じゃあない。なんでも頼れるってほどじゃあねぇが、先輩としていい見本になるだろう」

アンナが胸をなでおろす。半ば観光旅行のようなものとはいえ、他国で会議に参加しようというのだ。知己を得られたというのは大きな安心材料だった。

それから一行はもう少し街中を見て回り。宿宮殿に戻ったところで見計らったように遣いの者がやってきた。

「頂に冠たる方々より、それぞれご到着の報《しら》せを受け取りました。これにて三冠が揃い、明日より至冠議会が開催される運びとなります。オグデン王国の皆様におかれましてもご準備いただけますよう……」

「連絡お疲れ様です。わかりました。エンペリモ国王にもよろしくお伝えください」

遣いの者が一礼を残して去ってゆく。実は彼らはエンペリモ王国における兵士なのだが、ぱっと見には宿の使用人のようにしか見えない。この国は隅々まで徹底して他国の歓待に特化しているのである。

「多くの国が集まる会議……私に務まるでしょうか」

アンナが胸を押さえる。ワットは手を振り笑いかけた。

「そう固くなるこたぁない。会議なんて聞き流しときゃあいいし。その後の会食あたりでは付き合いもあるだろうが、うちはそんなに目立たないポジションだからな。気楽にどーんと構えておきゃあいいのよ、どーんと！」

「適当にしているのはあなたの得意技だものね。昔からそう……」

「ぐっ。いいじゃねぇか。だいたいはいい感じにこなしてただろ！」

「いい感じに……。なるほど、精いっぱい勉強させてもらいます！」

「おう……ほどほどに学んでくれ。ほどほどにな」

さすがに娘が自分の真似をして嬉しいかと言われると、なかなか頷けないワットなのであった。

第三話　頂に冠たる者たち

「いつ見ても壮観だな、こりゃ」

『エンペリモ中央議会堂』——至冠議会《コローナセナートゥス》の会場となるその建物は、ただひたすらに巨大であった。

宿屋の時点で宮殿と見まがうような代物だったところ、なお輪をかけて規模が大きく。実にヤンタギオの街の半分を占めるほどである。国の規模からすれば過剰もいいところで、実際に国内の行事に使用することはほぼないらしい。

「会議のためだけにこれほどの……。この国の方々は皆、真摯《しんし》に取り組んでおられるのですね」

「全力っていやぁそうだろうな」

至冠議会に参加するのは女王であるアンナと警護としてワット、キャロームだけとなった。さすがにメディエはお留守番である。彼女だって国の代表が一堂に会する場にのこのこと紛《まぎ》れ込《こ》みたくはないだろう。

議会堂の中心、会議場はこれまた広々としていた。全体が緩やかなすり鉢状の構造になっている。

「陛下。我々の割り当てはこちらになります」

キャロームに案内された先、中央に向けて円を描くように配置された座席のうち、最も外周に近い辺りにオグデン王国の割り当てはあった。

「あいっかわらず隅っこに追いやられてんな」

「そうなのですね。あの……ここからでは遠すぎて、とても会議に参加できるようには思えないのですけど」

アンナが戸惑い気味に首を傾《かし》げる。各国が集まる会議というからには全ての国が参加して話し合うのだと彼女は考えていた。しかし現実はさに非《あら》ず。

「そりゃ仕方ない。この会議においちゃあ俺らは文字通りカーテンの外の者、外様だからな。この会議の真の主役は、あすこに座るお方々なのさ」

ワットが示した先、会議場の中心部にはぽつんと円卓が据えられていた。そこから三方に通路が延び、ちょうど会場を三等分している。

「真ん中に？　この会議には主役がいるのですか」

「まぁ説明してもいいんだが、こればかりは自分の目で見たほうが早いからな。どうせもうすぐやってくる」

アンナがあいまいに頷《うなず》いている間にもちらほらと席が埋まり始めた。ふと、その中に見知った顔を見つける。

「あちらにオウヴェル様が」

ドオレ王国一行だ。オウヴェル王のほか、あちらも護衛としてソナタ王子の姿もあった。向こうも気づいたのだろう、オウヴェル王が会釈してきてアンナが慌ててぺこりと頭を下げ返した。

「ああ、ドオレ王国も俺たちとおんなじ外様《とざま》身分だからな。外れにいるってわけさ」

「でも至冠会議の結果がより大きく関わってくる立ち位置だったはずよ。我々ほど気楽ではないでしょうね」

ワットたちの会話を聞くともなしに耳に入れながら、アンナはぎゅっと手を握りしめた。ちらと見たオウヴェル王は緊張することも、かといってのめりこむ様子もなく悠然と構えている。

「他国の王の姿を見ていると、やはり私は経験不足なのだと思い知ります。どうにも緊張が取れなくて」

「その経験ってやつを積むためにここにいるんだ。今のうちに思う存分緊張しておくんだぞぉ」

そんなやり取りをしているうちにも人は増えてゆく。その時アンナは奇妙な点に気づいた。埋まっているのが外周部の席ばかりなのだ。『主役』が来るといわれる中央は通路で三分割されているのだが、そこはぽっかりと空白のまま。不思議に思っていると、突如として楽隊による演奏が始まった。

「おっ、前触れが始まったか。いよいよ本命がくるぜ」

それまではさざめくように聞こえていた話し声が演奏が始まるとともにすっと静まり返ってゆく。反対に高まりゆく緊張の中、高台になった場所にホストであるエンペリモ国王が現れた。

「お集まりの皆様方、お待たせいたしました。此度《こたび》もこのエンペリモにいと至高なる方々を迎え、至冠議会を開く運びとなりました」

エンペリモ国王が話している間に中央から三方へ延びる通路に人影が現れる。列をなして入ってきた者たちが続々と中央の空いている席を埋めていった。

「いったい何が……」

「至冠議会、この会議の目的は各国の利害調整ってぇ触れ込みなんだが。実をいうと本当に利害を調整すべき国ってのはたったの三つしかない」

戸惑いを浮かべるアンナにワットが説明する。彼女が混乱している間に入場者の列が途切れ、三分割されたエリアにある席が綺麗に埋まりきった。

そうして中央から延びた通路の先にそれぞれ一人ずつ、最後の三人が現れる。

会場全ての注目を集めながら三名が進み出る。彼らは中央まで進むと円卓を囲んで席に着いた。その他すべての国を背負うかのように、三名の王が向かい合う形となる。

「見な。あそこに揃《そろ》った三人の国主。そして奴らを戴《いただ》く三つの大国……それこそが『三頂至冠《トレスコローナス》』。このバヒリカルドの地の覇者。この会議の主役ってやつだよ」

ワットのつぶやきに、アンナが息を呑《の》んだ。

流れる楽隊の演奏も最高潮を迎え、エンペリモ国王の言葉が会場の隅々まで広がった。彼は円卓を囲む三名を一人ずつ示す。

「ここに三頂至冠が一冠。『メナラゾホーツ帝国』が『シーザー皇帝陛下』」

一人は比較的年若く、三十代半ばほどの男であった。怜悧《れいり》な印象のある切れ長の目つきで周囲を睨《にら》む。色白の肌にゆったりとした衣装をまとい、動くたびに多数の装飾品がしゃらりしゃらりと音を立てていた。

「ここに三頂至冠が一冠。『ゲッマハブ古王国』が『スラトマー王陛下』」

一人は最も年嵩《としかさ》で、老境にある男だった。皺《しわ》と白髭《しらひげ》、長い白髪に埋もれその表情を読み取ることは難しい。杖《つえ》を椅子に立てかけ、腰かけたまま微動だにしていない。

「ここに三頂至冠が一冠。『アーダボンガ王国』が『カイセン王陛下』」

一人は壮年の男であった。浅黒い肌の巌《いわお》のような体つきで、豪快な様子で腰かけている。何が楽しいのか、口元にうっすらと笑みを浮かべ余裕たっぷりに向かい合う二人を流し見ている。

三人の名を読み上げたエンペリモ国王が、続いて結びの言葉を紡ぐ。

「円卓に三つの頂あり。これ等しく至高なりて、バヒリカルドに永久《とこしえ》の平穏と発展をもたらさんことを」

「永久《とこしえ》に」

最後に全員で唱和したところで開会の宣言を終えたエンペリモ国王が下がっていった。途端、中央で卓を囲んだ三人の至高なる国主が、一斉に口火を切ったのである。

「フン！　毎度、余を待たせおって。まったく年寄どもは動きが遅くてかなわんな！」

「小童《こわっぱ》めが、未だ口の聞き方のひとつも弁《わきま》えておらぬか。国が貧しければ、王もまた然《しか》りよのう」

「はっはっは！　二人とも変わりない様子で何よりだよ！　シーザー殿は相変わらずやかましいし、スラトマー殿はまだまだくたばりぞこなっている！　壮健そうで何より、何より！」

「カイセン。貴様はなんだ、また属国を減らしたか。平和などとまだるっこしいことをほざいているからそうなるのだ。我がメナラゾホーツの精強なること、見るがいい！　余に従う国が、またいっそうに増えたのだ！」

「……ふうむ。これはまた塵《ゴミ》ばかりをよくぞ集めたものじゃ。数ばかりでまるで質が伴っておらぬ。獣臭さがこちらまで漂ってきそうじゃ、寄るでない」

「はっは！　スラトマー殿、彼の虚勢を暴くのは失礼ではないかな。シーザー殿にだって薄っぺらくとも、矜持《きょうじ》というものがあろうしな！」

「矜持か。なるほど、貴様のような恥知らずには欠片《かけら》も縁のない言葉と見える」

「洟垂《はなた》れの餓鬼めが。うぬらが誇りを語ろうなどと百年はやいわ！」

「なんてことだ、誇りを知るまで百年はかかるそうだよ！　しかしそれだとスラトマー殿も身についてはいなさそうだね」

「貴様は百年どころか十年もあれば二度と起きぬ眠りにつくことだろうな」

「クキキ、十分じゃのぅ。うぬらごときを滅ぼすに十年も必要なかろうぞ！」

「残り少ない老い先を自ら削ると申すか。良かろう。余の帝国の力、見たいというなれば見せてくれよう……！」

「それはいい、存分にやってくれ給え。私は国許から秘蔵の酒を取り寄せて、観戦させてもらおうかな」

「逃げおるか、カイセン」

「君たち程度の争いでも、酒のつまみにならばちょうどいいからねぇ！」

――アンナが訝《いぶか》し気《げ》な表情で隣の父親を見上げる。

「……あ、あのう。お父様？　えっと、その。聞こえてくる内容が」

「うん。国の規模と王個人の品格って別問題だよなって、俺は思うんよ」

皆まで言うな、とばかりにワットが神妙な顔で頷いた。隣を見ればキャロームもまた処置なしとばかりに肩をすくめている。どうやら聞き間違いではなかったらしい。

「だとしても、どうして諸国の目前でこのような……」

ワットは戸惑いを浮かべっぱなしのアンナにわかる、とうんうん頷き返す。

「そうだな。どうせこっちゃ暇だし、ちょっくら詳しく説明すっか」

ワットはその場に適当な紙を広げると、ざっくりとひし形を描いた。それをバッテンで区切ってさらに四つのひし形へと分ける。

「こいつはこの地、『バヒリカルド』の略図だ。三頂至冠ってのはこの四つに分けたうち、だいたい三つ分にあたる。残る一か所は小国の集まりで、我らがオグデン王国もここに含まれてる」

「ワット……あなた未だに絵心皆無なのね。元近衛騎士団長ともあろう人間がまともな地図も書けないなんて、いい加減恥だからやめてほしいのだけど」

横から覗《のぞ》き込んだキャロームが顔を覆った。

「う、うっせ！　こんなのはわかりゃいいんだよ、わかりゃあ！」

「大丈夫です！　シンプルでわかりやすいですよお父様！」

「……娘に頑張って庇《かば》われるとなんかこう、それはそれでショックだな」

ワットは憮然《ぶぜん》とした表情のまま、とにかく説明を続ける。

「まぁそれでな。そもそも、バヒリカルドってのは三つの大国によってほとんどが占められちまってるんだ。デカすぎて、うち含め他の国じゃあ逆立ちしたって敵《かな》いやしない。名実ともの支配者ってわけだな。だから『三頂至冠《トレスコローナス》』……頂に冠たる国々なんて呼ばれてるのさ」

ふむふむとアンナが頷く。その間にも中央の円卓では聞くに堪えない罵声が飛び交っており、その間を縫うようにエンペリモ国王が淡々と議事を投げ込んでいた。

「ついでに言えばここ、エンペリモ王国ってなぁ中立国ってやつでな。とかく三頂至冠の全てに等しく頼って、全てから等しく距離を取ってんの」

エンペリモ王国は立地的にもバヒリカルドのほぼ中心にある。大国との板挟みもいいところなポジションにありながら、ひたすら偏りなく進めてゆくとこうなるのだろう。これはこれで興味深いところではあるが、なぜだろうか見習いたいという気はまったくしてこない。

「そんで肝心なのが……聞いての通り、三頂至冠同士は最悪に仲が悪いってことだ。というか実際にギリギリ殺し合ってないだけの敵同士だよ」

「では彼らが衝突するようなことがあれば、大きな戦が起こってしまうのでは」

「それがそう簡単には起こらない。あいつらは、互いに牽制しあって身動きできないでいる。つまり綺麗に三すくみを起こしてんのさ。うかつに争えば残った奴に隙を突かれるって状況でな。それを嫌うあまり、互いに『不戦の誓い』なんてもんを立ててるくらいだ。実際にここ五〇年くらいは争うのをやめて、その代わりに至冠議会なんてもんを開いてるのさ」

にわかに言葉が出ず、アンナは固まっていた。三つの大国、その危うい均衡の上にある平穏。今も会議場の中央で続いている口喧嘩《げんか》が、ひとつ間違えばバヒリカルド全域を飲み込む戦争の火種になりうることに変わりはない。

「あとは会議場の、三頂至冠の後ろに並んでる奴らだな。あれ全部、それぞれの属国の王たちだ」

「属……国？」

目を見開いてアンナが動きを止めた。

「三頂至冠ってのはどれも他の国を併合して拡大し続けてきたんだが……これ以上取り合うと互いに国境が接触しそうってんで限界がきちまった。そこで他の国を従えることで張り合うようになったんだ」

「他の国を支配するなんて……」

「支配ってぇのも、何もかも悪いわけじゃあない。小国にとっては強国の庇護下《ひごか》に入ることで得られる安定ってのも、確かにあるからな」

だがな、とワットは続ける。

「さっき三頂至冠同士は不戦の誓いを立てて、戦わないって言っただろ？　その代わりに支配下の国を嗾《けしか》けて代理戦争やらせたりしてんのよ」

「それでは結局、争いを起こしていることに変わりないではありませんか！」

アンナが表情をゆがめる。大国の振る舞いが、かつて彼女と争った叔父や養父の姿と重なる。彼女にとってそれは許し難《がた》いものだ。

「強いってのはそういうことだ。この地においてあいつらに正面切って逆らえる奴はいねぇ。あいつらの考えたことが正義なのさ。おかげで属国のほうでもうかつに切り捨てられないよう、互いに席次を争ってる始末だ。会議場の座席がな、三頂至冠に近い位置にいるものほど安泰ってわけ」

円形をした会議場だが、三分の一ずつ三頂至冠の勢力に分かれている。それぞれ扇形をしており、その頂点に近づけるものほど少なくなる理屈である。

「会議の形をとっちゃあいるが、ここは静かな戦場でもあるんだよ」

ワットが説明を締めくくり、アンナはしばらく考えてから口を開いた。

「……やっぱり私には、ここが正しいとは思えません」

「そうだなぁ。間違ってもまともだなんて言えねぇし、アイツら自身もそんなふうに考えちゃあいないだろう。だがな、そういうもんがあるってことは知っておかないとならねぇ。これから女王をやってゆくからにはな」

「何事も、学びがあるのですね」

「陛下には是非とも、あれらを反面教師として学んでいただきたいところですね」

すかさずキャローームが呟《つぶや》いた。アンナも神妙に頷く。実力的にも心情的にも、三頂至冠と同じことは彼女にはできないだろうから。

「そういえばさきほど、私たちは『外様《とざま》』だと言っていましたが」

「ああそれな。オグデン王国は別にどこかの属国ってわけじゃないだろ？　バヒリカルドに在って三頂至冠から独立している国を『外様』って呼ぶんだ」

そう聞かされてから改めて会議場を見回してみれば、外様にあたる国もそれなりの数いることがわかる。そういえばドオレ王国も外様のひとつであったはずだ。そこでアンナはふと思い至った。

「もしや……お義父様たちは、三頂至冠の戦いに巻き込まれないよう軍備を強化していたのでしょうか」

「いんやぁそんな立派なもんじゃなくて、もっとガキみてーなわがままの結果な気がするぞ」

ワットは渋い表情で顎を撫《な》でさする。前国王の頃より王国縦断鉄脚道《キングダムズトレイル》の開通や強力な鉄獣機《マシンスティール》の開発と、国力を高めることに余念がなかった。しかしオグデン王国がどこかから脅《おびや》かされていたような記憶はない。どちらかと言えば、三頂至冠と同じ高みまで登ることを夢見ての行動ではないかと、彼は睨んでいる。

「だがまぁ、そこが愚かなんだよな。三頂至冠がある限り、肩を並べようなんて奴は速攻で叩《たた》き潰されるのがオチだっつうのに」

既に頂にあり、さらに三すくみを起こしている彼らが、誰かが同じ高さまで昇ってくることを許すわけがないからだ。

「お父様の説明で、この会議についてはわかりました。……それで、私たちはここで何をすべきなのでしょうか」

「正直なんもない」

「何……も？」

よっぽど衝撃だったのだろう、ぽかんとしたアンナの表情を見てワットが噴き出しかけた。さすがに会議中にそこまで目立つことはできない、大慌てで顔を引き締める。

「いやすまん、からかったわけじゃあない。実際ここらの外様席にいる奴らにとっては特にやることがない。だから席が分けられてるわけでな。それになんだかんだ、うちの国力だってあいつらに次ぐ二番手ってぇの？　くらいあってな。顔色うかがいもそうそう必要ないし、ご近所さんもいるから挨拶するってくらいか。マジで」

「実際、ここ数回は前国王の体調不良を理由に参加を見送っていましたから。それで特に問題はありませんでした。我々にとっての本番は会議が終わった後、各国を交えての交流パーティが開かれてからですね」

アンナからすればさんざん三頂至冠の恐ろしさについて説明されたのに、実はやることがないというのは拍子抜けもいいところである。

「あとは会議の間に眠らないようにだけ気をつけてりゃあいい」

「……が、がんばります！」

そうしてアンナは考えた結果、ちゃんと会議の内容を聞くことにしたようだ。しかしそこでは見るも醜い大国同士の罵《ののし》り合いが、飽きることもなく続いているのだった。

◆

「……すごい会議でした」

「本当に開催時間の八割までがいちゃもんのつけ合いとはなぁ。よくもそれだけ文句が出てくる。むしろ感心するぜ……」

アンナは頭を抱えているし、ワットも肩が凝って仕方がない。何が悲しくて長時間に及ぶ罵り合いを眺めていなければならないのか。やっているのが三頂至冠でなければとっくに誰もいなくなっていることだろう。

「本日の会議はこれまでといたします。バビリカルドの地に、大いなる実りを」

エンペリモ王国の国王が締めくくる。始まりの時と逆に三頂至冠が真っ先に退出し、しかる後に属国がぞろぞろと去っていった。外様の国にいたってはご自由にどうぞといった具合だ。

ワットは首をコキコキと鳴らして凝りを取ると、気を取り直して立ち上がった。

「さあて、この後は俺たちにとっての本番、パーティの時間だ。それなりに挨拶はして回りたいところだが、参加国の数が数だからな。会えない国もざらにある」

「先ほどのような会議よりずっと意味があると思います。私、頑張りますね！」

文句のつけ合いより無意味な集まりなどそうはないだろうが。ともかくアンナがやる気満々なのは良いことだ。ワットとキャロームを護衛に連れて、女王は会議場を後にする。

会議の後には毎回、パーティが開かれる。参加した国同士で親睦を深めることを目的としている、という建前だ。会議の内容はほとんどが三頂至冠に限られるため、多くの国にとってはこのパーティこそが交渉の本番であるというのがほぼ共通認識となっている。

「けっこう人が入ってるな」

パーティ会場へと足を踏み入れたオグデン王国一行は周囲の様子をうかがう。会議の場とは異なり、あちこちで人々が和《なご》やかに談笑していた。かと思えば隅の方で密やかに話し込んでいる人の姿もちらほらある。新米女王であるアンナには顔見知りの一人もいない場所。ここで知己を増やすことが、彼女に求められる役割のひとつであろう。

誰かに話しかけるきっかけもなくきょろきょろとしていたアンナは、その中にようやく見知った顔を見つけだした。

「あそこ、オウヴェル様がいらっしゃいます」

ドオレ国王オウヴェルは見知らぬ人々に囲まれ、何事かを話していた。話しかけている側もいずこかの王族なのであろう。互いにグラスを片手に、堂々と談笑している。

「さっそくいい手本を見つけたじゃないか」

「ああやって外交するものなのですね」

「あちらにとっちゃ経験済みの舞台、こっちはお初だ。まずは場の空気に慣れていこうぜ」

「はいっ」

話し声がさざめく中、アンナたちは緩やかに歩き回る。そうしていると突然、彼女の進路を塞ぐように人影が現れた。ハッとして顔を上げると鋭い目つきの人物が彼女を見下ろしている。

「ふうむ？　貴様、この場にあるにはずいぶんと幼いな」

瞬間、アンナの表情が強張った。彼女はその人物と顔見知りではないが一方的に見知っている――なぜならつい先ほどの会議において、嫌というほどその姿を見ていたからだ。

（んっげぇ⁉　よりによって、なんでコイツと遭遇するッ⁉）

　ワットが泡を食うも全ては後の祭り。アンナの前にいるのは三頂至冠が一冠、メナラゾホーツ帝国が若き皇帝、シーザー皇帝その人なのである。背後に属国の王たちをぞろぞろと従え、彼は会場を己が庭のごとく歩き回っている。

　驚きのあまりしばし固まっていたアンナだったが、誰を前にしているかを思い出し慌てて気を取り直した。

「こ、これはご挨拶が遅れ申し訳ありません……。私はアンナ・オグデン、オグデン王国の新たな女王となりました」

「ああ、オグデン王国であるか。そういえばここしばらく先代の姿を見かけぬと思っていたが、代替わりをしていたのか」

「はい。若輩者ですが……今後ともよろしくお願いします」

（いいぞ、アンナがんばれ！　とにかく無難な返答で埋め尽くすんだ！　無理は禁物だぞ！）

　できることならばワットが代わってやりたいが、相手が三頂至冠とあってはそれも難しい。彼にできることはひたすらに心の中で応援することだけだった。アンナは傍から見ればハラハラするほどしどろもどろだったが、シーザー帝も特に咎《とが》めることもなく鷹揚《おうよう》に頷いている。

「オグデン王国も大変だな。新たな女王が、これほど年若いとは」

「……私自身は未熟な身ですが、優秀な臣下の支えもありなんとかやっております」

「そうか、励めよ」

そろそろシーザー帝の好奇心も満足する頃合いだろう。さっさと去ってしまえとワットが祈っていると、彼の望みとは逆に皇帝はふと何かに思い至っていた。

「……ふむ？　そういえば貴様。若い女王ともなれば伴侶は……王配はどうするのだ」

「は？」

返す言葉に詰まるアンナの背後、ワットは思わず素の声を漏らしてしまい慌てて口を引き結んだ。

「そ、それはまだ……。何より戴冠してより日も浅く、そのようなことまで考えている余裕はございませんので……」

目を白黒させながら答えるアンナを気にする様子もなく、シーザー帝は表情を動かさず何かを考え始めた。絶対権力者による沙汰を待つ時間というのは非常に神経を削る。アンナの顔色がだんだんと青く変わってゆくのを、ワットたちははらはらとしながら見守ることしかできない。

「ほう……そうか、なるほどな。オグデン王国であったか。確か、即位に関してなにやら奇ッ怪な仕組みがあったな……『継承選争《レガリスベルム》』、であったか？　ならば貴様、そう容易く国内の貴族を伴侶とするわけにもいくまいな？」

「わ、我が国の仕組みまでご存じなのですか。それは、博識に恐れ入ります……」

「新米にひとつ教えてやろう。玉座につくものは一挙手一投足においてその基盤をより強固とせねばならぬ。傍らに立つものが無用の長物たるなど言語道断と言えよう」

何やら興が乗ってきたのか、シーザー帝の弁舌に熱がこもる。アンナたちの動揺に取り合わず、彼は突き付けた。

「それで、どうだ？　我がメナラゾホーツ帝国旗下にある国より、貴様にちょうどよい王配候補を見繕ってやろうではないか。それで貴様の基盤も盤石のものとなろう」

「ええっ。あっあの！　そ、それは……」

「なあに、しかと好みも聞いてやるとも。どのような者が良い？　見目麗《みめうるわ》しいものか？　精力のあるものか？　剣に通ず、歴戦の猛者《もさ》か？」

アンナの顔色が青を通り越して白へと目まぐるしく変わってゆく。どう見ても限界だった。ワットは肚《はら》に気合を込めるとすぐさま二人の間に割って入る。

「失礼！　皇帝陛下のご配慮の厚きこと、さすがは頂に冠する国の御方。しかしその御心を受け止めきるには、我らが女王にはまだ荷が勝つ様子。どうか今少し、身体を休める許しをいただきたく」

急に話に割り込んできたワットを、シーザー帝がじろりと睨んだ。頂に座するにふさわしい威圧感を感じつつ、ワットは小揺《こゆる》ぎもせず次の言葉を待つ。ややあって皇帝が眉根を寄せた。

「……貴様、昔に見かけたな。ずいぶんと古い顔だ」

「ハッ、ご記憶いただけていたとは光栄です。十数年ぶりに現職へ復帰いたしました」

「フン、なるほどな。幼くか弱い王に、古く過保護なばかりの臣下と。今はそれで良いかもしれんが、己が力で旗を掲げられぬ国はいずれ倒れるが定めだぞ」

「重ね重ねのご助言、この胸に刻みましてぇございます」

「ならば、甘やかすのもほどほどにしておくのだな。為にならぬ」

それだけ言い終えると、シーザー帝は颯爽《さっそう》と踵《きびす》を返していった。その背後に属国の王たちがぞろぞろと続く。

「んぬひぃぃぃ……」

列をなして歩み去るメナラゾホーツ帝国勢を見送ったところで、ワットが深い、深いため息を漏らした。

まさか三頂至冠のほうから近づいてくるとは。いつもならばどこぞに座ってふんぞり返っているところへと挨拶に行くのが精々だというのに。気まぐれか、メナラゾホーツの若き皇帝はまた違うタイプなのか。いずれにせよいい迷惑としか言いようがない。

「こりゃあまっづいのに目を付けられたぞぉ」

「わ、わたしは……」

「大丈夫だ、無理するなアンナ！　皇帝にナシつけたんだ。とにかくまずは部屋に下がるぞ。キャロ、頼んだ！」

「ええ。陛下、失礼を！」

キャロームがアンナを抱きかかえ、素早く立ち去ってゆく。その後を追いながら、ワットは素早く周囲の様子を確かめた。アンナへと向けられる目、視線。三頂至冠の一冠より直接縁談を取り持たれた――その意味は果てしなく重い。

（こりゃあ大事になるかもしれねぇぞ……！）

戦慄を覚え、とにかく今は一刻も早く立ち去るのが先決だった。

◆

「ありがとうございました。だいぶ気分が良くなりました……」

宮殿のごとき宿に戻って休み、青かったアンナの顔色も落ち着いてきた。看病をしていたメディエが心配そうに見ている中、起き上がる。

「あの、私……三頂至冠の方に失礼をしてしまって……。大丈夫なのでしょうか」

「それなんだが……。正直、失礼がどうとかって場合じゃなくなってきてな」

負けず劣らず疲れた顔のワットがぼやく。首を傾げるアンナに、キャロームがためらいがちに報告した。

「パーティの会場で、既に噂《うわさ》が広まっておりました。……オグデン王国が、メナラゾホーツ帝国の傘下に下るのだと」

「⁉　……まさか！」

目を見開くアンナを落ち着かせようと、ワットが肩に手を置く。

「さっきのアレで、してやられたってことだ」

「確かにかの帝国配下の国との縁談ともなれば、傍から見れば降《くだ》ったも同然でしょう」

これまで横で聞くだけに徹していたメディエが叫ぶ。

「そんなの！　勝手すぎない⁉」

「そうとも！　まずなぁ、前提条件が間違ってんだよ。なんで！　いきなり！　アンナが結婚しなきゃいけないんだよぉ⁉　お父さんは許しませんよォ！」

「あ、そこなんだ師匠」

「ワットの戯言《たわごと》はさておくとして」

「おくな。真剣だぞこっちは」

拳を握り締めるワットを押しのけ、キャロームがアンナと向かい合う。

「正直に申し上げて、我が国は非常に危うい立場になったと言わざるを得ません。何よりもしも……このまま婚姻が成ってしまった場合、バヒリカルドの均衡を大きく崩すことになります」

「それは、どういう……ことでしょうか」

「ご記憶ですか。三頂至冠は三冠の力が釣り合っているからこそ三すくみに陥り、不戦の誓いを立てていると」

キャロームの説明を聞いた瞬間、理解に至ったアンナが再び顔色を青へと変える。

「オグデン王国の国力は、この地においておおよそ二番手にあたるのです。もしも三頂至冠のいずれかに従うことになれば……その天秤《てんびん》を大きく傾けること必至かと」

「それは……まさか。争いが、起こるのですか」

可能性の話ではある。しかしキャロームは頷き、アンナは両の手を握り締めた。その隣でワットが素《す》っ頓狂《とんきょう》な声を上げる。

「あっ。いまちょっとスゲーいやな予感がしてきたんだがよぉ」

「いいえ。きっと予感なんかではないわ、ワット。もうすでにゲッマハブ古王国とアーダボンガ王国からも、面会を求める使者が来ているから……」

「三頂至冠全部ゥ⁉　っざけんなよォォォアアアッ⁉」

父親の悲鳴がヤンタギオの夜に吸い込まれてゆく。

斯《か》くして世界の平穏を懸けた史上最悪の婿入《むこい》りレースが、ここに始まってしまったのであった――。

第四話　火のないところにも火種あり

たとえどれほど憂鬱であろうとも夜は明ける。エンペリモ王国に上る朝日はいつもと変わらず眩《まぶ》しく、暖かかった。そんな気持ちの良い朝だというのにオグデン王国一行に昨日までの気楽さは微塵《みじん》も残っていない。

「まだしばらく会議は続く……。気は進まねぇが、今日も征《ゆ》くとすっか」

ワットがコキコキと首を鳴らして呟《つぶや》いた。周りからは控えめな同意の声が返る。今日も居残り留守番であるメディエが気遣わしげに問いかけた。

「ねぇねぇ。そんなに嫌ならもう国に帰っちゃってよくない？　別に会議に出なきゃいけない理由もないんでしょ」

「昨日までならそうだったわね。でももはや、それは自殺と変わらない手段になってしまったわ」

「そんなにヤバいぃ？」

メディエが顔を引きつらせる。答えたキャローム自身、苦々しげな表情を隠しきれない。

「この地にいる限りは三頂至冠《トレスコローナス》は三すくみを起こしてうかつに動けない。しかし国許《くにもと》まで戻った後ならば……互いの目が届かなくなる。彼らを縛る鎖がなくなれば、その攻勢をしのぐのは非常に難しくなるでしょうね」

「さーいあっくじゃない」

彼女たちが話す隣で、アンナがじっと両手を握り締めている。ワットがそっとその手を取った。

「そう心配すんなって。確かにちぃとばっかし面倒なことになっちゃあいるが、俺たちがついてる。力になるからよ、なんとかしようぜ」

「お父様……」

「だから安心して顔を上げるんだ。女王を護るために俺たち騎士がある。だが行き先までは示してやれない。それはアンナ、お前自身で見定めないとな」

キャロームもまた頷《うなず》く。

「お任せください。群がる有象無象を、我らが女王陛下より遠ざけてみせましょう」

「しっかし骨が折れるぜぇ。相手は馬の骨どころか尊き血筋の方々ときた！　ロクでもねぇな、心底から」

「でもやるのでしょう？」

「当ッ然！　うちの娘にちょっかいかけてんじゃねーよ！」

「はいはい、あなたはそっちの理由が大事なわけね。やることが同じなら、まぁ見逃しておいてあげるわ」

「任せろ、バッチリ選別してやるぜぇ！　うちの娘が欲しいってのなら、まず俺の目に適《かな》う奴じゃあねぇとな！　ダメな奴は全部たたっ斬る」

「だから落ち着きなさいって、ワット」

キャロームのため息は深い。このままでは三頂至冠の思惑とはまったく関係なく刃傷沙汰《にんじょうざた》を起こして開戦しかねない。そしてこの中年オヤジを止められるのはおそらく彼女くらいなのである。わりと正直にこれ以上面倒を増やさないでほしい気分なのであった。

「大丈夫だよ、アンナ。師匠たちがついてるからね」

「はい……！」

アンナが己の頬をぱしっと叩《たた》いて気合を入れた。

「皆様がこんなに力を貸してくださるのに、私が……女王が下を向いていては諸国に笑われてしまいます！」

どこか無理の残る、しかし力のこもった笑顔にワットが笑い返す。

「ようし、いい笑顔だ。その意気だぞ！」

かくしてオグデン王国一行は、戦場に踏み込むかのごとき覚悟を決めて議会堂へと向かう。その背に向けて、メディエは今日一日の無事を祈らずにはいられなかった。

◆

当たってほしくなかった予想ほど外れないものである。会議場の席に着いて早々、その招かれざる客はやってきた。

「こちらオグデン王国が女王、アンナ・オグデン陛下とお見受けいたす！　いかがか？」

「……はい、私です。失礼ですがあなたは？」

「お初お目にかかります陛下！　俺はアーテホス王国が第一王子『マルッス・アーテホス』と申すもの！　以後、お見知りおきをよろしくお願いしますな！」

「は、はい……」

　ニカっと笑うマルッスの口元からきらめく白い歯が覗《のぞ》く。まるで自身の肉体を誇示するかのように、彼は口を開くたび何かしらのポーズをとっていた。ミッチミチに筋肉が唸《うな》る大男に迫られ、アンナが微妙にのけぞりながら答えている。微妙で済んでいるあたり彼女も強くなったということかもしれない。

　ともあれこれ以上の会話が進む前に、ワットがすっと両者の間に滑り込んだ。

「失礼ぇ、マルッス殿下。いかに話し合いの場とて、我が国王陛下の御前でありますれば、然《しか》るべき態度というものがございましょう」

　自分よりさらに背の高いワットが現れたことで、マルッスは露骨に不愉快そうな表情を浮かべた。

「なぁにぃ？　騎士のごときが何を出しゃばる！　俺がどなたの意を受けてきたと心得るか！」

「重ねて失礼。どこのどなたのご意思だろうと、我ら騎士へと命じることができるのは我が女王ただお一人。他国の御方に命じられるいわれはございませんのでぇ」

「まったくまともに道理も通じぬとは！　これだから外様は嫌いなのだ……」

　マルッスは苛立たし気にぶつぶつと呟いていたが、しばらくしてぐっと両腕を絞り筋肉を躍動させた。

「フンッ！　ならばそのだらしない耳に気合を込めて聞くがいい！　偉大なるシーザー皇帝陛下より勅命を伝える！　アンナ・オグデンの王配としてこの俺を迎え入れるように、命が下された！　光栄に思えぇ。貴様らは我がアーテホス王国とともに、皇帝陛下の御前に並ぶ栄誉を得たのであぁる!!」

言い切りズバシン！　とポーズを決めるマルッスだったが、オグデン王国勢からの反応は冷ややかだ。

「アーテホス王国……メナラゾホーツ帝国の属国のひとつで、かなり上位の立場にある国ですね」

後ろでひっそりと、キャロームがアンナの耳元で囁《ささや》くのが聞こえた。そんなことより、とワットは額に青筋を浮かべる。

（つっっざけんなよ帝国！　送り込んでくるにしたってせめてもうちょっとまともな奴にしろってんだッ!!　百点中〇点！　こんな筋肉バカ野郎、論外だってぇの!!）

幸か不幸か、心中の罵声はギリギリのところで喉から飛び出すことだけは避けられた。これが国許《くにもと》ならば言い切っていただろうが、ここは他国の庭である。仮にも筆頭騎士であるワットが主の恥となるわけにはいかないのだ。腹に気合をこめ、彼は努めて平坦《へいたん》な声音で応じた。

「なるほどシーザー陛下よりと。昨晩のお話は承知しております……が、こいつは異なことだ。彼の偉大なる帝国への敬意は持てど、我らは配下属国に非《あら》ず。寄越しました、ではいそうですと受け入れられるわけがございません。なおさら我らが陛下の隣に立たれるお方ともなれば！　他国の皇帝が一存で決めることじゃあ、決してない！　……よって、この場はお引き取りいただきたく」

言われたマルッスは間抜けにもポーズを決めたままぽかんとした表情を浮かべていた。怒《いか》りよりも何よりも真っ先に疑問がわいてくる。やがて理解が追いつくにつれ、その顔色が憤怒で赤く染まっていった。

「こ、皇帝陛下のお言葉を……足蹴《あしげ》にするだとォ⁉　正気か！　たとえ貴国が外様だからと、調子に乗るのも限度があろう！」

「では皇帝陛下にお伝えいただけますかねぇ。お言葉確かにちょうだいしました。じっくりと検討してぇ！　後日、返答させていただきますとねぇ」

ワットとマルッスが互いの顔を突きつけ合い、壮絶にガンを飛ばし合う。傍から見ればどう考えても喧嘩《けんか》だ。キャロームはともかくアンナははらはらとした様子で彼女の父を見ていた。

睨《にら》み合いが続いたのはわずかな間のこと。マルッスが先にポーズを解いた。その拳は握りしめられているが、この場で暴れる愚を悟るだけの知性は辛うじて残っていたらしい。

「……よかろう。貴様らの無礼、とくと皇帝陛下のお耳に入れてくれる！　沙汰が下される時を震えて待つがいい‼」

「ええ、ええ。ぜひともお待ちしておりますよぉ」

そうしてマルッスは足音も荒く立ち去っていった。ワットはその背に向けて魔除けでも撒《ま》いてやろうかと思いながら、真顔で振り返る。

「アレはなしで」

「気持ちはとってもわかるけれど。あなたが追い返しては陛下のためにならないでしょう」

キャロームが呆《あき》れたように肩をすくめる。アンナは頷くべきか悩み、首を傾《かし》げていた。

「ううむ、すまん！　あまりにも○点野郎だったせいでついやっちまった」

「いえ……。私も、どうすべきか思い至りませんでした……」

「確かに、しょっぱなに来るには酷い相手でしたね」

「おかげで朝っぱらからどっと疲れちまったっての。つうか本当に王配を決めるってわかってんのかアレ？　実は喧嘩売りに来ただけだったりしねぇ？」

「疑わしいけれど……さすがにそんなことはない、はず」

マルッスの様子を思い返して、さすがのキャロームも断言できないのだった。

「ったくうちを属国扱いして命令しやがる。それで当たり前と思ってるから、ああいう奴らは性質《たち》が悪いんだ。わがままに慣れた奴はこれだから……」

この地に三頂至冠を止められるものはいない。たとえ属国ではなくとも、国力差からほとんどの者たちが膝をつくのが現実だ。周囲を見回せば、まだまだここには多くの国が集まっている。実際に帝国が人を送り込んできたのだ、様子を見ていた国もここぞと動き出すかもしれない。

「ったくハードな一日になりそうだね、こりゃ」

そうしてワットたちが身構えていると、再び声をかけられたのだった。

「失礼。こちらがアンナ・オグデン陛下ですか？」

「覚えのあるパターン……！」

ワットは反射的に立ち上がり、アンナの前に立ちはだかる。さっきの奴が奴なので警戒心強めだ。

アンナがひょっこりと父親の陰から覗き込んだ。

そこにいたのはマルッスとは対照的な痩身矮軀《そうしんわいく》の男だった。滲《にじ》む脂に火をつけたように暑苦しいマルッスとはこれまた真逆な、どこか斜に構えた雰囲気をまとっている。彼は顔にかかった長髪をひと払いしてから告げた。

「ふぅん。私はトイヌイバ王国が第一王子『スコット・トイヌイバ』と申します。スラトマー陛下の命により罷《まか》りこした次第」

「……スラトマー王はゲッマハブ古王国の国主です。トイヌイバもやはり、彼の国の属国の中では上位勢ですね」

すぐさまアンナへとキャロームが囁くのを耳にいれつつ、ワットは堅い表情の裏で考えた。

（そりゃそうだ、来るのが帝国だけってこたぁないよなァ！　こいつはどうなんだ？　さっきみたいに躾《しつ》けのなってない狗《いぬ》を寄越したんじゃないだろうなぁ？）

来てくれと頼んだ覚えもないのに次から次へとよくもまぁ。ともあれ筆頭騎士たるもの、誰を相手にしても後に引くわけにはいかない。あと父親として採点も欠かさない。

「殿下も陛下へご用事と。そういえば先ほどアーテホス王国の王子がいらっしゃったが、用向きはご同様でしょうかね」

「ふむ、先にアーテホスが来ましたか。くく。それはそれは、さぞや不快な思いをされたことでしょう。彼の国が上位の立ち位置を築けたのは専ら先代の働きによるもの。今代とその愚かな王子たちで、あの国は沈んでゆくことでしょうね」

何が愉快なのか、スコットはひとしきり小さく笑うと表情を戻した。

「あの程度の驕しかないとは、帝国の威光も陰りが見えてきたというものです。しかしご安心召されよ、かのごとく沈みゆく船に乗る必要はありません」

スコットはその場に跪《ひざまず》くと、恭しくアンナの手を取った。ワットはよっぽど叩き落としてやろうかと思ったが、ギリギリのところで我慢して後ろに控える。

「我がトイヌイバ、ひいては盟主たるゲッマハブ古王国は真摯にあなたを必要としております。どうか、この私めをあなたの王配にお選びください」

「……王配となり、あなたは何を望むのですか」

「当然、覇を。このバヒリカルドの地に満ちる澱《よど》んだ空気を打ち払い、盟主ゲッマハブの下、ともに新たな黄金時代を築こうではありませんか！」

スコットが顔を輝かせ、陶然と謳《うた》う。アンナが空いた手をきゅっと握りしめた。ひと呼吸おいて問い返す。

「それは……どのような方法で成し遂げられる、おつもりなのですか」

「無論。我らが盟主、ゲッマハブ古王国が有象無象を討ち下し、この地の覇者となることによってのみ成し遂げられましょう！」

既にスコットの脳裏にはその光景が映し出されているのだろう、彼の陶酔は留《とど》まるところを知らない。

「アンナ陛下は類《たぐい》まれなる幸運の持ち主にございます。このような歴史的偉業のきっかけとなることができるのですから！　さぁ、その手にある輝かしき御旗を掲げられるがよかろう！」

ナニ言ってんだコイツ、それがワットの正直な感想だった。マルッスとは別ベクトルで落第確定である。彼は一発ガツンとかますつもりで前に出ようとして。その前に、アンナが答えていた。

「お断り、いたします」

堅い表情のアンナが告げた瞬間、スコットの表情が一気に凍りつく。目だけがぎょろりと動いて彼女を睨みつけた。

「ほう……私めの聞き違いでございましょうか。まさか、否《いな》とおっしゃいましたか？」

「はい。私は争いを好みません……野望による争いの原因となるなど、もってのほか。数多の民を巻き込み街を焼き、争いが生み出すものは何ひとつとしてないのです」

スコットは手を引き、すっと立ち上がった。顔に笑みを張りつけたまま小柄なアンナを見下ろす。その目だけが異様なほどギラついていた。

「なるほど、なぁるほど。陛下は未だ幼くていらっしゃるようだ。確か、女王につかれてまだ日も浅いのでしたね？」

聞き分けの悪い子供を諭すように、噛《か》んで含めるように言葉を紡ぐ。

「私も王子の身の程ではございますが……ひとつ陛下に忠告を。民を巻き込むとおっしゃるがそれは間違いです。民なぞ、王が導いてやらねば何もできない矮小《わいしょう》な者ども。支配者に仕えてこそ、その命を全うできるというもの。ゆえに民の方こそ、絶対的な指導者による素晴らしい支配を願っているのです。それはつまりゲッマハブ古王国が国主、スラトマー王の治世に外なりません」

ワットの耳が、アンナが小さく息を呑《の》んだ音を拾った。

「この偉業の一助となることこそ正しき判断なのですよ。いかがでしょう、ご理解いただけましたか?」

言うべきことを言った、スコットの表情は変わらず自信に満ち溢《あふ》れている。反対にアンナは自信などとは程遠く、それでも迷いの中から己の言葉を汲《く》み上げた。

「おっしゃることはわかりました。しかし……答えは同じです。お断りいたします……お引き取りください」

スコットが長いため息を漏らす。しかし彼はすぐに表情を持ち直した。

「ふぅむ! 承知いたしました。失礼ながら陛下は未だ真実に理解が追い付いておられない様子。それでは考える時間を差し上げましょう。我らと主の心がわかれば、きっと正しい道へと歩み出せるはずですから」

その時をお待ちしています――そう言い残してスコットは去っていった。

後に残されたアンナが、ふらつくように椅子に腰を落とす。その顔色は優れず、握りしめた拳がかすかに震えていた。

「よくぞ耐えきった! 成長したなぁ、大丈夫か? 今からでもアイツぶん殴ってくるか!? てめーなんざ十点くらいだこんちくしょうつって!」

「はい、大丈夫……そこまでは。少し……ショックだっただけです」

周囲の様子を確かめれば、さらに誰かがこちらへやってくる様子はなかった。完全に気を緩めてしまうわけにもいかないが、座って休むくらいの余裕はあるだろう。

「ったく、どいつもこいつも脂っこい奴らばっかり送り込んできやがって。アンナの健康を害するつもりかよ」

「少なくとも三頂至冠が属国から熱狂的な支持を受けているのは、嫌というほどわかったわね」

「考える頭が足りてねーだけじゃねぇか。気に入らねぇ」

ワットが呻《うめ》いていると、ぼんやりと考え込んでいたアンナが顔を上げた。

「お父様。スコット様の言っていたことは。あれが……支配者という、ものなのでしょうか」

なんと生真面目なことか、アンナは言われたことについて考えていたらしい。ワットなど既に記憶から消し去ろうとしていたところなのに。彼は少し考えてからゆっくりと首を横に振った。

「確かに王としての考え方のひとつではあるだろうさ。だがなぁ、あんなのは肥大しきったがゆえの傲慢でしかねーよ。民をモノとしてしか見ない奴らが何をするか、アンナはもう見てきただろう？」

「……はい。あんなことは、もう二度と起こしてはいけないと思います」

「そうだ。アンナはそれでいい。つうかアイツらはぶっ飛んでる中でも特にぶっ飛んでる類だと思うぜ。どちらも属国の中でも位階が高い。いきおい、宗主国への思い入れが強いっつうか強すぎるっつうかな」

言いつつ、ワットは頭を掻《か》きむしる。二連発でとんでもない奴らがやってきたものだ。昨日から覚悟していた危険とはちょっと質が違ってきている。もっとこうアンナへと有象無象の求婚者が群がるのを防ぐイメージでいた。なのになぜ来るのが思想バリバリの危険物ばかりなのか。

そうして彼はアンナの顔色が優れないことに気づいた。

「おっと、あんまり大丈夫じゃあなさそうだな」

「すみません。少し、気分が……」

「それはいけません。会議が始まるまではまだ時間があります、場所を移しましょう。新鮮な風を浴びれば少しは落ち着くでしょう」

キャロームがアンナの肩を支える。このままここにいても同じように他の誰かに絡まれるだけ。ワットたちが盾になることもできるが、どうしても女王であるアンナが対応しなければならない場面は出てきてしまうだろう。

（ったく、大国気取りどもの強欲さはアンナにとっちゃ毒でしかねぇぞ！　……来るべきじゃあなかったのか。この調子じゃあ勉強どころの話じゃねぇ）

そも、至冠議会という場そのものが大国のエゴがぶつかる場所である。それはわかっていたことなのだ。外様であるがゆえにオグデン王国が巻き込まれることはないと高をくっていたのが間違いだった。このまま三頂至冠の剝き出しの欲望に絡み取られるくらいなら、自国に閉じこもっていた方がいくらもマシだっただろう。

しかし既に賽《さい》は投げられてしまった。もはや勝手にゲームから降りることもままならない。

（最悪の場合、国許に戻ってなんとかすることも考えないといけねぇな。その時は……）

ワットは一度だけ、腰に提げた剣の感触を確かめたのだった。

◆

エンペリモ中央議会堂の周りには綺麗《きれい》に整えられた庭園が広がっている。参加者の緊張を和らげたり、時に秘密の語らいの場所として利用されるものだ。

ワットたちは周囲の様子をうかがいながら庭園の片隅にある東屋へと腰を落ち着けていた。ここなら生垣が視線を遮り、彼らの身を隠してくれることだろう。

「こちらへ。ここならばしばらくは休めるでしょう」

「ありがとう……ございます。少し落ち着いてきました」

穏やかな晴れ間の下、風にあたっていると毒気が抜けてゆくような気がする。そうしてワットとキャロームも気を抜きかけた、その時のことである。

「その様子では帝国と古王国のどちらか……あるいは両方から、人が来たようですね」

「!!」

どこからか聞こえてくる声。即座にワットとキャロームが立ち上がり、アンナを挟むように位置取った。驚くアンナを背に庇《かば》い、どこから何が来てもよいように全身を軽く緊張させておく。

「良い反応です、手練《てだ》れの騎士をお持ちだ。しかしこちらに害意はありません。剣をおいてもらえると嬉《うれ》しいですね」

「何者か知らないが、そういうならばまず姿を見せてはどうか？」

「もちろん。喜んで」

未だ姿を現さない相手へと誰何《すいか》の声をあげれば、生垣の向こうから男が現れた。ゆったりとした衣装の服装をまとい、均整の取れた姿をした美丈夫であった。

「自己紹介が遅れました。私は『コールス・アーダボンガ』……アーダボンガ王国の王太子と言ったほうが、通りがいいでしょうか」

「……ッ！」

名前を聞いた瞬間、ワットとキャロームが顔色を変える。

（冗談じゃあねぇぞ！　三頂至冠の一冠から王太子が乗り込んできやがっただってぇ⁉　んなバカな話があるか、そういうのは本国の跡取りになるもんだろうが。外様への婿入り競争に、どうして口を挟んできやがる⁉）

アンナはオグデン王国の女王である。だからこそその相手――王配という立場に価値が出る。つまり誰がオグデン王国に婿入りするか、そういう構図だったはずなのだ。なればこそ三頂至冠本国の王位継承権を持つ人間が関わってくるはずがない。現にメナラゾホーツ帝国やゲッマハブ古王国も、しっかりと属国の中から人を選んでいたというのに。

強張ったままの騎士たちを見て、コールスは柔らかく微笑む。

「そう身構えることはありません。私の用向きは、他の国とは少し違うものです」

「……でしょうね。王太子殿下御自らが関わるものじゃあございません」

「そういう意味ともまた少し違います。こちら、よろしいですか？」

問われ、ワットは仕方なく椅子のひとつを用意した。腰かけたコールスはワットを通り過ぎ、まっすぐにアンナを見つめる。

「アンナ・オグデン陛下、あなたのお立場は理解しています。おそらくはその舵取《かじと》りに難儀しているであろうことも。それとして此度《こたび》は語らう場を持ちたく、こうしてやってきました。良きも悪きもまずは知らねば判断なりますまい」

ワットは迷う。娘のことを考えるなら遠ざけるべきだ。しかし相手があまりに大物であり、実力排除もなかなか難しい。また一見したところでは攻撃的な雰囲気がないのも悩みどころである。

「……大丈夫です。聞かせて、いただけますか。私はまだ、浅学非才の身にすぎませんから」

悩んでいる間にアンナは動き出し、コールスと向かい合った。

この地に満ちる複雑怪奇な国同士の力学を、彼女は知らない。彼女はほんの半年前まで何も知らない籠《かご》の鳥だった。急速に広がりゆく世界に対して、準備がまったく追いついていないのだ。これ以上護られるばかりでは彼女はずっと置いてきぼりになる。戦うべき時は、来た。

コールスは柔らかな笑みを浮かべたまま頷いた。

「良い心がけです。困難から逃げることなく、しかし流されることもなく。この語らいが貴女の一助となることを願っていますよ」

「どうして……コールス殿下は私を助けようとするのですか。他の国々は私の……王配の立場を狙

うばかりですのに」

「でしょうね。貴国を求める理由について、いまさら説明の要はないでしょう」

アンナは頷き返す。

「ならば私の理由は簡単なこと。我がアーダボンガ王国は、バヒリカルドの平穏をこそ望んでいるからです」

意外な言葉に、それを聞く者たちは一様に驚きを浮かべた。コールスはわずかに苦い笑みを浮かべる。

「平穏を……。しかし貴国も三頂至冠の一冠。これまで拡大を続けてきたと聞きました」

「間違いではありません。今現在も多くの国を従えているのもまた、事実です」

それを侵略というのではないのか。アンナの表情には疑問がありありと浮かんでいる。

「言い訳ではありませんが、私たちにはそうするしかなかったのですよ。なぜなら我々は三頂至冠……ここには我が国以外に二冠があるからです。他国を喰《く》らい、より大きく強くなろうとし続ける国。そこで餌となることを良しとしないためには……我々も同様に強くなるしかなかった。陛下は、それすらも忌避されますか？」

「そんなことは……ございません」

アンナには否定できない。なぜなら彼女自身が義理の父親を退けて王位に就いたからだ。たとえそれが継承選争《レガリスベルム》という枠組みの中のことだったとしても、身を守るためには戦わなければならなかったのである。

「支配下となった国には、できる限りの保護と安定を与えてきました。とはいえ所詮、身の回りだけのこと。私たちは常に、このバビリカルドの地全てに平穏の木を植えたいと願ってきました。それには数多《あまた》の流血の果て、三冠の力に均衡が訪れる時を待つしかなかった。現在を仮初《かりそめ》の平穏と言いたければ、それもいいでしょう。しかし平穏とはなんの対価もなしに手に入るものではありません。そもそも、この会議を定めたのとて先代の我が父祖の功績によるものです。これでも流血を伴わなくなっただけ、ずいぶん上品になったと言えるのですよ」

それはアンナが聞かされた歴史ともおおむね一致している。きっとアーダボンガ王国の考えは正しい――少なくともこの地においては。それを理解しつつ、それでもアンナの表情は晴れなかった。

「私も、偉そうに言えた身ではありません。ですがそれでも考えるのです。少しでも犠牲を少なくする方法はなかったのかと」

「心優しい方だ。せめて生まれがオグデン王国でなければ、もっと平穏に過ごす未来もあったでしょう」

アンナはちらりとワットを、キャロームの姿を確かめる。青い顔をそれでも前に向けながら、毅然《きぜん》と言い放った。

「たとえ行く先に困難と争いがあるとしても……私はこの国の女王となったことを後悔はしません」

「そしてお強い方でもある。まずは自らの心に問いかけ、そして注意深く汲み上げてください。貴女の真なる望みを。もし叶《かな》うのなら、道を進むささやかなお手伝いをできるかもしれません。その時は遠慮なくお頼りください」

「……あなたは、私に何も望まないのですか」

「私の目的は知ってもらうことと、既に申しあげたとおりです。これ以上は、まずは陛下御自身がお考えになることでしょう」

そこまで告げ、コールスは立ち上がった。

「あまり話しすぎるのもご負担となりましょう、この辺りで失礼します。願わくば、この地に永久《とこしえ》の平穏を」

そう言い残してコールス王太子は去っていった。


再び戻ってきた静寂の中、アンナはどこかぼうっとしたまま呟く。

「三頂至冠とは皆、争いを好んでいるのかと思っていましたが。そうでもないのですね」

「他の奴らが〇点だの十点だのだったからな、そう思うのも無理はねぇが。しかしさすがはアーダボンガ直系の王太子だぜ、格が違う」

ワットは唸る。アーテホス王国もトイヌイバ王国も所詮は属国の中での上位に過ぎず、正真正銘の支配国とは比べるべくもない。

「聞いた感じ、言ってることも嘘《うそ》じゃあなさそうだが……な～んか気に入らねぇんだよなぁ」

「ワット、それってもしかして父親のわがままなんじゃ」

「ちょっ。ち、違《ちげ》ぇって！　俺の勘みてぇなものが囁くんだよ！」

キャロームからの視線がどうにも厳しい。悲しいかな、男親とはこういう時にどうにも信用に欠けるのだった。

「まぁともかくだ！　少なくともこの後の展開的にゃあ、感謝しなきゃならんかもな」

「どういうことでしょう？」

「なにせ属国のどこそこならいざ知らず、アーダボンガの王太子サマが動いたんだ。噂《うわさ》が広まるのは速いもんだぜ。猛獣の住処《すみか》に首を突っ込もうなんて度胸のある奴は、ここにはいないってことさ」

ワットが肩をすくめて見せる。三頂至冠に対抗できるのは三頂至冠のみ。割り込むことも張り合うこともありえない。有象無象の思惑は、王太子の登場によって吹き散らされてゆくことだろう。


「……ふむ、確かに。どうやらことは終わった後のようだね」

その時である。聞き覚えのある声がして、アンナが慌てて振り返った。

「これは……オウヴェル様！」

生垣の陰から現れた者、それはドオレ国王オウヴェルであった。彼は立ち上がって出迎えようとするアンナをやんわりと制し、椅子のひとつに自ら腰かける。その背後にはやはり王弟ソナタが気配もなく控えていた。

「ここな我が弟、ソナタがあなたたちのことを見かけてね。難儀に陥っているのならば手を貸そうと思ってやってきたが。どうやら取り越し苦労だったようでなによりだよ」

「お心遣いに感謝いたします」

彼の存在はアンナを勇気づける。ドオレ王国は三頂至冠の暴挙が始まる前からの味方だ。友邦として心配してくれるオウヴェル王の気遣いが、アンナにとっては心強かった。

「話は耳にしたよ。厳しい嵐に巻き込まれてしまったようだね」

「はい……。ですが、これも私どもが向き合うべき試練と承知しています」

「気を張るのは大事なことだ、王ともなればなおさらね。しかし努々《ゆめゆめ》忘れることなかれ、誰かを頼ることは何ひとつ恥ではないと」

「……はい。私の騎士たちも皆、奮闘して支えてくれております」

「うむ。私もせっかくできた友を、つまらないことで失いたくはないからな」

オウヴェル王がにこやかに頷く。しかし彼の表情にふと翳《かげ》りがさした。

「しかしアーダボンガの王太子までが現れるとはな。あれは厄介だぞ」

「コールス殿下をご存じで？」

「ああ。我が国は地勢的にアーダボンガから近い。良くも悪くも、彼《か》の国とは多くの因縁があるのだよ」

オウヴェル王は、笑みとも怒《いか》りともつかない曖昧な表情のまま語る。

「ひとつ、忠告というほどでもないが……アーダボンガ王国のことだ。確かにあれは一見して穏健な言葉を掲げている。しかし努々油断はしないことだ。あれも三頂至冠に違いはないのだから」

「……はい。ご忠告、いたみいります」

王太子コールスは三頂至冠であるがゆえの苦労を語った。オウヴェル王は三頂至冠を外から見ての脅威を語った。どちらが正しいのか、あるいはどちらも正しいのであろう。アンナは心の頁《ページ》にそれぞれの言葉を書《か》き留《と》める。

「おっと、手間を取らせてしまったね。ではひと足先に会議に向かうとしよう。なぁに君たちはゆっくりしてゆくといい。どうせ外様にとって大して価値のある会議ではないだろうからね」

やがて会議の始まりの時間が近づき、オウヴェル王が席をたった。去り際、それはでは背後にずっと控えていた王弟のソナタが黙ってアンナを見つめる。

「どうかしましたか？」

「……あなたは、もう決めたのですか」

「いいえ。私にはまだ……わからないことだらけなのです」

その答えを聞いて、ソナタは一度だけ頷くとすぐに兄王の後を追った。彼の背中を見送っていると、ふとワットも同じように彼らを見つめていることに気づく。

「お父様？　どうされましたか」

「ん？　ああ、いや……何《なん》でもない。それよりどうする。なんかもう今日の会議とか、ばっくれちまうか？」

「いいえ、参りましょう。今日はもう、これ以上絡んでくる国はなさそうなのでしょう？」

「なるほど違いない」

◆

その日の至冠議会は不気味なほどすんなりと終了した。

お決まりの三頂至冠同士の罵り合いもずいぶんと鳴りを潜め、奇妙な緊張感が三冠の間に流れている。その息苦しいことといったら、属国も外様も揃《そろ》って圧迫感を覚えるほどだ。

会議の後にはまたパーティが開かれるのだが、オグデン王国一行は全力で辞退すると即座に宿宮殿へと引き返していた。三頂至冠同士の正面衝突に口を挟もうなどという蛮勇の持ち主は、もういない。しかし騎士たちは気を緩めることなくアンナの身を護りながら宿まで辿《たど》り着いたのだった。

「はぁ～！　ここなら少しは落ち着けるな」

「お帰りアンナ！　大丈夫!?　むかつく奴はいなかった!?」

「……はい、大丈夫です。ちょっと疲れてしまいましたけど」

出迎えにきたメディエと手を取り合い、アンナがひと息つく。

「まったく話にならねぇ。ひっでぇのばっかり来たぜ。どいつもこいつも赤点だ」

「うっわー」

顔をしかめるメディエの横で、こちらも負けず劣らず渋い顔のキャロームが呻く。

「状況は非常にまずいと言わざるを得ませんね。私たちには対抗する手札があまりに乏しい。まだここで国内に婚約者がいたのならば、それを理由に断ることもできたのですが……」

「悔しいがシーザー帝の見立ては当たってる。女王派の貴族だってまったくの烏合《うごう》の衆なんだぞ。誰を相手に選んだところでアンナの治世の邪魔になるのが目に見えてるんだよなぁ」

「本来であれば、派閥の重要人物などが適しているのですが……」

女王派《アンナ》の最重要人物といえば。

「……んん？　それってもしかしてパパのことー⁉　ないない！　絶対ない！」

メディエが金切り声を上げげた。当然である。しかし悲しいかな、女王派にオットー・ソコム男爵以上に信頼できる貴族などいないのであった。

ワットが据わった目つきのまま剣の柄《つか》に手をかける。

「……オットーの旦那にゃあ恩もあれば友とも思っちゃいるが……娘に近づくとあっちゃあ、ヤらざるを得ん……」

「待って落ち着いて師匠！　ないから！　剣しまって！　目がマジで怖いって⁉」

ふと、ワットが黙り込んで目を細める。そうして剣に手を添えたままゆっくり振り返った。

「え？　なに？　師匠、もしかしてマジで……」

「違う。気を付けろメディエ！　侵入者だ‼」

ほぼ同時、キャロームが一足飛びにアンナの隣に移動する。

「誰だァ、てめぇ！」

ワットがいつでも斬りかかれる体勢を維持しながら誰何の声を上げる。いつの間に侵入したのだろうか、窓際には一人の怪しい男がいた。

第五話　心ない花束を抱えて

　魔石式ランプが照らし出す部屋。窓の外から闇が浸食してきたかのように、その男は立っていた。

「名乗りのひとつもないのかい？　こいつは無礼な客もいたもんだ」

　見知らぬ男だった。男性だというのも推測にすぎないが、体格を見るに間違ってはいないだろう。推測しかできないのは、その侵入者が奇妙な仮面で顔を覆い隠していたからである。装いは仮面からつま先まで黒ずくめ。ずいぶんと古式ゆかしい刺客の装いだな、などとワットの脳裏を冗談が過《よぎ》る。

「ま、誰だろうとてめーみたいな不審人物を見逃すわけにゃいかねーな」

　彼が油断なく間合いを詰めようとしたところで、にわかに刺客が口を開いた。

「……オグデン王国、アンナ女王陛下とお見受けする」

　何か薬などで声を変えているのだろう、奇妙にしわがれた声だった。しかも内容はまさかの今日何度も耳にした質問である。思わず抑えきれないため息がワットの口から漏れた。

「おいおい、先に聞いたのはコッチだぜ。ここがどこかわかってんならなおさら。首が飛ぶ前に名前くらい教えてけよ」

　正面の刺客に話しかけつつ、ワットは慎重に周囲の様子を探っていた。彼の鍛えられた感覚に他の気配は引っかからない。こいつは単独で侵入してきたというのか。いずれにせよ油断は禁物である。

アンナの隣にキャロームがぴったりとついているのを確かめ、ワットはいつでも仕掛けられるよう全身を緊張させた。

「陛下にお願いがあり罷《まか》りこした……。この度、あなたに持ち込まれた縁談……三頂至冠《トレスコローナス》より人を迎えるのを、全て拒否していただきたい。あれはあまりに世界の均衡を崩す」

思わず斬りかかろうとした手が止まった。剣の柄を握る手に力がこもり、ワットはたまらず怒鳴り返す。

「宿に忍び込んだ刺客が言うことかよ！　是非はどうあれ、そいつを決めるのは当人だろうが！　強制される謂《いわ》れなんて欠片《かけら》もない、ましてや無礼な刺客の言いぐさが通じるものかッ！」

ワットの怒気が膨れ上がったのを感じたのだろう、刺客もまた黒塗りの剣をすらりと引き抜いた。

「警告はした。賢明なる判断を求める」

「賢明だぁ？　んな御託はてめぇで実践してから言いやがれ！」

要求は聞いた。これ以上泳がせる理由もなし、ワットは即座に床を蹴った。

ひと足の間に飛び込んできたワットの一撃を刺客の剣が受け止める。引っかかった！　ワットはすぐに刃を返して相手の剣を弾《はじ》き飛ばそうとして――同じように刺客が刃を返したことで、互いの剣を払い合うだけに終わった。

「このっ！　まだまだッ！」

「!?」

一度くらいしくじろうとも攻撃の手を緩めることはない、ワットはすぐさま踏み込みなおす。刺客もまた剣を振り上げ、再び互いの剣がぶつかり合った。そのまま相手の剣をいなそうとする試みは、やはり同じような動きを取ったことによって引き分けに終わる。

「てめっ、やるじゃねぇか」

「……貴様、まさか」

ならばとワットは足技をしかけ。まるで鏡写しのように刺客も蹴りを繰り出し、またも互いを叩《たた》き合った。やむなく距離をあけ刺客を睨《にら》みつける。

「やはりか」

ぞっとするようなつぶやきとともに、今度は刺客が斬りかかってきた。すぐさま剣で受け流すと、ワットは反撃に出る。回転の勢いを乗せた一撃は刺客の掬《すく》い上げるような剣によって受け止められた。それ以上は追撃せず、ワットは再び飛び退く。その表情には怒りよりも強く戸惑いが浮かんでいた。

「おいおい冗談だろ？　その動き、剣筋……馴染みがあるなんてもんじゃねぇ。てめぇはいったい……!?」

対する黒ずくめの刺客はわずかな沈黙を挟み、逆にワットに向かって問いかける。

「聞かせろ。貴様……『イカル』という名に、聞き覚えはあるか」

「ッ!!　やはり、てめぇは！　あの陰険サディストクソジジイを知ってやがんのかッ!?」

ワットの呻《うめ》くような答えを聞いた瞬間、刺客がしわがれ声で笑い出した。

「クッ……クフッ……フッ……ハハハッ……！　そうか！　そういうことかぁ！　貴様が、貴様こそが兄弟子殿なのだな！　なんたる奇遇、なんたる巡りあわせ……！　師の遺された試練、これで全うなりましょうや！」

「今、なんつった」

射貫《いぬ》くようなワットの視線をものともせず、刺客は未だ笑い止まらずにいる。仮面の下の表情が歪《ゆが》みきっていることは想像に難《がた》くない。そうしてひとしきり笑った後、刺客は堂々たる態度で一礼した。

「おお、おお。そうだ兄弟子殿、これはご挨拶が遅れ申し訳ない。初めましてだ。私は師『イカル』最期の弟子……そしていずれ貴様の死となる者。くく、今宵《こよい》はまったく予想外で、嬉《うれ》しい出会いだったことよ！」

「ッちょ待てやァ！　黙って聞いてりゃあ好き勝手ほざきやがって！　『イカル』だぁ⁉　答えろ！　あのクソジジイが……まだ生きてやがんのか‼」

「死んださ。さて、せっかくの出会いだがここはいかにも場が悪い。仕切り直させていただこうか」

言うなり、刺客は躊躇《ちゅうちょ》なく窓から身を躍らせていた。

「勝手なことを！　おい待て……」

慌てて窓辺に駆け寄ったワットを突風が押し返す。静寂を斬り裂く、劈《つんざ》くような蒸気の排出音。闇夜の中、星明かりに立ち上がりゆく巨大な人型の影――鉄獣機《マシンスティール》！　その機体は全体が黒く塗られており、暗闇にあっては形状すら判然としない。

「去らばだ兄弟子殿！　改めて刃をかわす時を楽しみに待っていてくれ！」

直後、黒い鉄獣機が背の翼を開いた。魔力の輝きが翼に満ち、巨体が浮かび上がるやすぐに推進器に点火。夜空に轟音《ごうおん》を響かせ、黒い鉄獣機はいずこへともなく飛び去ったのである。


「うっそだろぉ……」

呆然《ぼうぜん》と見送っていたワットの隣にキャロームがやってくる。

「いったい、あれはなんだったの」

「俺が聞きたいくらいだよ」

ガシガシと頭を掻《か》きまわし、ワットは今日何度目かも忘れたため息を漏らす。ただでさえ頭の痛くなるような状況だというのに、さらに厄介な問題が増えたときた。何か良くないものにでも取り憑《つ》かれているのではないだろうか。厄落としは必要だろうか？

「挙句の果てに空飛ぶ鉄獣機ときたもんだ。んな代物、どう安く見積もったって魔獣級《ブルート》程度にゃ収まらねーぞ。そんなもんほいほい持ち出す刺客がいるなんざ魔境すぎんだろ」

しかも、さきほどの黒い鉄獣機はおそらく聖獣級《クルセイダー》以上の格を有する機体である。建造費も高価ならば数も少ない貴重な機種のはず。本来ならばいち騎士団の長あたりに与えられるもので、たかだか刺客として差し向けられる程度の人間が乗り回していい機体ではない。

ワットはそれ以上何もないことを確かめ、とぼとぼと娘のもとへと戻る。

「すまねぇ、取り逃がしちまった」

「お父様、ご無事でなによりです。それより師がどうとか……いったいどういうことなのでしょう

か！」

「それってもしかして！　師匠の師匠がいるってことだよね⁉」

頭を下げたワットを待っていたのは、心配よりも非難よりも質問の嵐であった。アンナはまだ多少なりとも父の身を案じているのだろうが、メディエなどほとんど好奇心だけで身を乗り出してくる始末。ワットは無言でデコピンをくらわせておいた。

「いったぁー⁉　師匠、ひどい！」

「そういうのは後。まずは女王陛下の身の安全が最優先だっての」

その頃には黒い鉄獣機がまき散らした轟音に驚き、宿のあちこちから騒がしい気配が漂ってきた。夜中になんとも迷惑なことこの上ない。

「ひとまず、今晩は近衛《このえ》で不寝番《ふしんばん》をします。明日からどうするかは考えねばならないわね」

テキパキと指示を出し始めたキャロームの背を見送り、ワットは苦虫を噛《か》み潰したかのような表情で呟《つぶや》いた。

「娘の結婚騒動だけでも十分面倒だってのに、覚えのない弟弟子まで現れたとよ。今日は人生最悪の日かっての」

泣《な》きっ面《つら》に蜂《はち》、厄介ごとは連なってやってくるものである。それにしたって限度があるだろうと、ワットはげんなりとした気分で肩を落としたのだった。

斯《か》くして至冠議会二日目、オグデン王国にとって激動となる一日がようやく終わりを告げる――。

◆

理由はどうあれ、街中で王族を狙った刺客が現れたというのはホストであるエンペリモ王国にとって大きな失点であった。

三頂至冠の足元で火遊びをするような不逞《ふてい》の輩《やから》を許すわけにはいかない。すぐさまヤンタギオの街中に厳戒態勢が敷かれ、いずれ国の威信をかけた犯人捜索が行われることだろう。

ワットたちのもとにも王国の兵たちがつめかけ、ひと通りの聞き込みを終えて帰っていった。平穏が戻ってきたのは夜もとっぷりと更けたころのこと。

とはいえ、はいこれでお終《しま》いですと女王の護《まも》りを薄くするわけにはいかない。そうして近衛騎士たちが交替で寝ずの番に着くことになった。もちろんローテーションの中にはワットも組み込まれており、一番手に選ばれたのである。

弱められた魔石式ランプの光の下、ワットは女王の部屋の前に陣取りながらだらけた格好で椅子にもたれかかっていた。気が抜けているようでいて、周囲の様子にはしっかり神経をとがらせている。何かあればすぐ気づく――と言いたいところだが、さきほど刺客が部屋に踏み入るまで気づけないでいた反省もある。

(俺も焼きが回ったもんだぜ……と言いたいが、あの野郎。同門ってこたぁアイツも気配断ちを身に着けてやがんな)

時に忍び、敵と相対すれば荒ぶり打ち倒す。人・魔・機・獣あらゆる存在を相手に勝利し生還するための技——ワットが叩き込まれたのは、そんな技術である。

（『イカル』……あの人格破綻カス師匠の名前を聞くなんざ、何十年ぶりになるか）

ワットが彼《か》の人物に師事していたのは軍に入るよりも前、幼少の頃のことだった。長く思い返すことすらなかった記憶を慎重に脳裏から汲《く》み上げてゆく。

（刺客の野郎は自分を弟子と言ったな。俺より後ってこたぁ……あの時殺し損ねて……）

そこで考えを打ち切り、顔を上げる。すぐに守るべき部屋の扉が音もなく開かれた。中からひょっこりと出てきたのは誰あろう女王その人である。気配で気づいていたワットは首を傾《かし》げて問いかけた。

「なんだい。眠れないのか」

「……はい。考え事が、止まらなくて。少しお話ししてもいいですか？」

「そりゃあ今日は色々あったからな。俺でよけりゃあ聞くよ」

ほうと息を吐いて椅子を引いてすすめ、夜番の供にと用意した茶を注ぐ。女王に対する態度としては雑にもほどがあるが、父と娘が話す場としては十分だろう。あまり遅くならないようにと釘《くぎ》を刺すと、小さく笑われた。

「フロントエッジシティにいた時も、こんな風に夜中にお話ししましたね。最近はお父様と離れて過ごしていたから、ご無沙汰でしたけど」

「そういやそうだったな」

フロントエッジシティにいた短い期間、アンナはワットとともに暮らしていた。仕事のことから夕食の献立まで、毎日のようにくだらないことを話し合っていたものだ。それ以前は人間らしく扱われていなかったアンナにとって、初めて知る人間らしい暮らしだったという。

「でも、国許《くにもと》では周りにキャロームさんがいてオットーさんがいて。メディエさんだってしばしば話をしに来てくれました」

「前二人はともかく、最後のは遊びに来てるだけだろうな……」

「ふふ。だけどそのおかげで、女王になっても大変ではあれ辛いと思ったことなんて一度もありませんでした」

そうしてアンナは目を伏せる。

「皆がいれば女王としてやっていける……そんな気がしていたのに。所詮、国の中のことだけだったからなのでしょうか」

「んなこたねぇ。いくら国外のことだからと、ここまでの騒動を予測できた奴はいないいさ」

王配の問題にしてもいずれは挙がってくることだったかもしれない。しかしこれほど突然で、しかも脅威を伴うことにはならなかったはずである。外交上必要だったとはいえ、あのパーティでの邂逅《かいこう》からずいぶん厄介な事態に発展したものである。

「私……こうなってしまってからずっと考えていたんです。もしも隣に誰かを迎えるのならば、どんな人がいいのかと」

「お、おう……」

（おのれぇ……うちの娘が誰かを迎え入れるのが確定みたいになってんじゃねぇか！）

ぴくぴくとワットの頬がひきつった。この問題の焦点はそこであると頭ではしっかりと理解している。しかし感情は別なのだ。

（そりゃあゆくゆくは誰かを迎えるだろうさ！　しかしなぁ、こんなに急ぐ必要があるものかよ。まだ十七、しかも女王になったばかりなんだぞ！）

ワットが一人脳内で憤慨している間にも、アンナがぽつぽつと話し出した。

「私はオグデン王国の女王なのですから……まずは国の利益を第一に。三頂至冠から誰かを迎え入れるのは益もありますが、危険も大きいと思います。それよりも国内から誰かを迎えて、地盤を強化した方がよいのではと思っていて……」

「うん。……うん？　ええと、だな」

ワットは聞きながらだんだんと首を傾げていった。そうしてわずかな逡巡《しゅんじゅん》を挟み、やがて覚悟を決めて問いかける。

「なぁアンナ。いくら女王だからつって、別に国のために生きなきゃあならないなんてことは、ないんだぞ」

彼女が語る言葉だというのに、そこには彼女自身の望みがまったく入っていないのである。それはあまりにも歪《いびつ》な願いであった。言われた当人はしばしキョトンとした表情を浮かべ、ややあって眉根を下げる。

「……誰かが一緒にいる未来なんて、今まで考えたこともなくて。だから問われてもいまいちピンとこないのです」

彼女が籠から解放されてまだ半年くらいしか経っていない。ごく最近まで、彼女は誰かに対する望みも何も持ち合わせてはいなかったのだ。

（……怪我の功名ってわけでもないが。アンナのことをより知れたのは良かったかもしれないな）

「どうせ聞いてるのは俺だけなんだ。理想でも空想でもなんでもいい、アンナの素直な想《おも》いを教えてくれたら嬉しいよ」

ゆっくりと問い返す。アンナは困り顔で視線を忙しなく宙に彷徨《さまよ》わせていたが、やがてぽつぽつと話し出した。

「あ、あの……だったら。一緒にご飯を食べて……他愛のない話を聞いてくれて」

「うんうん。いいねぇ」

「危ない時には、いつでも助けに来てくれて」

「うん？　うん……」

「私のことを護ってくれる……お父様みたいな人が、いいです」

「………そっ……か」

なるほど確かに。継承選争にまつわる一連の出来事は、彼女の人生において極めて鮮烈で印象深い出来事だったのは間違いない。父親としては嬉しい気持ちもある反面、複雑でもある。何しろあんな事件はそうそうあるものではない。将来の伴侶に求めるハードルとしては高すぎるのではないだろうか。娘がちゃんといい相手を見つけられるのか、これまでとは別の意味での不安感が湧き出してきたワットなのであった。

そんなこんな雑談をかわしながら茶を一服していると、今度はアンナが問いかけてきた。

「私からも質問していいでしょうか」

「ん、いいぞ。なんでも聞いてくれ」

「お父様のお師匠様とは、どのような方だったのですか？」

ワットがぴくりと動きを止めた。渋面《じゅうめん》が浮かびそうになるのをギリギリで食い止める。

「ああ、それは……。あまり聞いても面白い話じゃあないだろうが、いいか？」

「でも興味があります！　お父様のお師匠様ともなれば、それは素晴らしい剣士なのでは」

しかし思い浮かぶのはどれもこれもロクでもないことばかりで、とてもではないが娘の耳に入れてよい内容ではない。さんざん悩んだ挙句、彼はようやく言葉を絞り出す。

「少なくとも立派な人間じゃあなかったよ。むしろ真逆、この世の悪徳の煮凝《にこご》りみたいな奴だったさ……」

そうしてワットはわずかに目を伏せ、在《あ》りし日の記憶へと思いを馳《は》せるとぽつぽつと語り始める。

それは、ワット・シアーズが幼くして生まれ故郷を失った頃のこと。原因ははぐれ魔物の襲撃によるもの。悲劇ではあったが、それ自体はありふれた出来事でしかなかった。天涯孤独となったワットはあてどもなく放浪を重ね、やがて一人の男と出会った。それが彼の剣の師匠である『イカル』

であった。

「奴について知っているのは名前だけ、家名も何もわからない。その頃、師イカルはとにかく俺と同じような境遇の子供を片っ端から集めては、弟子にしていたんだ」

悲劇がありふれているならば犠牲者だって吐いて捨てるほどいる。イカルは大勢の身寄りのない子供を集めると、人里離れた地で弟子として修行をつけ始めたのである。

「最初は感謝すらしていたんだ。修行は厳しかったが飯は食えたし、何より強くなれた。てめぇの身に降りかかる困難をぶちのめす力を得られる。そりゃあ嬉しかったものさ」

だが、そんな喜びは一時の甘い餌でしかなかった。師イカルによる修行は急激に厳しさを増してゆき。やがて最初の脱落者が現れた。修行に耐えかねて命を落とした者。それを見て怯《おび》え、逃げ出した者。師イカルは、逃げた弟子の全てをその手で斬って捨てた。

「まだはっきりと覚えてる。兄弟弟子たちの亡骸《なきがら》を並べて、あのクソ野郎は言ったのさ。『こいつらは塵《ゴミ》のまま終わった。塵から人に戻りたくば強くなり、全てを斬れ。それだけが唯一の道だ』ってな」

もはや喜びなどどこにもなかった。ただ恐怖だけに背を押され、弟子たちはがむしゃらに修行に打ち込んだ。それを師イカルは満足げに眺めていたのだ。

そんな中で幸か不幸か、ワットには剣の才能があった。皮肉にもイカルの過酷な修行を耐え抜いたことで実力を開花させたワットは、その力でまず兄弟弟子たちを護った。魔物からであれ修行からであれ、それ以上誰も理不尽に死ぬことのないように。そうして過ごすうちに、ワットは弟子たちのリーダーのような立場となっていた。

――そうしてワットが十三歳になった頃。兄弟弟子の最後の一人が、死んだ。

「……冷たくなってゆく兄弟弟子を抱きしめた俺に、イカルは言いやがった。『これで塵は全て洗い流され、貴様という輝ける才能が現れた。今こそ貴様に免許皆伝を与えよう。その力を以《もっ》て、あらゆる戦場で、普《あまね》く敵を斬り伏せるが良い！』……とな。だから、お望み通り斬ったった」

衝動もなく、激情もなく。ワットはごく自然な流れとして、師イカルを背中から斬り捨てた。

「己の血に沈んでなお、斬った俺をいい仕上がりだって褒めるような、心底どうしようもないクズ野郎……それが俺たちの師匠だった男だ」

ワットの淡々とした語りを聞き終えたアンナは、言葉に詰まった様子で顔を伏せていた。安心させるようにワットはおどけてみせる。

「しっかしなぁ！　あの時、しっかり仕留めたと思ってたのによ。刺客の野郎は我こそが最後の弟子だって言ってやがった。ってこたぁまさか仕損じたのさ、この俺が。人生の汚点もいいところだよ！」

アンナはようやく顔を上げると、迷いながらおずおずと問い返す。

「お父様は……その、お師匠様から離れて、それからどうされたのですか？」

「んん？　まぁ師はクズもいいところだったが、教わった技は使いようだからな。腕を生かすために軍に志願して、あとはだいたいアンナも知ってるところだろう」

アンナは頷《うなず》き納得した。そうなると次に気になってくるのが刺客の存在である。

「同じ師匠について学んだということは、あの刺客も……お父様と並ぶほど強いのでしょうか」

どこか不安げな様子で呟く。ワットはふむと唸《うな》り、つい先ほどの戦いを思い返した。

「やり合った感じ、確かに同門の技を修めてるなって思った。癖がな、どうしようもなく似てるんだ。とはいえあっちも全力は出してないだろうしな、強さはなんとも言えねぇ」

(そういや気になることを言ってやがったな。課題とかなんとか……死にぞこないのクソジジイがいったい何を吹き込んだことか)

少なくともロクでもない内容だろうということだけは確信できる。かつてワットと、今は亡き兄弟子たちが与えられたもののように。

「いないはずの弟弟子さんと、このような場所で巡り合うなんて」

「そういや弟弟子発言にビックリしすぎて忘れちまってたが……アイツも縁談話に異議申してきたクチだったか」

そもそも、この場所にいるのは至冠議会にかかわりのある者ばかり。だとすれば、あの刺客もどこぞの王族だったりするのだろうか。

(どこかを選べ、ではなく縁談話そのものがご破算になれば喜ぶところ、か。どこだろうねぇいっぱいあるな多分)

というかそれだともしかしたら、一番の容疑者がオグデン王国の人間になってしまうのではないだろうか？　悪い冗談もいいところである。

すっかりとぬるくなった茶をあおり、ワットは頭をガシガシと掻いた。

「こんな話ばっかしてたら、余計寝られなくなっちまう。明日に響くし、そろそろ寝たほうがいい」

「……はい。ではおやすみなさい、お父様」

「おやすみな」

素直に部屋へと戻ってゆく娘を見送り、ワットは再び寝ずの番に戻る。

(娘の将来に、若かりし頃からの宿題ときた。厄介ごとによく出会う旅行になっちまったなぁ)

破滅的な縁談を持ち込む大国と、同門の刺客が同時に襲い掛かってくるとは。どうやら父親としては、しばらくの間眠れぬ夜を過ごすことになりそうである。

◆

至冠議会に参加する国は小国から大国まで様々である。

割り当てられる宿の規模は当然国力相応となり。いきおい、三頂至冠の一冠ともなれば宿を飛越して専用の宿場街がひとつ造られることになる。

――『メナラゾホーツ宿場街』。

それはシーザー皇帝の座所たる城を中心として、その配下や世話をする人間たちが集まる街である。余談ではあるが、この手の宿場街は至冠議会の期間外は人気《ひとけ》のない幽霊街と化すことになる。

街の中心に聳《そび》える城も贅《ぜい》を尽くした豪勢なもので、内部には謁見の間さながら玉座までもが用意されていた。

「……それで。貴様はオグデンの小娘に言い返されるまま、おめおめと引き下がってきたというのか」

そんな玉座に肘をつき、メナラゾホーツ帝国が皇帝、シーザー帝が呟いた。その整った顔に浮かんでいるのは明らかに呆《あき》れの感情である。

彼の前には深く跪《ひざまず》いたまま微動だにしない男が一人。帝国の属国がひとつ、アーテホス王国の第一王子マルッスであった。

「ははぁっ！　陛下の勅命を申し伝えたところ、あろうことか従えぬと！　まったく愚か者どもにございまぁす！　いかに外様《とざま》とて、陛下のご威光を理解せぬとは！　これを正すべく私めの微力を尽くしましたがぁ、悲しきかな彼奴等《きゃつら》は聞き入れることなく……」

マルッスが力説する。自分がいかなる無礼を受けたのか、余すところなく皇帝に伝えて。

ごく当然の結果としてシーザー帝の視線がどんどんと冷ややかさを増してゆくが、マルッスがそれに気づく様子はなかった。なおも言い募ろうとしたところで皇帝が手を振って止める。

「御託はいい。貴様はこの役を与えられるにあたって、余になんと言ったか覚えているか？」

マルッスがビクりと体を震わせた。急速にその顔色が青ざめてゆく。

「……そ、それは」

「余の記憶が確かならば、是非ともその役、己に命じてくれ……だったか。その程度の役目簡単であるとも、メナラゾホーツに代々仕える譜代として恥じない働きを約束するとも言ったな？」

マルッスの額を冷や汗が流れ落ちてゆく。シーザー帝の記憶は正確だ。マルッスは大口を叩いて役目を受けておきながら、失敗の報告を持ち帰ったことになる。

「しかもだ。既に二冠もオグデン王国の価値に気づき、動き出していると報告を受けている。なれど、早々と動き出した我が方が有利であるのは、当然よな？」

「お、仰《おお》せのとおりに……ございまするぅ」

もはやマルッスの冷や汗は滝のごとき有様で、下げた頭からぽたぽたと滴《したた》っては床の染みを広げていた。足りない脳みそをかき集めるようにして言い逃れの言葉をひねり出す。

「そ、そうだ。いかがでございましょうか、皇帝陛下！　いっそ王配を狙うなどというなどとまどろっこしい真似はせず、オグデン王国程度さっさと平らげてしまえば良いのでは！　もちろんその際の一番槍《いちばんやり》は、この私めにお命じくだされば ぁ！」

「ほほう。なるほど……」

シーザー帝は億劫《おっくう》げに立ち上がり、つかつかとマルッスに近づいて。跪いたままの彼の横《よこ》っ面《つら》を、その手に握る王笏《しゃく》をもって強かに打ち据えた。

「がっ、ごほっ。な、なにを……がっ⁉」

すかさずマルッスの後頭部を踏みつけて黙らせる。

「どうやら貴様の頭には腐った犬の肉が詰まっているらしい。なぜに貴様が役目を与えられたのか、何ひとつ理解しておらんではないか。問題はオグデン王国の国力云々《うんぬん》ではない。もしも武力で平らげようとすれば、二冠に余計な大義名分を与えてしまうということだ。これは本国の行動であってはならない。あくまで属国の行動でなくてはならんのだ。ゆえに斯様《かよう》に迂遠《うえん》なやり口をとっているのだぞ」

それは三頂至冠に従う者であれば理解していて当然の条理。失敗した上にこの無理解ぶり、シーザー帝が思わず頭痛を覚えたのもむべなるかな。

踏みつけられ、流血しているうえに顔色を真っ青に変えたマルッスが地に這《は》いつくばったまま叫ぶ。

「は、ははぁっ！　皇帝陛下の御心、深くこの頭に刻み込んでございますぅ！」

「いまさらか。無様であるな。いかに譜代の属国とて、使えぬ駒は不要だぞ」

シーザー帝が王笏ではなく剣の柄《つか》に手をかける。マルッスは怒《いか》りに勝る恐怖を感じ震えあがった。

確かに三頂至冠は拮抗《きっこう》し牽制《けんせい》し合い、不戦の誓いに縛られている。しかし同じ陣営の属国同士の争いであれば話は別であった。過去にも三頂至冠の怒りをかって滅ぼされ、別の国に下げ渡された国は存在する。

（い、いかん、いかん、いかん……！　まずいぞ、位階を上げるどころではない。このままでは我が国の存続すら危うい……！　なぜだ。なぜ俺がこのような目に遭わねばならん！）

オグデン王国を手土産にできれば、アーテホス王国は属国内での立場をさらに高めることができるだろう。属国筆頭となることも夢ではない。しかし逆に、しくじれば全てを失う。一世一代の大博打《おおばくち》であった。

（元はといえば……アンナ・オグデン！　あ奴が素直に従わないのがいかんのだ！　おのれ、この俺に恥をかかせやがって……）

ギリギリと歯を食いしばり、見当違いの怒りを振り回す。直接の脅威であろう、シーザー皇帝へと怒りを向ける勇気も気概も彼にはない。その矛先は当然のように、己より弱そうな者へと向けられていた。なんとしてもこの失態を雪《そそ》がねばならない。

「こ、皇帝陛下、私めに妙案がございまする！」

「……よかろう、聞くだけは聞いてやる」

シーザー帝はどっかりと玉座に座り直し、たいして期待のこもっていない視線を向けた。

「はっ！　アンナ・オグデンはいかにも女王となって日が浅く、年端もいかぬガキにございます。口説くなどとまどろっこしい真似をせず、強引にでもこの場にひっ捕らえてしまえば……」

皇帝は再び無言で立ち上がると、王笏を振り抜いてマルッスの頭をカチ割った。額から血を流し、マルッスがもがく。

「貴様、褒めてつかわそう。余の想像を上回るほどの愚かさだ。一度や二度殴られた程度では直らなかったようだな」

カツッ、と王笏の石突が床を叩く。

「よいか、今一度その頭に詰めなおせ。これはそも、二冠を上回らんがための策だ。そのためにはオグデン王国という戦力を、あくまで味方として引き入れねばならぬ。どうしてそのような無法の手段をもって成し遂げられると思うか！　貴様……よもや余の面目をつぶすつもりではあるまいな？」

「ぞ、そのようなごと、滅相もございませぬ……。わたじはただ御身がためを思い……！」

「頭を働かせろとは言った、しかし無能の頭などないほうがマシというものだな。ふうむ。時間がかかるが……貴様の代わりを本国から呼び寄せねばならんか」

「し、失礼をいたしました！　心を入れ替え、全身全霊をもって事にあたりまするぅ……！　ど、どうかこのまま、私めにお任せを……」

目を見開き震えるマルッスであったが、シーザー帝の視線はもはや人に向けるものではなくなっている。

（ふうむ、アーテホスめ。長く仕えているからと役を与えてみたが……此奴《こやつ》の全くもって使えんことよ）

確かに、小娘一人口説き落とすくらい誰にでもできるだろうとシーザー帝自身も軽く考えていたのは事実である。しかし蓋を開けてみれば、アンナ・オグデンには拒絶され大きく出遅れる始末。このうえ国許から代わりの者を呼び寄せれば、その間に二冠のいずれかがオグデン王国を口説き落とすことになりかねない。

（二冠め。いつもいつも余の邪魔ばかりする……）

邪魔をしているのはお互い様なのだが、それはともかく。

（致し方ない、方針変更だ。此奴は本命までの時間稼ぎに用いるとしよう）

そうしてシーザー帝は考えを改めた。代わりの者を国許から呼び寄せる間、何もしないというのもさすがによろしくない。そこでマルッスを見せ札として使い、時間を稼ぐことにしたのである。

「……いいだろう、今一度機会を与える。二冠の後塵《こうじん》を拝することなきよう、励めよ」

「ははぁっ……！　ありがたき幸せにござりまするぅ……！」

マルッスは這いずるようにして下がり、起き上がるや足早に去っていった。広々とした謁見の間にシーザー帝のため息だけが漂う。

「まずは後詰を呼ばねばならんな。早急に」

気を取り直すや、さっそく伝令を呼び出したのだった。

◆

皇帝の御前からほうほうのていで逃げ出し、マルッスはのそのそと歩いていた。額から血を流したまま俯《うつむ》き、ぶつぶつと呟き続ける姿はどう見ても正常とは思えない。幸いにというべきか、周囲に人の目はなく誰かに咎《とが》められることはなかった。

「皇帝陛下は……俺に、励めと申された……。まだいける、成し遂げるのだ……。オグデン王国を手に入れ……我がアーテホスが属国筆頭となる……。そのためには、あの小娘を……！　必要なのは結果……手段など選んでいる場合ではない……。おお！　このマルッス・アーテホス！　これより皇帝陛下の御前へとオグデン王国を捧《ささ》げてみせましょうぞ……!!」

天を振り仰いで叫ぶ。見開いた瞳に正気の光はなく、口の端からは涎《よだれ》すら滴り落ちている。

マルッスは動き出す。身勝手な妄想の上に輝く、ありもしない成功の星を掴《つか》むために。その魔の手がアンナへと忍び寄ろうとしていた。

第六話　誠なきものどもの宴

パシッとカーテンを開けば眩《まぶ》しい朝日が差し込んでくる。アンナは目を細め、それから腰に手を当てて日差しを浴びた。こころなしか眠たげなワットが目をこすりつつやってくる。

「おはよう。昨日はゆっくりと眠れたかい」

「はいっ！　もうすっかり元気です」

それはなにより、彼と近衛騎士たちの不寝番も報われようというものである。ワットが満足げに頷《うなず》いているとアンナはなにやらもじもじとしだした。

「……あの。お父様、それに近衛《このえ》騎士の皆さま。お願いが、あるのですけれど」

「お、なんだい。聞かせてくれ」

アンナからお願いをしてくるというのはありそうで珍しい。ワットとキャロームが頷くと、彼女はまだ少し迷っていたようだがやがて顔を上げた。

「昨晩お話しして……じっくりと考えたのです。今申し込まれている縁談……その全てを、断ろうと思っています」

「ほほう。そいつはいい！　さっぱりやっちまえ！」

「ワット、どうどう。落ち着きなさいって」

拳を握り身を乗り出す父親は、素早くキャロに鎮圧された。

「そして、改めてオグデン王国と……私にとって、良い相手を探そうと思います。そのためにこそ話をしたい。ですがこの決断は、三頂至冠《トレスコローナス》の意図に、おそらくは反するということです……」

そこまで言いきって、アンナは全員を見回した。

「相手はバヒリカルド最大の強者。彼らに逆らうのは……とても、大変なことになると思います。それでも皆、力になってくれますか？」

「まったくアンナも水臭いな！　女王陛下が悩んで出した答えなんだ、異論なんてあるものかよ。あとは女王らしく堂々と、騎士《おれ》たちに命じてくれりゃあいいんだ」

ワットがニカっと笑い、ついで跪《ひざまず》く。それからキャロームが隣に並んだ。背後に控える近衛騎士たちも姿勢を正す。

「さぁ陛下、我ら騎士にお下知《げじ》を！」

「皆さん……。どうか、お願いします！」

「主命、承った！」

ワットが立ち上がり振り返った。騎士たちはやる気十分。バヒリカルドに冠たる大国を相手にして、臆する様子の欠片もない。

「よぉし皆、こっからは攻守交代だ。外様の意地、偉そうな冠どもに見せつけてやろうぜ！」

「応！　応！」

「皆、その意気だよ！　頑張ってね！」

腕を振るメディエに笑い返し、アンナを先頭に一行は宿から踏み出してゆく――。

◆

「ふふは！　アンナ・オグデン陛下。待ちかねておりましたぞぉ」

宿の出入り口、そのド真ん前にソイツは立ちはだかっていた。己の身体を誇示するかのごとく構えながらにっと歯をのぞかせて笑う。アーテホス王国が第一王子、マルッス再びであった。ワットが頭を抱える。

（よりによって〇点野郎かよ。いくらやる気入れたからってよぉ、朝から脂こってりは勘弁してくれっての！）

寝不足のところにド脂っこいのがぶつかってくるとは、まったくもって中年の体に優しくない。額に浮かぶ青筋を悟られないようにしつつ、ワットはさりげなく前へ出ようとして。

「……マルッスさま。このような早朝からいかなる御用向きですか」

先んじてアンナが向かい合っていた。ワットはわずかに目を丸くして。

（そうだったな。思う通りやってみな！）

その小さな体から溢《あふ》れ出る決意を支えるべく寄り添う。何かあればいつでもアンナを庇《かば》えるよう位置取りながら、周囲の様子を素早く確かめた。

（しっかしずいぶんと連れの兵士が多い。脳筋王子め、こりゃあよからぬことを考えてやがるな）

マルッスも要人であるからには護衛をつけること自体は当然だが、それにしても仰々しい人数である。もしも身を護《まも》るためではなく、これだけの兵士を使うつもりで連れ歩いているのだとすれば。ワットの嗅覚が覚えのあるキナ臭さを捉えた。少しでもまともな頭を持っていれば、至冠議会の真っ最中に暴れるような愚を犯しはしないだろう。しかしコイツにそんなもの期待しても仕方がない。

（ま、やるっていうなら受けて立つまでだ）

睨《にら》み合う護衛たちなど眼中にはなく、マルッスとアンナはお互いだけを見つめていた。長身のマルッスに見下ろされても、アンナはもう気圧《けお》されることはない。

「昨日の貴国の回答！　シーザー皇帝陛下にお伝えしたところ、陛下はまことに遺憾であるとの意を下された！　そのご機嫌を損ねること必至であろぅ。これは貴国にとって非常に不利な結果となぁる。しかぁし！　まだ間に合う。なに、この私が取り成《な》そうではないか。これよりともに陳情に参られよ！」

（こいつマジ、自分の頭ってモノはねぇのか？）

なんとも己の都合全開な言葉を聞いてワットの額に青筋が増える。彼だけでなくキャロームも不快な様子を隠しきれず、目つきに険が増していた。

護衛たちの怒《いか》りが爆発する前にアンナが静かに問いかける。

「……マルッス様。あなたの言葉はシーザー陛下より命じられたとそればかり。それよりもあなたご自身がどのようにお考えなのかを、お聞かせくださいませんか」

「なにぃ……？」

マルッスは虚を衝《つ》かれたような表情を浮かべていた。

「たとえ最初の理由は命じられたからだとしても、そこにはあなたご自身の考えが生まれるはず。あなたはオグデン王国の王配たることを望まれた……ならば、そこにあるにふさわしき理由を、聞かせてくださいませ」

問いかけるアンナの表情はただただ真摯なもの。そこには揶揄《やゆ》も怒りも存在しない。まっすぐに見つめられた、マルッスが狼狽《うろた》えるほどだ。長身の偉丈夫が小柄な少女に押し込まれている。それは異様な光景であった。

「わ、私が……私は……」

マルッスは考え、しかし結局答えなど出てくるはずもなかった。三頂至冠より命じられた、彼の中ではそれが全てで、それ以上のモノなど必要ない。あとはせいぜいが自己顕示欲の程度しかない。

やがてアンナがゆっくりと首を横に振った。

「もしもあなたが然《しか》るべき理由をお持ちならば、まだ考える余地がありました。しかし最後まで命令だけが理由なのでしたら……あなたを我が国に迎えるわけにはいきません。これはオグデン王国女王としての、私の考えです」

「…………」

告げた。決定的な拒否の言葉を聞き、マルッスは無反応だった。しばし俯《うつむ》いたまま固まっていたが、やがてゆっくり顔を上げる。全ての表情が抜け落ちた貌《かお》から、暗い穴のような瞳がアンナを捉えた。

「……なるほど。皇帝陛下に忠実なる俺を、滑稽《こっけい》だとぬかすのだな」

握りしめた拳が軋《きし》みを上げる。ワットとキャロームが無言で位置取りを変え、よりアンナを護りやすい配置に着いた。

「ならばまずは教育から始めねばならん。至冠たる方々に逆らう、その愚を知り。なによりも……この俺を虚仮《こけ》にした報いを、知るがいいッ！」

もはや迷いも躊躇《ちゅうちょ》も残っていなかった。マルッスがバッと片手を上げ、合図を受けた兵士たちが構える。

「おうおう、性根の悪さを隠す気もねーってか。こいつは仕置きが必要だな！」

すぐさまワットが前に出てアンナを背に庇う。他国の王族へと対する敬意などもはや皆無、目の前にいるコイツはただの敵だ。剣の柄に手をかけながらギラギラとした笑みを浮かべる。

「俺としてもこっちで語る方がわかりやすくていいけどな！」

「ワット、さすがにそれはどうかと思うわよ」

呆《あき》れつつキャロームも臨戦態勢で向かい合う。アンナを護る騎士たちを睨み、マルッスが厭《いや》らしい笑みを浮かべた。

「愚か者どもめ。これをみてもまだ強がりを言えるものか？」

兵士の圧力が強まるさなか、それは現れた。ふっと陽光が遮られる。建物の陰から立ち上がる巨大な人型。彫像のように整った姿に魔物の特徴を併《あわ》せ持つ、人類最強の兵器――鉄獣機《マシンスティール》。

「マルッス様⁉」

「貴様が悪いのだ、アンナ・オグデン！　こちらの言うことを聞いていれば良かったものを！」

「こいつ……バカの世界代表かよ！　こんなところで鉄獣機持ち出して、ただで済むと思ってんのか！」

ワットの表情がひきつった。エンペリモ王国が都市ヤンタギオ、普段は人気《ひとけ》の絶えた亡霊都市だが至冠議会の開かれる期間は違う。世界中から王族要人貴人が集まる、バヒリカルド最重要の地と化すのだ。当然、この街での破壊行為は罪の重さが段違いである。ペナルティなどと生易しい話ではない。王族であろうともその場で処分されても文句の言えない、苛烈なものであった。

だというのに、マルッスは自ら鉄獣機に乗り込み有頂天になって哄笑《こうしょう》を上げている有様だった。

「くくふはぁ！　何の問題がある？　すべては皇帝陛下の御意志に沿ってのこと！　オグデン王国を献上する、そのために必要な手立てを講じているにすぎぬ。邪魔者は蹴散らすのみ！　お前たち、アンナ・オグデンを捕らえるのだ！」

マルッスの鉄獣機が剣を抜き威圧する中、アーテホスの兵士たちがにじり寄る。ワットはため息とともに彼らを睨み返し。

「なんとも舐《な》められたもんだね。この程度で捕まると思われてるなんざ！」

受け身は趣味ではない、ワットはむしろ先手を取って斬りかかった。まさか攻め込んでくるとは思っていなかった兵士たちの反応が遅れる。それで十分。剣を抜きざまに一人、態勢の整っていない兵士をさらに二人まとめて。ようやく動き出した兵士たちの反撃を軽くいなし、痛烈な一撃を叩《たた》きこむ。ほんの数瞬の間に兵士の半分を叩き伏せ、なおも残りへと攻めかかった。

その頃にはワットのことを組み難しとした兵士たちが迂回《うかい》してアンナめがけて殺到してきた。しかし当然、その前には近衛騎士団長キャローム・アエストルが立ちはだかるのだ。ワットより大ぶりな剣を軽々と振り回し、兵士たちを問答無用で斬り飛ばす。

その間に残りの兵士を片付けて、ワットがぽんぽんと剣の埃《ほこり》を払った。

「ま、こんなもんか」

「こちらに討ち漏らしが来たのだけど？」

「いやぁ、後ろにキャロがいるから大丈夫と思ってさぁ。それに、少しはおすそ分けしないとね？」

「まったくあなたはいつもいつも面倒を……」

十人以上はいた兵士たちを一方的に蹴散らしながら、二人は息の上がった様子すらない。鉄獣機の操縦席でマルッスが身を乗り出し咆《ほ》えた。

「なぁにぃ⁉　どうして抵抗するのだ！」

「いやするだろそりゃ。お前の頭への心配がなおさら増すぞ」

呆れるワットたちの様子など構わず、マルッスはギリギリと操縦桿《そうじゅうかん》を握る拳に力を込める。

「大人しくしていれば痛い目を見ずに済んだものを……。もはや手加減はできぬぞ！」

そうして彼の鉄獣機が殊更威圧的に踏み出した。大重量が大地を叩き、足元から震動が伝わってくる。

「……お父様」

不安げな表情のアンナを安心させるべく、ワットは不敵な笑みを浮かべて。

「心配すんな。たかが鉄獣機の一体くらい……逃げきれるって！」

直後、ワットがアンナを担ぎ上げざま身を翻した。そのまま全力疾走。流れを悟っていたキャロームも迷いなく後に続く。

「やっぱりこうなるのね！」

「さーすがに生身で鉄獣機は無理だろ！」

（俺一人ならなんとかなるかもだが、アンナを護りながらとなっちゃあねぇ……！）

ワットは声には出さず心中で独《ひと》り言《ご》ちる。ともかく、騎士の仕事は一にも二にも身体が資本。当然足だって鍛えている。本気を出せば娘の一人を抱えるくらい苦にもならない。

「まずは宿に逃げ込むぞ！」

「させるものかぁ！」

マルッスが鉄獣機を操り、その巨大な剣を振り下ろした。ワットたちが逃げ込もうとした宿の入口に直撃し、瓦礫《がれき》が行く手を塞ぐ。

「きゃあっ！」

「ったくよう、エンペリモに怒られろ！　だったらあっちだ！」

ワットたちはすぐさま方向転換し、次の目的地目がけて走り出す。

「逃がさぬと言っただろう！　無駄な抵抗をやめろ！」

「お前こそバカをやめろってんだよ！」

すたこらと逃げるワットたちの後ろを、ズンズンと足音を響かせながらマルッスの鉄獣機が追ってくる。どれほど頑張ったところで人と鉄獣機では歩幅が違いすぎる。すぐに追いつかれ、背後から巨大な手がぬっと差し出される――。

「そこまでですよ！　この狼藉者《ろうぜきもの》めが！」

――それがワットたちをつかみ取るかと思われた瞬間、横合いから差し込まれた剣がその腕を叩いた。驚いたマルッス機が後ろに下がり、入れ替わりに新たな鉄獣機が割り込んでくる。これまた見たことのない機体、しかし響いてくる声には聞き覚えがあった。

「その声は……スコット様⁉」

「ええ。トイヌイバ王国が王子、スコット・トイヌイバがアンナ陛下をお救いに馳《は》せ参じましたよ！」

そうしてスコットの鉄獣機はアンナたちを背に庇うような位置につくと、その手に細身の刺突剣を構えた。自分たちを護ろうとする姿を見てなお、ワットたちの視線は冷たい。

「いやなんつーか……助かったけどよぉ、タイミングが良いにもほどがあるだろこの十点野郎。まさかこうなるまで狙ってたんじゃあないだろうな」

「いかにもあり得そうね。どちらも敵くらいに考えておいたほうがよさそう」

キャロームの呆れ声が同意する。なにせマルッスが暴挙に出てからまだいくらも経っていない。騒ぎを知って駆けつけたにしては早すぎるし、その割にスコットの様子はあまりにも準備万端なのである。ここで作為を疑わない理由はなかった。

冷えきったオグデン王国陣を他所《よそ》に、王子同士の罵り合いはヒートアップの一途を辿っていく。

「トイヌイバぁ……邪魔立てするかッ！」

「くく、頭の足りないアーテホス奴《め》が。貴様のごとき愚か者、アンナ陛下には似つかわしくない。

私がいただいてゆく！」

「それは俺のモノ！　俺の栄光なのだ！　渡してなるものか！」

「フッ。栄光というのは我らが盟主スラトマー王のものなのですよ！」

「シーザー陛下万歳！」

「貴様には敗北こそがお似合いです！」

鉄獣機同士が剣を打ち合う重い音が響いてくる。どうあれ、これでしばらくはお互いに動けないだろう。

「まぁ、なんでもいいや。とにかくさっさとトンズラこくぞ、まずグリフォンのとこまで走る。そっから反撃だ！」

「はい！」

しかしワットたちが身を翻した瞬間、新たな地響きが聞こえてきた。ぬっと建物の陰から首を出す、巨大な人影。新たな鉄獣機が複数、しかも機体にはばっちりとアーテホス王国の国章が印されている。

「おかわりとかやめてくれよ……胃もたれしちまう」

「お前ら、アンナ・オグデンは必ず生かして捕まえよ！　あとはどうなろうともかまわん！」

「そりゃご丁寧に！」

マルッスの怒号のような指示に続いて、焦りを含んだ声も響いてくる。

「アーテホス！　これほどの戦力を繰り出すなどと……貴様、正気は残っていないのですか!?」

「くく、やるならば徹底的にだ。俺は貴様のような中途半端とは違うのだァ！」

「いんやぁ、ここで部隊を動かすのはリスクでけーだろうに」

そのような計算のできる人間ならば、そもそも最初から暴挙に出ることはしまい。ワットは歯嚙《はが》みしながらアーテホスの鉄獣機部隊を睨んだ。

「しっかし、何が三頂至冠は牽制《けんせい》しあって動けないだ。どいつもこいつもやりたい放題じゃねーか」

思わず毒づく。不思議なのは、街中で鉄獣機まで持ち出しての大立ち回りを演じているというのにエンペリモ王国の反応がまったくないことだ。鉄獣機はおろか、兵士の一人すら見かけない。

（クソッ、この調子じゃあ三頂至冠《うえ》から手が回ってるな。援軍は期待できないってか！）

あとは自力で跳ねのけるしかない。だがそのためには包囲を突破して自軍の鉄獣機まで辿《たど》り着く必要がある。堂々巡りだった。

アーテホスの鉄獣機部隊が無造作に近寄ってくる。進退窮《きわ》まったワットたちが追い詰められ――。

――劈《つんざ》くような噴射音。

黒々とした影が日差しを遮る。差した影を追いかけるようにして、それは空から降り立った。眩しい朝日に照らされてなお形状の判然としない、漆黒の鉄獣機。翼を折りたたみ、慌てふためくアーテホス兵へと相対する。

「……それは、貴様らごときが触れてよいものではない」

現れた翼持つ黒い鉄獣機に、当然のようにワットたちは見覚えがあった。

「てめぇ、弟弟子だなぁ⁉　こんなとこにまで首突っ込んでくるのかよ！」

黒い鉄獣機が返事代わりに蒸気を噴く。後方ではマルッスとスコットの鉄獣機が争い、前方では弟弟子とアーテホス兵が睨み合っている。もうめちゃくちゃな状況だった。

「お父様、これは逃げられる……のでしょうか」

「さっすがに争ってる鉄獣機の足元をウロチョロする勇気はねぇな。あーもう面倒くさいったら」

わずかに考えたのち。ワットは吹っ切れたように黒い鉄獣機をビシッと指し示した。

「ようし、そこの弟弟子！　おめー確かアンナを渡さないことが目的だったな！　そいじゃ暫定味方ってことで！　俺たちが逃げる間、しっかりとコイツらの足止めしとけよ！」

「は？」

間の抜けた返事を完全に無視して、ワットがビシッと親指を立てる。

「ようし、これで壁は確保したぞ！　皆走れ！」

「本当にこれでいいのかしら？」

いずれにせよ迷っている時間はなかった。ワットたちが走り出すやアーテホス兵がつられるように動き出す。

「……貴様、兄弟子め。後で覚えていろ！」

苛立ちの混じる言葉を吐きながらも、黒い鉄獣機は律儀にワットたちの壁として立ちはだかった。ひと振りのロングソードを抜き放ち、突っ込んできたアーテホス兵の攻撃を斬り払う。そして返す刀で一撃のもとに討ち取った。続くアーテホス兵が気圧《けお》されたように数歩、後退《あとずさ》る。

「あの黒い鉄獣機。やはり、強いのですね……」

「ハン！　そりゃ腐ってもうちの弟弟子だからな！」

だが敵もさるもの。黒い鉄獣機の強さを見て取ったアーテホス兵は部隊を分け、大半は足止めされながらも一部がワットたちを追い始める。

「前言撤回、ダメじゃん弟弟子！　止めきれてねぇぞ減点！」

「暢気《のんき》なこと言ってる場合じゃないわよ！」

必死こいて走るワットたちを追って巨人が迫る。手に持つ得物を振り上げ、進路を塞ぐべく回り込もうとして。

その横《よこ》っ面目《つら》がけて巨大な物体が突っ込んでくる。

それは勢いを落とすことなく突撃を仕掛け、アーテホス兵の機体を勢いよく弾《はじ》き飛ばした。土煙を蹴立てて制動をかける巨体——半人半馬の異形なる鉄獣機、ケンタリオランナー。その胸部にはオグデン王国の国章が誇らしげに輝いている。

「師匠！　間に合ったみたいだね！」

「メディエか⁉　ハッハァ！　お前、最高かよ！」

ケンタリオランナーから響くメディエの声に、ワットたちが沸き立つ。メディエはすぐさま機体を横付けし、背後に牽《ひ》いた荷車を指し示した。

「師匠、後ろ！　グリフォン運んできてるから！」

「えらいっ！　さすが俺の弟子！　ようしアンナ、征《い》ってくるぜぇ！」

ワットが小躍りしながら荷車に飛び込む。そこには聖獣級《クルセイダー》鉄獣機・ロードグリフォンが物言わぬまま横たわっていた。

「相棒、出番がきたぞ」

急いで鍵を差し込み回せば魔心核《マシンハート》が高鳴り、全身に魔力が行き渡ってゆく。よく整備された機体は急な起動にもかかわらず滑らかに動き出した。

「ようしキャロ、アンナは頼んだ。メディエと下がっていてくれ！　俺ぁあのバカどもをまとめてぶっちめてくる！」

「当然、任せなさい。何があっても陛下の御身は護るわ」

ロードグリフォンが立ち上がっている間に、アンナを連れたキャロームが荷車へと逃げ込んでくる。彼女たちに軽く手を振ると、跳ね起きるように荷車から飛び出した。

「師匠！　お願いね！」

「ワット、見せつけてきなさい！」

「お父様、ご武運を！」

「応さぁ！」

背後からの応援に応え、敵へと向き直る。新手の出現に動揺するアーテホス兵、佇《たたず》む黒い鉄獣機、その向こうには激しく争うマルッスとスコットの機体。ワットは肺いっぱいに空気を吸い込むと、この場にいるあらゆる者たちに向けて怒鳴りつけた。

「オグデン王国筆頭騎士、ワット・シアーズだ！　アンナ陛下の御身を狙う逆賊どもがよォ！　全員ただじゃ済ませねーからな、覚悟しやがれぇ！」

ビリビリと空気が震える。アーテホス兵は完全に及び腰になっていた。黒い鉄獣機だけでも手に余るところ、新手に聖獣級の強力な機体が現れたのである。多少数がいたところでなんの救いになろうか。逆に頭に血を上らせたのがマルッスである。沸騰した思考のまま怒鳴り返す。

「っのれッ！　兵士どもは何をしている！　むざむざと獲物を逃がしおってぇ！」

「ふうむ？　オグデンめ、もう騎士を出してきたのかい。なかなか手練れのようだねぇ。叶《かな》うならばアンナ陛下の身はこちらで確保したかったが……まぁいい。貴様の邪魔くらいはできたようだからね」

「おのれっ、おのれぇ……！　どいつもこいつもッ！　殺してやる……！」

何が現れようとマルッスの戦意が衰える様子はない。むしろマルッス機は鉄機手《スティールライダー》の感情の昂《たか》ぶりに合わせて魔力出力を上げる始末だった。全身から蒸気を噴き出すマルッス機に、スコット機がうんざりとした視線を向ける。

「そろそろ貴様の相手をする必要もなくなってきた。さっさと諦めたらどうかな？」

「ゲッマハブの狗《いぬ》めが！　貴様の首《くび》級も俺の手柄にしてくれる！」

「まったく往生際の悪い。見苦しいよアーテホス！」

二人は飽きることなく小競り合いを再開しようとして。その間に、一足飛びに駆けたロードグリフォンが割り込んだ。

「邪魔するぜぇ！」

ロードグリフォンが双剣を抜き、両方の攻撃を同時に受け止める。そのまま勢いに乗せて弾き返した。

「下賤《げせん》な騎士ごときがッ⁉」

「おっと。オグデンの騎士！　私は助太刀《すけだち》にきたのだよ。こちらに剣を向けるのは筋違いじゃあないかね」

「感謝はしましょう。しかし、アンナ陛下に剣を向けたコイツを倒すのは俺たちの役目だ。これ以上は引いていただきましょうかぁ」

スコットの非難の声にもワットは平然と答えた。

「……ふむ、いいでしょう。そこまで言うなら、お手並み拝見させてもらいましょう」

スコットの鉄獣機が戦場から下がってゆく。後に残されたマルッスの鉄獣機が怒りのあまり震えていた。

「アーテホス軍！　集まれェ！　この邪魔者を、叩き潰すッ！」

マルッスの命令に応じてアーテホス軍が集結する。ワットは疑問に思って後ろを確かめれば、黒い鉄獣機は既に戦いをやめており悠々と翼を広げているところだった。

「のろまな兄弟子殿。あとは貴様が片づけるといい」

言うなり、魔力が満ちぼんやりと発光する翼をはためかせ、宙《ちゅう》へと舞い上がった。直後、甲高い推進器の咆哮《ほうこう》を残して飛び去ってゆく。その姿は見る間に真昼の空に点と化していった。

「なんともまぁ可愛げのない弟弟子だぜ。だが礼は言っとく。助かったのは事実だからな」

とうに聞こえていないだろう弟弟子へと呟《つぶや》くと、ワットはロードグリフォンを振り向かせた。

「さぁてお前ら、すっかり待たせちまった。俺が弟弟子より弱いだなんて思ってもらっちゃあ困るからな……まとめて来な」

集結を終えたアーテホス軍へと剣を向け、くいと振る。すかさずマルッスの怒号が飛んだ。

「舐めおってぇ！　聖獣級だからと単騎でなにができる！　押しつぶしてしまえ!!」

マルッスの鉄獣機がまっさきに駆け出し、アーテホス兵が続く。大地を揺らしながら迫る巨人兵器の集団を相手に、ロードグリフォンは臆することなく駆け出す。聖獣級、ロードグリフォンシリーズの原形機――ワットのロードグリフォンは特に運動性、機動性に優れる。瞬く間《またたくま》に彼我の距離が零《ゼロ》となる。

「アンナ・オグデンをォ俺に寄越せぇ!!」

「うるッせぇ！　大事なうちの娘をォ！　てめーみたいな輩《やから》に、渡せるかぁッ!!」

この馬鹿には剣を使うのすら惜しい。怒りを込めてジャンプ、勢いを乗せて飛び蹴りを叩き込む。直撃を受けたマルッスの鉄獣機が勢いよくぶっ倒れ、土煙を噴き上げた。

馬鹿を沈めてすぐさま着地、後に続くアーテホス兵を一太刀で斬り倒す。雑兵が倒れている間に次の敵へ。多少の敵など物の数ではない、有無を言わさず次々と切り伏せていった。さほどの時も要することなくアーテホス王国軍が全滅する。ロードグリフォンの操縦席で、ワットがひと息ついた。

「さぁて。馬鹿王子も死んじゃあいないだろうから、操縦席から引っ張り出して縛り上げると……ッ!?　なにか、ヤベェ!?」

唐突に、ワットの勘がとびきりの危険を告げてくる。彼は迷いなく従い、全力でロードグリフォンを飛び退《すさ》らせた。入れ替わるように空から降り注ぎくる、青ざめた光。昼日中を拒絶する夜の輝き、月光のごとき光の槍《やり》が次々と大地を穿《うが》ち、爆《は》ぜた。

「ぐおっぎゃ⁉」

寸前で逃れたロードグリフォンはともかく、倒れていたマルッスはもろに攻撃に巻き込まれてい
た。潰れたカエルのような悲鳴はすぐに爆発音に紛れて聞こえなくなる。

「魔力技《マギスキル》だな！　それにしても強力すぎるが……上からだって？」

上空を振り仰いだワットはそこに巨大な影を見つけ出す。空を悠々と進む何者か。それは通常の
鉄獣機に倍する巨体を備え、魔力の光に満ちた薄羽を広げている。先ほどの光の攻撃を放ったので
あろうか、背中から伸ばした多数の腕をしまいつつ、徐々に高度を落としていた。

「おいおい……こいつ神獣級《ディバイナー》だな⁉　んなもんまで持ち込むかよ！」

その威容、その攻撃力。間違いなく神獣級だ。ワットが顔を引きつらせている横で、呻《うめ》きととも
にマルッスが起き上がって。そのまま上空を見上げて悲鳴のような叫びをあげる。

「ヒィッ⁉　まっ、まさかあの方が……こんなところに来るはずがッ⁉」

動揺著しいのは彼だけではない、離れていたスコットも同じくだった。高みの見物を決め込んで
いたはずが、余裕をかなぐり捨てて呻くようにその名を呟く。

「あれは帝冠騎……『マグナス・メナラゾホルト』……！」

三頂至冠が一冠。巨神が降臨する。

第七話

それがわたしの役目ですから

細かな振動が奏でる、甲高い音が場へと満ちる。

「帝冠騎だぁ？　そいつぁまた豪勢なのが首を突っ込んできたもんだ」

魔力の光をまとった薄羽を広げ、神獣級帝冠騎《ディバイナー》、『マグナス・メナラゾホルト』はゆっくりと降下してきた。

その周囲を追い抜かすようにして、天から次々と巨人が降ってくる。頭部から力強い二本角を伸ばし甲虫のような鎧《よろい》を纏《まと》った鉄獣機《マシンスティール》。その無駄なく引き締まった体軀《たいく》には格の高い機体に共通する、ある種の圧力が備わっていた。その胸には輝けるメナラゾホーツ帝国の紋章。それを目にして、絶望感をたっぷりとまぶしたマルッスのうめき声が漏れ出す。

「い、皇帝守護騎《インペリアルガード》まで……」

（なぁる、帝国の精鋭ってわけだな）

そうしてメナラゾホーツ帝国皇帝守護騎『ドロムビートル』は、降り立つや一瞬の遅滞もなく動き出した。

「皇帝陛下の御前である。頭が高い、控えおろう」

「ひごぁっ⁉」

告げられた瞬間、ふらふらとつっ立っていたマルッスの鉄獣機が足を斬られて地に沈んだ。

(うへぇ、なんてぇ速さの斬撃だ。皇帝守護騎……さすが、こりゃあうちの近衛《このえ》騎士よりも腕利きかもなぁ)

スコット機はちゃっかりと、斬られる前に自ら膝をついている。それから皇帝守護騎はワットとロードグリフォンへも警戒を向けてきたが、手を出してくるつもりまではなさそうだった。ただし彼が指先をチラとでも動かせば容赦なく襲い掛かってくることだろう。

「おーやだやだ、怖いねぇ。何もしませんよっと」

ワットは肩をすくめ、おとなしく操縦桿《そうじゅうかん》から手を離す。

その間にゆっくりと降下していた帝冠騎がようやく地表付近まで到達していた。祈るように閉じていた腕を広げ、その精悍《せいかん》な作りの面貌から声が響く。

「これはいったい、どういうことか」

いまさらその声を聞き違えることなどない。メナラゾホーツ帝国皇帝、バヒリカルドの頂が一冠。間違いなくシーザー皇帝その人である。

帝冠騎の視線は、ボロボロでしかも足まで斬られた鉄獣機へと注がれており。中からマルッスの悲鳴じみた言い訳が聞こえてきた。

「偉大なる皇帝陛下におかれましては、ご機嫌麗《うるわ》しゅう……!　そ、その。これは。わ、私はただ！　御身の命に忠実にあればこそと……！」

「忠実だと？　余がこのような無様を晒《さら》せと命じたというのか？」

喚き出したマルッスをひと言で切って捨て、マグナス・メナラゾホルトが哀れな鉄くずを睨《にら》む。

「痴れ者《しもの》めが。余が直々に薫陶《くんとう》を授けてやったというのに、更なる醜態を晒《さら》しおって……我が属国の恥さらしもいいところである！　この始末、ただで済むと思うな！」

「ヒィッ……!?」

「シーザー皇帝陛下！」

もはや言葉にならない奇声を上げるだけの存在になり果てたマルッスが蠢《うごめ》いていると、意外なことにスコットが口を挟んできた。彼も属国のひとつでありながら、三頂至冠の頂《いただき》がひとつへと果敢に立ち向かう。

「至冠議会が開かれる間、このヤンタギオにおいては三頂至冠同士で不戦の誓いが立てられておりましょう！　いかに頂に冠たるお方といえ、これは明確な誓約違反にございます！　然《しか》らば我らが盟主、ゲッマハブ古王国より厳重に抗議させていただくことになりましょう!!」

「ふうむ？　なんだ貴様、ゲッマハブの狗《いぬ》であったか」

マグナス・メナラゾホルトが無感動にスコット機を見下ろす。

「何を勘違いしている。余はただ、我が配下の不始末を片付けに来たに過ぎぬ。聞き分けのない狗を躾《しつ》けるは、これ盟主の責務である。口を挟まれるいわれなどない」

「んなっん……くっ！」

スコットが顔をゆがめる。シーザー帝の言い分は詭弁《きべん》の類《たぐい》ではあるが、それなりに正しい部分もあるのが厄介だった。確かに彼の力はアーテホス王国軍へと向けられている。三頂至冠同士の争いこそ止められているが、陣営内の諍《いさか》いを外から律する法などそもそも存在しないのである。いわんやアーテホス王国が愚挙に出たとなれば、盟主たるメナラゾホーツ帝国が裁くことには正当性すら出てくる始末であった。

鉄獣機の操縦席でスコットは歯を食いしばり思考する。

（当然、大元のアーテホス王国の暴挙をあげつらうことはできるでしょう……しかし！　その程度の当《あ》て擦《こす》りなど三頂至冠同士にとって挨拶も同然。シーザー帝にとっては失策とすらいえない些事《さじ》にすぎない……！）

せめてこの場にゲッマハブ本国の人間がいればもう少し食い下がれたかもしれないが、属国の人間では力不足もいいところだった。

（くそう！　くそう！　アーテホスの動きを封じるつもりが、まさか皇帝当人が動くなんて予想外もいいところですよ！）

アーテホス王国が失敗を挽回《ばんかい》するために無茶をするかもしれない――そんな情報を摑《つか》んだスコットは一計を案じた。アーテホスの襲撃を出汁《だし》にアンナ女王へと恩を売り、その後を有利に運ぶ。よしんば多少失敗したところで敵をひとつ堂々と叩《たた》き潰せるのだ。なにせ不戦の掟《おきて》を定めているのは三頂至冠のみ、属国間の争いならばいくらでも言い訳が利く。しかもスコットにはアンナを助けるという大義名分がある、どう転んでも損にならないはずだった――そこに皇帝本人がしゃしゃり出てこなければ。

「……む？」

その時、マグナス・メナラゾホルトが首を巡らせた。この場に近づく馬蹄《ばてい》の響きがある。見れば、半人半馬の巨大な鉄獣機が並足でやってくるところだった。すぐさま皇帝守護騎が反応する。何者であれ帝冠騎へと近づくこと罷《まか》りならぬ。

「よい。通せ」

制するように皇帝が告げた。彼は半人半馬の鉄獣機が掲げるオグデン王国の国章にいち早く気づいていたのだ。

そうして半人半馬の鉄獣機――ケンタリオランナーはマグナス・メナラゾホルトの前までやってくると胸の操縦席を開いた。中から現れたアンナの小柄な姿に帝冠騎の視線が注がれる。

「アンナ・オグデンか。貴様もここにいたのだな」

「はい。シーザー皇帝、馬上より失礼いたしますわ」

「よい。特に差し許す」

ワットとロードグリフォンが静かに動き出しケンタリオランナーの隣についた。皇帝守護騎が圧力をかけてくるがそんなもの無視だ。王国筆頭騎士は女王を護るためにこそある。

マグナス・メナラゾホルトが手を動かし、もはや鉄くずとなり果てたマルッスの鉄獣機を指し示した。

「ちょうどよいところだ、アンナ・オグデンよ。此度《こたび》はそこな塵《ゴミ》……我が属国の者が貴様に迷惑をかけたようだ。しかし安堵《あんど》するがいい、盟主の責任においてこ奴等《やつら》よりきっちりと謝罪の心を送らせようではないか。しかる後《のち》、新たな王配候補を選びなおすとも」

詫《わ》びているのかふんぞり返っているのかわからないその態度のデカさに、ワットは操縦席で呆《あき》れかえる。

（迷惑おっかぶせておきながらなぁにを偉っそうに！　これだから三頂至冠って奴はよォ。ようしアンナ、遠慮はいらねぇぞ。たぁっぷりと賠償金をせしめてやれ!!）

声に出さず憤っていると、ケンタリオランナーの上に立つアンナがゆっくりと首を横に振るのが見えた。

「……それが賠償金を指しているのであれば。私どもは、そのようなものを必要としてはおりません」

（んぇえっ!?　アンナさんナニ言ってんのォ!?）

操縦席のワットが無言でバタつく。どれほど暴れようと機体の外からは見えないのが救いである。

「ほう。まさか女王ともあろうものが無欲では務まるまい。ならば代わりに何が必要なのだ。申してみよ」

シーザー皇帝の目が細められた。賠償金の釣り上げを言い出すならば理解できる。相手の弱みを突くのは交渉の基本だからだ。しかし不要というのは、いかにも奇怪な物言いだった。ならばこの新米女王は代わりに何を言い出すのか、半ば好奇心で問い返す。

アンナは顔を上げ、生身のままひたと帝冠騎の瞳を見つめ返した。

「そこにおられるスコット様も一緒にお聞きください。私、オグデン王国女王アンナ・オグデンは……この度申し込まれた全ての縁談について、お断りさせていただきます。もちろんそこのアーテホス王国も。そして今後……どの派閥のどの国からお誘いを受けても、お受けすることはありません」

シーザー帝が沈黙を貫いていると、代わりにスコットが堪えきれず叫びをあげた。

「なっ……三頂至冠からの誘いを無下《むげ》にするのですか⁉　バビリカルドの全てを敵に回すおつもりか！　いかに外様《とざま》だからとて限度というものがありますよ！」

スコットの鉄獣機が身を起こしかけ、皇帝守護騎に抑えられ慌てて姿勢を戻した。その頃になってようやくシーザー帝が唸《うな》る。

「いったい何が目的なのだ。金は要らぬ、我らとの縁もいらぬ。それで貴様は何を得る」

「平和を」

「なにィ？」

シーザー帝が今度こそ呆れたような声を上げた。彼に同調した帝冠騎が、思わず間抜けな動きを見せる。

「皆、色々な思惑があって求婚されているのは承知しております。しかし私は……何よりもバビリカルドの平穏安定をこそ望みます。自ら望んで争いの火種を招くようなことはできません。ゆえにこそ、いずこへの肩入れもせず全ての冠から等しく距離を置く。それが……私の望みです」

「平和など惰弱なる者の戯言《ざれごと》にすぎぬ。そのようなもののために、ひとつ間違えば三頂至冠の全てを敵に回すようなことを言い出すか」

「私には……争いに求めるものなど、何ひとつとしてありません。むしろ争いを止めるためにこそ私はオグデン王国の女王となりました。それが私の望む、女王としての姿なのです」

「ひよっこ女王めが、余に王道を説くだと？」

「必要とあらば」

再び場に沈黙が満ちる。それを打ち破ったのは帝冠騎から漏れ出す声だった。

「くひっ……クク……ふはっ……んっくっく。かっ、はっ、ははは。はーっはっは‼」

押しとどめようという試みはすぐに無駄となり、シーザー帝がついに破顔する。彼は操縦席でひとしきり腹を抱えて笑ってからようやく落ち着いた。

「くくっ、ふはは！　よくぞ、よくぞ言ったものだアンナ・オグデン！　だが然《しか》りよ。頂に在《あ》る者は導《みちしるべ》となるがその役目、己の意志に懸けてこその王である！　まったく無謀と紙一重ではあるが……貴様の勇気に敬意を表しよう、新たな女王よ。ゆえにその望み、このシーザー・メナラゾホーツが認めた。今後メナラゾホーツ帝国、及び我が属国から婚姻を申し出ることはない。余の名に懸けて宣言する。おい、そこなゲッマハブの狗《いぬ》。貴様の飼い主にもよくよく伝えておくがよい」

「くっ……！」

スコットは跪《ひざまず》いたまま皇帝の真意に気づき、震える。

（おのれシーザー帝め！　己の手駒が失敗したからと、アンナ・オグデンの願いにかこつけて全てをなかったことにするつもりですね！）

こうなると、この場にスコットがいることが全くの裏目に出てしまう。シーザー帝に強く反論できない以上、間接的にゲッマハブ陣営もこの意見に同意したとみなされかねない。事が終わった後からゲッマハブ古王国が抗議したところで、シーザー帝は聞く耳などもたないだろう。メナラゾホーツ帝国とゲッマハブ古王国の緊張に、いまさら一行理由が増えた程度で何も変わりはしないのだから。

（これでオグデン王国の王配を狙う策は無意味となった……。ならば切り替えるまでのこと。弱腰の女王など、我らが覇道には不要だったということです！）

スコットは冷静に次なる策へと切り替えてゆく。その瞳から、熱が引くことはない。

そうしてひとしきり笑ったシーザー帝は、去り際に今一度マルッス機の残骸を指し示した。

「それはそれとして、こ奴からは詫びのひとつも送らせよう。なあに、余興の褒美である。遠慮なく受け取るがよかろう！」

言うだけ言って、マグナス・メナラゾホルトは満足げに飛び立っていった。皇帝守護騎たちが壊滅状態のアーテホス王国軍を回収すると、影のように帝冠騎に付き従い引き上げてゆく。ふと気づけば、いつの間にかスコットの姿も見当たらなかった。この場に残されているのはロードグリフォンとケンタリオランナー、そして破壊された地面と建物だけである。

「ったく。勝手に喧嘩《けんか》売って、勝手に納得して帰っていきやがる」

ようやくロードグリフォンが剣を鞘《さや》にしまう。ワットがため息を漏らし、肩をぐるぐる回した。同時に後ろのケンタリオランナーから、解放された清々しさのこもった叫びがあがる。

「ぷぁーっ！　緊張したぁ！」

「おうメディエ、よく我慢したよ。お疲れさん」

「ひぇー、怖かったぁ。アンナすごいなぁ、よくあんなの相手にできるよね！」

「そうだな。アンナも女王として逞《たくま》しくなってきたなぁ」

「いいえ、あの時は必死で……。でも、私が皆さんの頑張りを無駄にするわけにはいきませんから。ここで言わねばと思って」

いまさら緊張が襲ってきたのだろう。ケンタリオランナーの上でアンナがへたり込んでいる。

「素晴らしい戦果ですわ、陛下。シーザー帝を説得できたのは大金星です。これまで我々は受け身でしたが、ようやく武器が手に入ったということですから！」

キャロームが上機嫌でアンナを誉めそやす。女王はぺたんと座りながら笑い返した。

この頃になってようやくエンペリモ王国の者たちが現れる。兵たちが粛々と周囲の片付けを進める中、エンペリモ国王がアンナのもとにやってきて告げた。

「頂の方よりお話は承っております。こちら傷のついた宿に代わり、新たな場所へとご案内せよと。オグデン王国の皆様、どうぞこちらへ」

そういえばマルッスが宿屋の入り口を壊したのだった。ワットたちは顔を見合わせる。特に拒否する理由もなし、言われるがまま移動の準備を始めるのだった。

そうして去りゆくオグデン王国の一行を見つめる視線があった。

「これはこれは、まさかシーザー帝を説き伏せようとは。他者に耳を貸すような御仁ではなかったはずですがね、よほど気に入ったと見える」

その人影は慌ただしく動き回る兵士たちを横目に、戦いの跡を眺め回す。

「それにしても三頂至冠を相手に一歩も引かない度胸をお持ちとは。想像を超えて強いお方だ。まったくいつも通り退屈な時間だと思っていましたが……どうしてなかなか楽しみもあるものです。これからも期待しますよ、アンナ・オグデン」

やがて人影は周囲の気配に紛れ、その場を去ってゆく。

◆

その日の至冠議会は定刻よりはるかに遅れて始まった。

当然のように列席者の中で遅れの原因を知らない者は一人としていない。そもそも堂々と街中で戦闘をおっぱじめた上に、帝冠騎マグナス・メナラゾホルトまでもが上空を横切っていったのだから気づくなという方が無理なくらいである。とはいえ三頂至冠が一冠、シーザー帝が関わっている。彼《か》の御仁に面と向かって詳細を問いただせるような度胸の持ち主はおらず。会議場は様々な憶測交じりのうわさが飛び交う、奇妙な緊張感に満ちていたのだった。

「どうしたのかな、シーザー殿。なんというか……いつになくご機嫌だね？」

いつも通りの開始が宣言されて開口一番、カイセン王が首を傾《かし》げながら問いかけた。無理もない、円卓につくシーザー帝は普段の不機嫌そうなツラはどこへやら妙に浮かれているのである。それなりに付き合いの長くなるカイセン王をしてこれほど機嫌のよい皇帝は初めて見たかもしれない、それほどだ。そもそも三頂至冠同士は敵対しているとはいえ、である。

「ほう、そう見えるか。確かにな、今日ばかりは貴様らの湿気たツラを我慢しても良いくらいには気分が良い」

会場にどよめきが走る。いったい何があったというのか？　もしや天変地異の前触れなのか？　多くの国が疑問を深める一方、ある程度の事情を知るメナラゾホーツの属国は震えあがっていたか。ちなみに会議の座席の中に、アーテホス王国の姿はなかった。これも当然である。

（これはまた、報告にあった以上の入れ込み具合だねぇ。そういえば倅《せがれ》も何やら興味深い相手だと言っていたが……）

ともあれそこはカイセン王も三頂至冠が一冠、アーダボンガ王国を統べる人物である。その情報網によって今朝の事件のおおよそのあらましは把握しており。だとしても若き皇帝の心中までは見通せないでいた。

「フン、小僧めが。おめおめと失敗しただけではないか。何を浮かれておるか」

そして円卓にはもう一名の参加者がいる。ゲッマハブ古王国のスラトマー王である。こちらはこちらで皇帝とは対照的に如実に不機嫌な様子だった。皺《しわ》と髭《ひげ》により表情自体はわかりにくいのだが、その周囲に漏れ出す怒気を含んだ気配だけで十分に察することができる。

カイセン王はなんとも言えないやりにくさを覚えつつ、まぁいいかと肩をすくめた。

「スラトマー殿までなんともらしくない。ご自慢の嫌みが切っ先を鈍らせているよ」

「左様。他になんのとりえもないのだ、囀《さえず》ってみせんかジジイめが」

「ぬかせ。小僧ごときが勝手を押しつけおって！」

「ああ、なるほどな。貴様の狗がいたゆえか」

シーザー帝がはたと手を打つ。わりとどうでもいいのですでに忘れかけていたが、今朝の現場にゲッマハブ古王国の属国が紛れ込んでいたではないか。であればスラトマー王の不機嫌の理由にも察しがつく。

「小僧が退くのは勝手、だがそれになぜ儂《わし》までもが従わねばならぬ。むざむざと失敗した上に丸め込まれたなどと情けなし。ならば我らが事を為すのを指をくわえて見ていればよかろうものを！」

おっとこれはシーザー帝が吹き上がるぞ、とカイセン王は他人ごとのように考えながら観戦を決め込む。しかし意外にも、シーザー帝はうっすらとした笑みを浮かべたまま鷹揚《おうよう》に頷《うなず》いたのである。

「良かろう。やってみればよい」

「……なんじゃと？」

「だが貴様が迫ろうと結果は同じだぞ。アレは拒むだろう。それが己の決めた道ではないとほざき、くだらない矜持《きょうじ》のために我を張る。アレも確かに王であるがゆえにな」

スラトマー王がわずかに目を瞠《みは》った。自分は今、何を聞いた？　シーザー帝が属国でもない外様の国王を褒めたのか？　もちろん彼も属国であるトイヌイバの王子から事件の詳細を報告されている。その内容に鑑みれば、シーザー帝の見立ても概ね間違ってはいないのだろう、しかし。

「なにが王か！　たかが外様ごときが三頂至冠と並んだつもりじゃと、調子に乗るにもほどがあろう。そのようなもの、叩き潰すのは容易《たやす》かろうぞ！」

　何より気に食わないのが、彼がスラトマー王も失敗するだろうと確信を抱《いだ》いているところだ。それはつまり三頂至冠たるゲッマハブ古王国の意図を、外様であるオグデン王国ごときが拒むことに他ならない。

「ほほう、それは捨て置けぬな」

　そろそろシーザー帝も上機嫌の仮面をはずして睨み合う。今にも戦いの火蓋が切られんという緊張感が高まり、会議場を息苦しくしていく。

　そんな中でも飄々《ひょうひょう》と、カイセン王が手を叩いた。

「戦《や》るなら戦ってくれて構わないよ。勝手に争って存分に滅んでくれたまえ。なあに、後の領土の心配はしなくていい。我がアーダボンガ王国が上手くやろう。君たちよりずっとね」

「……フン、抜かせ。貴様ごときの惰弱なやり口に我が帝国を委ねることはあり得ぬ」

「そうかい。それは残念だねぇ」

　いつも通りの調子に戻りきゃんきゃんと吠え合う二冠を他所《よそ》に、スラトマー王は一人押し黙り白髭《しらひげ》の下でギリギリと歯を食いしばっていた。しかしそれも密やかに解けてゆく。ゲッマハブ古王国は既に次の手を打っている。じきにこの小憎たらしい自信満々のツラが慌てる様を拝めるはずだ。そう思えば溜飲《りゅういん》も下がろうというものだった。

「……そうはゆかぬ。うぬにだけ得をさせるなど、反吐《へど》が出るわ」

「おっと、御老体まで調子を戻してきたかな」

そうこなくてはとばかりに、なぜだか嬉《うれ》しそうなカイセン王なのだった。

――そんな騒ぎが中央で繰り広げられるものだから、外周部にある外様向けの席では、だんだんとオグデン王国御一行様が遠巻きにされてゆくのである。

「ったくひっでぇ話だな。こっちは一から十まで被害者だってのによ」

「言ったところで浮かれている皇帝陛下には届かないでしょうね……」

ワットとキャロームが揃《そろ》って頭を抱えている。シーザー帝の様子はさておくとしても、バビリカルドに君臨する三頂至冠のうち二冠からの誘いを真正面から断ったというのは周囲に相当な衝撃をもって受け止められること必至である。至冠議会の成立よりさらに以前から、意志を押し通せるのは常に三頂至冠でありそれ以外は有象無象というのが常識ともいえる状態だったのだから。

属国、外様を問わず国々の間では盛んに囁《ささや》きが交わされていた。

――オグデンめ、たいした女傑っぷりではないか。それでこそ外様の鑑《かがみ》よ。

――いいやむしろ二冠を掌で転がす悪女というべきではないのか。

――そんなもの希代の悪党でしかない。早くに摘むか、手出しせぬが賢明か。

――むしろあの我がまま皇帝の機嫌を損ねなかった理由の方を知りたいものだ。

「ったく、アンナのことをよく知りもしない奴らが好き勝手によォ」

漏れ聞こえてくる噂《うわさ》だけでも散々である。ワットは憮然《ぶぜん》とした様子で呟《つぶや》いた。悪くしたことにアンナは新米女王であり、知名度が低いことも相まって勝手なイメージばかりが広がっているようだった。尾ひれも背びれも生え放題であり、当のアンナも困惑しきりである。そんな彼女をキャロームが慰めた。

「善《よ》かれ悪《あ》しかれ、ひとまず放置でよろしいかと。陛下の御名が広まること自体に害はありません。真実など、これから知らしめてゆけば良いのです」

「そう……ですね。それこそが外交なのですね。今日のパーティでは頑張って、いろいろな国の方と話してみようと思います！」

「ううむ。アンナ、成長したなぁ」

決意に昂《たか》ぶる娘の向こう、会議場の中央では未だに皇帝の元気な声が響いている。

◆

やがてこの日の議会も終わりパーティの時間がやってくる。

オグデン王国一行は初日とはまた異なる意気込みをもってパーティへと臨んでいた。目指せ友達百人――というわけでもないが、少しでも友好的な国を増やしておきたいところだ。

しかしやる気だけあっても仕方がない。現実には旗色を決めかねている国に遠巻きにされるばかり。パーティが始まってからこちら、アンナはどの国の者にも話せずにいた。

「これはこれは、今を時めく女王陛下ではございませんか」

そんな中、先陣を切ってやってくる者がいた。ドオレ王国国王、オウヴェルである。

「オウヴェル様までからかうのはおやめください。私たちとしても仕方のないことだったのですから」

アンナが表情を和らげる。他国の者と話をすると決意したものの、彼女だってしっかりと緊張していたのだ。そこにきてオウヴェル王は、数少ない安心して話せる既知の人物なのである。

「もちろんわかっているとも。それに顚末《てんまつ》は耳にしたよ。正直私はね、なかなか決断できることではないと思っている。どうやらあなたの器を見誤っていたらしい」

「そのようなこと……。日々、己の未熟を痛感するばかりなのです」

「はは！　確かに少しばかり経験は足りていないかもしれないが。そんなことは関係なく、あなたは立派に女王をされているよ」

アンナは胸をなでおろした。オウヴェル王に太鼓判をもらえるのならば、少しは自信を持ってもいいのかもしれない。

「自分の実力がどうあれ、厄介ごとには立ち向かわねばなりませんから。それに今回は、最終的にシーザー陛下の同意を取りつけられたのが大きかったのです」

「それだよ。彼《か》の御仁は特に我が強くてね。なかなかに強引なやり口で名を馳《は》せているところ。己の過ちを素直に認めさせたなど、空から槍《やり》が降っても仕方のないくらいの驚きなのだよ」

アレは何か珍しいことだったのかとアンナは首を傾《かし》げた。彼女とてそれほどシーザー帝との付き合いなどないに等しいのだから。

「いずれにせよ、友が心やすらかであるのはこちらとしても嬉しいことだ。もちろん、三頂至冠の均衡を崩すことがなかったのも含めてね」

アンナも真面目な表情で同意した。三頂至冠のバランスは危ういもので、いったい何がきっかけで崩れ出すかわからない。これまでにも幾たびか崩れそうな場面はあったが、今回は中でも戦争の気配が目前まで迫っていた。そう思い返せばアンナはいまさら震えがよみがえってくる気分である。

「三頂至冠など放っておいても争い合うもの。しかしわざわざ火種を放り込むことはなかろう」

その時である。いつも通りオウヴェルの背後で静かに護衛を務めていたソナタ王子が口を開いた。

「……バヒリカルドの安定が崩れれば、ことは三頂至冠だけに収まらない。安定を望む、その正しい選択をしていただけたことには感謝します」

アンナは少し面食らったものの、控えめに頷いた。ドオレ王国は三頂至冠の一冠、アーダボンガ王国と隣接しているがゆえに争いが起こると否応なく巻き込まれる立ち位置にある。軍部にあるソナタ王子が言い出したのはそれもあるだろう。

それから、と前置きしてソナタは言葉を続けた。

「これからは陛下の選択ひとつで世に争いが増えることになる。重々、心していただきたい。特に三頂至冠を相手にする時には。勝手な希望を言わせていただければ、距離を置かれるべきと考えます」

オウヴェル王はあえて口を挟まず静観することにしたようだ。アンナは少しだけ考えてからソナタをしっかりと見つめ返した。

「そうですね……。彼の国々とのかかわりには慎重さが必要だと、私も思います」

確かに怖い。決して自分から望んだわけではないが、今のアンナは火薬庫に延びた導火線そのものといえるのだ。

「ですが、私はこの地に来てから多くのことを学びました。……そのひとつが、怖れていては何もできないということ」

だがしかし、彼女はいつまでも籠《かご》の中の鳥ではない。自由に大空へと羽ばたくに相応しい力を備えつつあり。その瞳はまっすぐに未来を見つめる。

「この騒動は、私が受け身であったために争いにまで至ってしまいました。もっと早い段階で己の意志を伝えておけば防げたことかもしれません」

「どうでしょうかね。三頂至冠の強引さを思えば、無駄だともいえる」

「そうやって三頂至冠の権威を恐れ、徒《いたずら》に距離をおくだけでは解決しないこともあるでしょう。だから私は、話をすべきだと思います」

「危険性を承知したうえで、まだ？」

「争いに晒されることもあるでしょう。悲しいことですが、そんな時には……きっと、私の騎士が助けてくれます」

ちらと後ろを確かめれば、彼女の頼れる父親がにっと笑って頷くのが感じられた。ソナタは納得を見せるでもなくじっとアンナの背後へと視線を注ぐ。ワットの長身を上から下まで子細に眺め、凪《なぎ》のような無表情で呟いた。

「貴卿《きけい》には、その覚悟がおありか」

「いかなる困難が相手だろうとも。オグデン王国筆頭騎士として退くわけにはいかないね」

ソナタの表情が奇妙に歪《ゆが》んでゆく。それは他国の騎士に向けるものとしては過剰なまでの険しさをまとっていた。受け取るワットは平然としたもので、いつものように肩を竦《すく》める。

「……それが、その力の使い道と」

「ソナタ殿も将としてオウヴェル陛下を助けておいでだ。同じことじゃないですかねぇ」

「なるほどな。同じか……」

両者の間でかわされる納得は、いささか奇妙なものだった。アンナは小さく首を傾げつつ、言葉を続ける。

「それにひと口に三頂至冠と言っても、その考えは様々です。ひたすらに覇を望む者もいれば、逆に平和を望む者もいます……」

そこでオウヴェル王がふと口を挟んだ。

「それはもしやアーダボンガのことを指しておいでかな。だとすれば口ぶりはともかく、あれの望むものは平和とは程遠いよ。どんなに聞こえのいい言葉を並べようと、裏でやっていることはいずれの冠も大差はない……」

「それはそれは。なんとも手厳しい評価ですね」

指摘に答える声がまったく別の方向から届き、オウヴェル王は弾かれたように振り返った。そこで困ったように微笑み佇《たたず》む人物を確かめ、表情を強張らせたのである。

「……これは、コールス殿か」

そこにいたのはまさしく今しも話に上がったアーダボンガ王国の王太子、コールスであった。コールスは人好きのする笑みを浮かべ、給仕からグラスを受け取るとすっと会話の輪に入ってくる。

「失礼しますよ。オウヴェル陛下もご機嫌麗《うるわ》しゅう、いつかの停戦交渉以来ですね」

「……隣国を属国とした時のことかね。彼らは長く、我らが友邦だった。結果に後から口を挟みはすまいが……それ以上手を伸ばすのであれば、相応の覚悟をすることだ。外様だからと甘く見てもらっては困る」

「もちろん。そのための停戦交渉ですから」

あくまでにこやかなコールスに対し、オウヴェル王は苦虫を嚙《か》み潰したかのような表情を浮かべていた。その背後でより激しく反応していたのがソナタである。兄オウヴェルとの間に割り込むと、敵意に満ちた瞳でコールスを睨みつけている。

「なぜ貴様がここに。どの面を下げて俺たちの前に立つか！」

「おやおや、此度の会議にはドオレの猛将をお連れなのですね。戦場以外でお会いできて光栄ですよ、『滅剣』のソナタ殿」

「俺はドオレ王国のための剣。我が国に仇為《あだな》すものとかわす言葉などない」

「相変わらず抜き身の刃のようなお方だ。……歓談の場にはふさわしくないほどに」

剣吞《けんのん》な空気が漂い出したところでワットがのっそりと割り込んだ。

「それぞれに事情はございますでしょう。しかしやめていただけませんかねぇ、ここぁ交流のための席だ。それに我が陛下も困っておいでです」

制止するタイミングをうかがっていたアンナはぶんぶんと音がしそうな勢いで首を縦に振っている。張り詰めかけた空気が再び緩んだ。

最初に身を引いたのはコールスである。

「これは申し訳ありません。お見苦しいところをお見せしました」

「……我が弟が無礼をした。許されよ」

オウヴェルも矛先を降ろし、ソナタが不承不承それに従った。むっすりと押し黙り、定位置である兄王の背後へと下がる。しかし未だ火の出るような視線を注ぎ続けており、内心の怒りが透けて見えるようだった。

「さあてしかし。三頂至冠が一冠、アーダボンガの王太子がこのようなところで何用かな」

すぐにオウヴェル王が話を切り替えた。場所が場所である、あまり不穏な方向に話を持ってゆきたくないのは彼も同様だ。問われたコールスは困ったように嘆息を漏らし。

「実を言えばオウヴェル陛下に用事があったわけではないのですよ。名を呼ばれたのでつい反応してしまいましたが」

そうして視線を向けられたアンナが驚きとともに姿勢を正した。

「そうすると、わ、私に御用ですか」

「ええ。かのシーザー帝を相手取って、ずいぶん面白いことを言ったとお聞きしまして。ぜひ当人から話を伺えればとね」

「そんなことは。きっと相当な尾びれ背びれを生やした噂をお耳にされたのではと」

「どうでしょう。内容はともかく、シーザー帝に逆らったというだけで尾びれ背びれも必要ないくらいにはとんでもないことですよ」

「私なりに考えた想《おも》いを伝えただけです。それをたまたまシーザー帝が気に入られたのだと……」

「ふ、ふふふっ。三頂至冠を相手にたまたまなどというものはあり得ませんよ。貴女はかの皇帝へと、確かな輝きを示したということ。言祝《ことほ》がれるべきです、バヒリカルドに新たな強き王が立たれたことを」

それからコールスは改まった様子で一礼した。

「そして貴女の決断に感謝を。バヒリカルドの平穏を維持することに、力ある王が賛同してくれて私はとても嬉しいのです。この地で平和を求める者は少数派。しかもたいていは我が身可愛さからの態度です。貴女に比べれば……くだらないことだ」

「私とて、自身と国を一番に護る心はあります。そのために、よりよい方法を選んだだけのことです」

「なるほどお強い。安易に他者と目的を重ねることもなく、自らの想いに誠実だ。シーザー帝を退けるほどの御方に、いまさらどうとも言いますまい。それに……貴女とならば、平和を求める戦いも悪くなさそうだ」

コールスの視線がじっとアンナへと注がれる。気圧されそうになる自分を叱咤《しった》して、アンナも背筋を伸ばした。

「それがコールス様の思うものと、同じものかは私にはわかりません。ですが私は私の想《おも》いに従って、望みを形にしようと思います」

「ええ。いずれ道を同じくするときが来ることを楽しみにしていますよ」

にこやかな笑みを残してコールス王子が去ってゆく。その背を見送るアンナに、オウヴェル王のため息が届いた。

「言葉と態度だけを見れば好ましい人物に思える、だからこそ油断はされないことだ。あれが三頂至冠の直系であると、我が国は何度も思い知らされているのだからね」

彼の言葉には経験した者だけが知る重みがあった。アーダボンガ王国との付き合いが長いドオレ王国のほうがより深く理解していてもおかしくはない。アンナはコールス王子が語った言葉を思い返した。彼の語る平和に対する想いは偽物だというのだろうか。あり得ない話ではないがしかし、本人もいないでは真実を確かめる術《すべ》はない。アンナが知っているのは所詮、彼と話した僅《わず》かな経験だけなのだ。

コールスが去った方向へとひたすらに憎々し気な視線を送っていたソナタが振り返った。

「三頂至冠と言葉をかわせば飲み込まれる。やはり慎まれるべきだ」

「あなたの言葉も尤《もっと》もです。関わり続けるのはきっと難しいことなのでしょう。ですがより良い選択をしようと思えば、やはり避けるだけでは成しえません」

ソナタは小さく眉根を寄せる。しかしアンナの決意が揺るぎないことを見て取り首を振った。

「……そうだな。王たるもの、人の言葉を鵜呑《うの》みにするような真似はすべきではない。嘘《うそ》か真か、それを見抜くのも必要な才能でしょう」

「ご教示いただき、ありがとうございました」

ぺこりと頭を下げたアンナに、ソナタはわずかに驚きを浮かべる。

「簡単に頭を下げるのですね」

「ドオレ王国にも思惑はおありでしょう。だとしても、私を助けてくださろうとしたことは確かですから」

「そしてお人好《ひとよ》しが過ぎる。そういうところは王に向いていないかと」

「そうかも……しれませんね。しかし私は皆に選ばれ、女王の座に就きました。いまさら責任を投げ捨てようなどとは考えていません。だからもっと強くなろうと、思っています」

オウヴェル王が頷く。

「良いことだ。王とは試練を越えることで強くなるものだからね。それに我が国にとっても、貴国の行く末は既に他人ごとではない。一国より二国だよ。できる限りには手を取り合い、力を貸そう」

「重ね重ね、感謝いたします」

それから挨拶を残して去ってゆくオウヴェル王を見送り、アンナは小さく息を吐く。そうしてから振り返ると背後にいたワットがじっと彼らの背を睨みつけていることに気づいた。

「お父様？　どうなされたのですか」

「うん？　ああ、アイツの動きが……まったく懐かしいもんだ。いや、ちょっと気になっただけでな。なんでもないさ」

言いつつ、ワットの視線から険しさが取れることはなかったのである。

オウヴェル王にコールス王子と、会議における有名どころが去っていったのをきっかけとして、入れ替わるように他の国の者が押し寄せてきた。実をいえば話題のオグデン王国と顔をつないでおきたい者は多かった。一人と話せばもう一人。一度できた流れはそうそう途切れることもなく。いったい幾つの国の人々と話しただろうか、ようやく相手が途切れた隙を見計らってワットはアンナへ声をかけた。

「体調は大丈夫かい。今日は休む間もなくしゃべりっぱなしだぞ」

「さすがに少し疲れてきました。でももう最初ほどは緊張しなくなってきましたから、大丈夫です！」

「うう、成長したなぁ。嬉しいやら寂しいやら複雑だぜ」

三頂至冠と堂々と渡り合うくらいまでというのはちょっと成長しすぎかもしれない。ワットはこっそりと袖で涙を拭った。

そうこうしている間に、いつの間にやら夜もとっぷりと更けていた。

「いくら頑張るって言ったって根を詰めすぎるのは良くないぞ。すぐに潰れちまう」

「機会はまだまだありますからね。今日はそろそろ引き上げても良いころ合いかと」

パーティも佳境をとうに過ぎ、参加者の中には引き上げていった者も多い。会場は最初に比べればずいぶん寂しくなっていた。それじゃあ私たちも帰ろうかというところでふと、アンナがもじもじと言い出した。

「あのう……その前に、少し……お花を摘みに」

「ええ、参りましょう。陛下、こちらへ」

ワットが何も言わずすっと引き、代わりにキャロームが進み出る。いくら父親とはいえ、男性の護衛ではついてゆけない場所も多いのである。二人を見送り、ワットはしばし壁の華としてぼんやりと過ごしていた。

——血相を変えたキャロームが、一人で帰ってくるまでは。


「ワット……。大変よ。陛下の姿が……いなくなった！」

「なんだってぇ？　どういうことだ⁉」

戻ってきたキャロームはひどい有様だった。慌てていたのだろう、息は乱れ顔色は蒼白《そうはく》だ。未だ動揺著しい彼女をなんとかなだめ、ワットは経緯を問いただす。

「向かう途中までは何も異常がなかったの。待っている間だって不審な物音は何も。……でも部屋から出てこない。あまりに遅いから声をかけたら返事もなくて……さすがにおかしいから踏み入ったら！　陛下の、姿がなくて……！」

「大まかなとこはわかった、落ち着け！　別の出入り口とか、庭に出たとかもないんだな？」

ワットは現場へと駆け出しながら確かめる。

「ないのよ！　そんなの！　それに陛下が勝手に抜け出すはずがないでしょう！　だったらこれは……誰かが……！」

「三頂至冠とはケリをつけたばかりだってのに。いったい誰がアンナを狙うっていうんだ」

キャロームの言う通り、現場を調べても不審な痕跡は何も出てこなかった。それこそが不審極まりないことなのではあるが。

だとしても、どう考えてもアンナが自分からいなくなるとは考えづらい。まず確実に何者かによって攫《さら》われたと見るべきであろう。だとしたら犯人は、小柄とはいえ人間一人を抱えてこの会場の周辺をうろつくことになるはずである。要人が多く滞在するヤンタギオの街にはそこかしこにエンペリモの兵士が配置されている。彼らから身を隠しきるのも容易ではないはずだ。

(それも三頂至冠絡みじゃなけりゃあって但し書きつきだがな!)

アーテホス王国の一件で思い知った。この街では三頂至冠の関係者ならば、かなりの無茶と自由が利くということに。嫌な予感だけがどこまでも膨れ上がっていく。

「とにかく捜す。まずエンペリモに連絡して警備の手を借りる! あとうちの近衛、急いで全員呼び出してくれ。全員で捜索に当たるんだ!」

「わ、わかったわ!」

駆け出してゆくキャロームを見送り、ワットも走り出しながら考えていた。

(ったく、シーザー帝に断りいれて婚姻話は潰れたんだろうに! 今日だって和やかに話してたんだ、なぜいまさらアンナを狙う⁉)

アーテホス王国の〇点バカがアンナを捕まえようとしたのは、王配の立場、ひいてはオグデン王国を狙ってのことだった。しかしその前提となる婿入りの話が潰えた以上、その線はないと言ってもよい。

（だったら金欲しさの誘拐ってか？　いや、それだとエンペリモ王国や三頂至冠を正面から敵に回すことになる。釣り合うわけがねーぞ！）

きっと何か大事なピースが抜けている。早急にそれを掴まないと、アンナまで辿《たど》り着けないのではないか――そんな予感がしてならない。

そうしてワットがエンペリモ王国へと話をつけている間に、キャロームを先頭に近衛騎士たちがやってきた。いざ捜索、となったところで騎士の一人がワットに封書を差し出してくる。

「筆頭騎士殿！　国許から急ぎの連絡が……」

「国許からぁ？　この忙しい時になんだよまったく！」

「……ワット。急いで読んでちょうだい」

内容を改めたのであろう、キャロームの表情は強張っていた。よほど大事な連絡なのか、ワットは訝《いぶか》しがりながらも手紙を受け取り。内容を一読した瞬間、たまらず叫んでいた。

「なんてこったこいつは！　ってこたアンナを攫ったのは……！」

「ええ……彼らなのでしょうね」

キャロームとともに苦りきった表情を浮かべる。その原因は、受け取った手紙に記されていた『名前』にあり――。

「レオナルド《レド》とレイヒルダ《レダ》……あの性悪双子がぁ！　国許から飛び出したんだとよ!!」

ワットは手紙をくしゃりと握りつぶすと、そのまま床に叩きつけたのだった。

第八話　飛び出せ僕たち世界へと

彼《か》の地で至冠議会が始まりを迎える頃。アンナ女王のいないオグデン王国は、一見すれば平穏そのものといった様子だった。しかし水面下まではその限りではなく――。

王都オルドロックが誇る王城、その廊下を進む人物がいる。女王派筆頭貴族、オットー・ソコム男爵である。億劫《おっくう》げなため息を隠しもせず、彼は目的の場所までやってくると中にいた人物を確かめ声をかけた。

「失礼いたします、殿下」

「あーれー？　珍しい。姉上の腰巾着が勝手に動いてる」

「あーれー。面倒そう。お前になんて興味ないのにー」

甲高い声の文句がオットーを出迎えた。そこにいるのはレオナルド《レ ド》・オグデン、そしてレイヒルダ《レ ダ》・オグデンの双子である。返事を聞いただけで胸中から面倒臭さが溢《あふ》れ出す。しかしオットーは持ち前の自制心でそれを抑えきり、あくまで冷静な態度を取り繕った。

「レオナルド殿下、レイヒルダ殿下におかれましてはご機嫌麗《うるわ》しゅう……。女王陛下御不在の折、ご不便などないかと思い、こうして尋ねに参ったしだいです」

「はいうーそー。どうせどうせ僕たちを監視してるんでしょー」

「うわやーだー。お前の湿気たツラなんて見てもつまんなーい」

すぐさま、まぜっかえしが来る。まぁこれくらいは見透かされるか、とオットーは胸中で呟《つぶや》いた。

やることなすことはた迷惑なレドとレダの双子であるが、その実、冷静な計算が働いていることはよくわかっている。その計算の結果として悪辣《あくらつ》な悪戯《いたずら》が飛び出てくるのは勘弁してほしいが。

「そうかね。なにせ今は女王陛下がいらっしゃらない。そんな折に国許《くにもと》で不穏な企《たくら》みがあるといけないのでね」

双子に婉曲《えんきょく》な言い回しをしても無駄だ。まっすぐに注がれる疑惑の視線を堂々と受け止め、彼らはケラケラ笑い出していた。

「あはは！　それって僕たちが悪さするってことぉ？」

「うふふ！　だぁいじょうぶ、なぁんにもしないよぉ？」

「それはなにより、心から安心したとも。しかしひとつ難点がある……どうして殿下の言葉が信用できると？」

至極当然の疑問を向けられ、しかしレドとレダの双子はわかってないなぁと口元を笑みの形にゆがめてオットーを見上げた。

「だってだって、つまんないでしょう？　せっかく遊んでくれる姉上がいないんだもの」

「だってだって、弱っちいのしかいないでしょ？　暴れるなら筆頭騎士のオッサンくらい相手じゃないと」

「女王陛下も筆頭騎士殿も、殿下の遊び相手ではございませんよ」

オットーは鼻白む。なるほど、王国に様々な被害をもたらした企みなんて彼らにとってはただの遊びも同然らしい。まったく勘弁してほしいところだが、諫《いさ》めようにも証拠が不足しておりとぼけられるだけというのがさらに性質《たち》の悪いところだった。

「お二人とも、仮にも我が国の王位継承権をお持ちの方なのです。陛下がいないのは良い機会だ。今の間にも相応の振る舞いを身に着けていただきたいところですな」

「えー。そんなの邪魔くさーい」

「いやー。もっと遊んでたーい」

（こいつら……。他人の嫌がることが好きな性格は、なんとも父親譲りなことだ）

なにせ父親であるレザマ・オグデンは他者を陥れることを得意とした人物である。あまりにもわかりやすく、双子にはその血脈がはっきりと見て取れる。

「でもでも、安心していいよ。僕たち静かにしておいてあげる」

「だってだって、面白い遊び相手がいないしー」

その言葉に安心できる人間が、はたしてこの国にいるのだろうか。とはいえオットーとて、ちょっとやそっと話したくらいで双子が改心するなどとは思っていないのだ。今回だってひとまず釘《くぎ》を刺しに来たと言った程度なのである。

（警戒を怠るべきではないが、本当に何事もないのならばそれに越したことはない）

そう考えつつ、内心ではそんなことはあり得ないと半ば以上まで確信しているのだった。しかも双子は腐っても王族、動き出されると掣肘《せいちゅう》するのはなかなかに難しい。

（だからと双子がいなくなったりすれば、それはそれで面倒が多いのがな……）

数々の問題を起こしておきながらこの双子が自由に過ごしているのは、彼らの存在にもそれなりの価値があるからだった。その最たるものが元第一王子派への影響である。

かつてレザマを支持していた貴族の多くは、旗印であるレザマ自身の失脚とともに手のひらを返した。しかしごく一部は未だ考えを改めず、アンナ女王の治世への不満をためている。とはいえ、いかに反感を持っていても無暗《むやみ》に女王に対して反逆するわけにもいかない。そんな彼らにとってレザマ・オグデンの直系であるレドとレダの双子は格好の旗印なのである。そうして双子の下《もと》に集まることで、これら反主流派の無軌道な暴走がある程度抑えられているという実情があった。

（しかしこの双子、担ぎ上げる相手としては最悪だろうに。だからと同情などこれっぽっちも湧かないがね）

なにせ双子は極度の悪戯好きにして他人の話をまともに聞かず、政治にも大した興味を持っていないときている。むしろ陰謀などと称する遊びによって第一王子派を玩具にしている節すらある。オットーは彼の主である女王陛下が人格者であることを、ただただ感謝するばかりであった。

「ともかく。陛下が戻られるまで、くれぐれもご自重なされますよう……」

そうして双子を牽制《けんせい》すると、オットーは日々の業務へと戻っていった。彼らにばかりかまけてはいられない。女王のいない王国を護るべく、彼のやるべきことは他にも山のようにあるのだから。

残された双子はコツンと頭を合わせていた。

「あ～あ。みんなみんなバカだよね。ちょっと壊しとく？」

「う～ん。でもバカを唆《けしか》けるオッサンもいないし、つまんないでしょ」

きさほど小言を垂れていったオットーも女王派筆頭らしく生真面目な点は遊び甲斐《かい》があるといえる。しかしレドとレダの求める能力にはいまいち足りていないのだ。悪戯を仕掛けた時の反応の良さではやはり姉と、その筆頭騎士が美味《おい》しい獲物なのである。

「やっぱり、いっちゃう？」

「そうだね、いっちゃおっか」

顔を見合わせ、にんまりと笑いあう。普段遊んでばかりいるように見られるレドとレダであるが、そこは元第一王子レザマの嫡子である。王族として不足ない教育が施されており、もちろん至冠議会についても十分な知識を有している。アンナがどこに招かれ何をしているかもちゃんと理解し把握しているのだ。その上で今まで動こうとしなかった理由は簡単である。彼らは十分に理解している――もしも至冠議会へと乱入し暴れるとなれば、危険度は国許の比ではないと。

「でも。危ないからこそ楽しい」

「そう。ギリギリだからいい」

十分な教育を施されてなおこの有様なのだ。かのレザマをもってしても、生まれ持った性根まではどうしようもなかった。その破滅的な願望は、日増しに彼らの中で大きく育ってゆく。このまま退屈な毎日を過ごすくらいならば、いっそ――。

幸か不幸か。その願いがおぞましい花を咲かせる前に、きっかけは向こうからやってきたのである。

「お会いできて光栄です。レオナルド・オグデン殿下、レイヒルダ・オグデン殿下」

さる頂に冠たる方の遣い――レドとレダのもとへ現れた使者はそう名乗った。それがどこの差し金であるのか、わからない双子ではない。

「へー。偉い人も大変だね。会議だけじゃなくてこんなところまで口出しするんだ」

「へー。偉い人ってもしかして暇なの？」

「頂《いただき》よりバヒリカルドを眺めるお方にとって、普《あまね》く出来事はその掌中のこと。中でもレザマ様の後継者が、かくのごとく無為に過ごされているとは。我が主は大変に憂慮されておられます」

レドとレダはぺたりと顔を寄せ合って視線だけで相談する。それからつと使者を見つめた。

「ふーん。それで何ができるの？」

「ふーん。それで何をしてくれるの？」

「我が主は貴国が抱える問題について、解決の手段を提供する用意があります。それは両殿下のご意思に沿ったものとなりましょう」

「ひひっ。問題ねぇ？　いいよ、面白くなりそうだし！」

「ひひっ。待つだけなんて飽きてきたところだし！」

すっくと立ち上がった双子を前に、使者が口元に笑みを浮かべる。

「さすが。果断なることまこと王の器。我が主も満足されましょう」

「そういうのいいから。でも会場って遠いんだよね」

「じゃあアレ使おうよ。ひとっ飛びだ」

双子は部屋の中をごそごそと引っ掻《か》き回し奥の方から何かを取り出してくる。それは竜を象った文様を刻まれた鉄獣機《マシンスティール》の起動鍵であった。

「えへへ～！　こんなこともあろうかと」

「いひひ～！　僕らから隠そうなんて甘い甘い」

新しくとんでもない悪戯を思いつき、双子はにんまりとした満面の笑みで両手を組み合ったのである。


レオナルドとレイヒルダの部屋の前には護衛の兵士が立っている。護衛というのは名目で、実際にはオットーの手の者であり双子を監視するために置かれていた。彼らの悪戯、陰謀による被害を防ぐための処置だ。

そんな兵士たちの足元に、部屋の中からころころと何かが転がってきた。双子が遊んでいるのか？疑問をいだきつつも兵士はそれを拾おうとして。瞬間、軽い炸裂《さくれつ》音とともに周囲に白い煙が立ち込める。

「なんだ！　煙幕だとッ⁉」

視界を遮る煙の中、パタパタと誰かが駆け抜けてゆく音だけが聞こえてくる。それだけで何が起こっているか察するには十分だった。

「殿下、止まられよ！　まずい、双子が逃げ出したぞ‼」

兵士の慌てきった叫びを置き去りにレドレダは走る。煙幕の中でもまったく迷いのない動きだ。しかも走りながら景気よく煙幕弾を投げつけるものだから、王城のそこかしこに煙が立ち込めてゆき周囲は騒然となった。

「いったい何事だ！　煙……？　燃えているのか⁉」

執務についていたオットーが慌てて部屋から飛び出してくる。すると彼の元へと、兵士がほうほうの体でやってきた。

「申し訳ございません……！　双子が、煙幕を張って逃亡を！」

「なんだと」

オットーが顔色を変えた瞬間、王城の一画から猛然と噴煙が吹き上がった。轟音《ごうおん》を響かせ、石造りの壁を破壊しながら這《は》いずり出てくる巨大な影――神獣級鉄獣機《ディバイナー》『バハムートドミニオン』。振り向いたオットーがその巨体を確かめ目を見開く。

「またか！　殿下め、いつの間にあれの鍵を……！」

バハムートドミニオンが軽く身体《からだ》を振るって瓦礫《がれき》を払い落とす。そうして駆け寄ってきたオットーの姿を見つけ、振り向いた。

「あ、うっさいオッサンだ」

「ちょっとお出かけしてくるね～」

「いったいどういうおつもりか！　一度ならず二度までもバハムートの封印を破るなど！　いかに殿下とてただではすみませぬぞ‼」

オットーの叫びなどどこ吹く風とばかりに、バハムートドミニオンはその背の二対四枚の翼を広げている。

「そんなの知ったことないし～」

「そもそもこれって父上の乗機だし～」

「つまり僕たちのでもあるってことだよね～」

「君らは後片付けでもしておいてね～」

「それじゃ」

「これで」

「「バイバ～イ」」

広げた翼に膨大な魔力が満ち、巨体がふわりと浮かび上がった。そのまま地上の混乱など目もくれず、滑るように大空へと飛び立ってゆく。神獣級の大出力に任せた飛行能力だ。速度はそこまでもないが、それでも陸上を歩く機体よりもはるかに高速で移動できる。

オットーが頭を掻きむしった。今のオグデン王国にアレを追うだけの余力はない。彼にできることはただ、飛び去ってゆく神獣級の巨体を見送ることだけなのである。

そうして彼はしばし拳を震わせていたが、すぐに我に返って声を張り上げた。

「一番足の速い伝令を用意してくれ！　大至急、女王陛下へ危険を告げねばならん！」

慌てて駆け出してゆく部下を見送り、オットーははるか彼方《かなた》を仰ぐ。

「……すまない、ワット。あとは君に頼むしかなさそうだ」

女王の隣にいるであろう、友へと願いを託したのだった。

◆

エンペリモ王国の街、ヤンタギオ。至冠議会が開かれるさなか、オグデン王国の関係者たちは皆一様に暗鬱な気分でへたり込んでいた。ワットが嫌そうに手紙をひらひらと振りながら口を開く。

「犯人の目星ってやつはついた。しっかし手がかりって奴が絶望的に足りない……」

彼らの主、女王アンナが姿を消してから一夜が過ぎていた。

結局、夜を徹して捜索するもアンナを見つけることはできなかった。エンペリモ王国からの情報にも大したものはなく、手がかりと言えるものすらほとんどない。ワットたちの手元にある情報は双子が国許から飛び出したという報《しら》せのみ。

「三頂至冠との問題を解決した直後にコレよ。双子の出奔が無関係というのも考えづらいわ。でも疑問もある。いくらあの子たちが王族だからって、他国との縁を持っているわけでもないのに」

キャロームが寝不足の頭を振りながら唸《うな》る。これが父親であるレザマ・オグデンならば、元から諸外国とのつながりがあった。しかし双子はまだ幼く、しかも国内で暴れていたために外への伝手はないはずなのである。

「どこのどいつか知らねーが、わざわざあの悪ガキどもをこっちに呼び込んだ奴がいるんだろうさ。アンナが捕まってるとすりゃあそこだ」

捜し出さねばならない、しかし手当たり次第に捜し回るのも限界だった。そもそも人員が足りないこともあるし、さらに今この街には多数の国が入り乱れていて立ち入れない場所というのが思いのほか多いのである。

そうして八方塞がりに陥る彼らのもとにやってくる人物がいた。

「アンナ殿の行方、なにか進展はあったかね」

ドオレ王国のオウヴェル王である。ワットは一礼し、すぐに首を横に振った。

「……情報は集まりつつあります。ですが残念なことに、核心に辿り着くにはまったく遠いってぇところですね」

ワットの返事を聞いたオウヴェルはふむと唸り、しばし考えてから背後に控える弟へと振り返った。

「よし。ソナタ、お前をしばらく私の護衛から外す。彼らとともにゆき、協力してやってくれないか」

「ッ⁉ しかし兄上、俺がいない間は誰が御身を護衛するのです！」

「らしくないな、お前が日ごろから鍛えた兵がいるではないか。だが彼らの力となってやれるほどの者は、お前をおいて他にはいない」

オウヴェル王は唐突な指示に驚く弟をまっすぐに見つめて説得を続ける。

「頼む。友が危地にあるのだ、力を貸してやってくれ。それにアンナ女王を護ることはバヒリカルドの平穏に、ひいては我が国の安定にもつながるのだ。ここで力を貸すのは何も彼らのためばかりではないぞ？」

ソナタは何かを言い返そうともごもごと口を動かしていたが、やがて反論を諦めため息を漏らした。

「……兄上がそうおっしゃるならば、承知しました」

ソナタは不承不承というのがありありとわかる様子で、しかし確かに頷《うなず》く。いかに友好的だとて他国のために働くなど御免だったが、自国と兄王のためでもあると言われれば断るのも難しい。

「そういうわけだ。身内びいきを抜きにしても使える男だよ。役に立ててくれたまえ」

「……ええ。オウヴェル陛下のお力添えに感謝いたします」

頭を下げたワットの前に、ソナタがずいと進み出てくる。そのまま長身のワットと向かい合い、険しい目つきで睨《にら》み上げてきた。束の間、互いの視線がぶつかり合う。

（おうおう睨んでくれるねぇ。昨日のコールス王子に向けてたみてぇな、敵を見る目だこって。そ、い、い、い、い、りゃそうだなぁ、ソナタ王子よう）

とはいえこのまま睨み合っているわけにもいかない。先に視線を逸らしたのはソナタだった。

「兄上の命令ゆえ、致し方ない。短い間だがお前たちの力となろう」

「ええそりゃあ、猫の手も借りたいところですんで。歓迎いたしますよぉ」

にへりと笑うワットに対し、ソナタは堅い表情を崩さない。

「あとは頼んだぞソナタ。こちらのことは心配しなくともよいからな」

そうして弟を残し、オウヴェル王は去ってゆく。しばらく彼の姿を見送っていたソナタだが、その姿が見えなくなるとようやく振り返り。その顔に侮蔑の笑みを浮かべた。

「フン。命より大事だろう女王を攫《さら》われるなどと、オグデン王国の騎士は大したことがないらしい」

「ッ！　私たちは……ッ！」

「ほいストップ。キャロさん落ち着いてぇ、はい深呼吸！　いやいや、痛いところを突かれたね。言い返す言葉もないよ」

ぐるぐると威嚇を続けるキャロームをなだめ、ワットは苦笑交じりに答えた。そんな彼らの様子を見てソナタはますます嘲りの笑みを深める。

「俺ならば兄上には指一本触れさせはしない。いくら友好国相手だからとて、兄上から離れて手助けなど御免被りたいが……さりとてその顔に泥を塗るわけにもいかないからな。さっさとアンナ陛下を見つけ出してやろう」

「こりゃあ頼もしいね。それじゃあ捜索を再開しようか」

ワットが号令し、キャロームが固い顔で後に続く。歩きながらソナタが問いかけてきた。

「それで捜すといって、心当たりくらいあるんだろうな」

「それがねぇ、もうないのよ。すぐ捜せそうなところは昨晩から散々っぱら探したからね」

ワットの即答に、ソナタは鼻を鳴らすに留まった。

「ロクでもないな。その体《てい》たらくでどうやって見つけ出すつもりなんだ。人海戦術でも仕掛けるのか？」

「うちもドオレもそんな人手ありやしないでしょ。仮にやるとしても結局、他国の領域には手を出せないし大した意味がないよ」

「人数は足りない、手がかりはない。だからと闇雲に駆け出すのは愚か者がやることだぞ」

それもそうだ、とワットは肩をすくめて同意する。

「いやぁ、手段自体はあるのよね。かーなり非常手段だけど、この状況で四の五の言っちゃいられないしねぇ」

「まだ何かあるのね？　もしや他国の部屋に踏み込むつもり？」

キャロームがばっと振り返る。精神的にキている彼女のこと、このままでは実行に移しかねない。

ワットは慌てて首を横に振った。

「そんな危ないことしないって！　……まぁ単純な話なんだけど。わからないなら、知ってそうなトコに聞きに行くってだけよ」

「なんだと？　そんな者がいるならなぜ最初から行かない。そもそもなぜそいつが知っていると言いきれるのだ」

「きっとご存じだろうさぁ。なんせ相手は頂から万象を眺め降ろす御仁だからな」

「……まさか、ワット」

それが何を指すのかに思い至ったキャロームが、一気に表情を渋くする。ソナタも理解はするが気乗りはしない様子で、口元をへの字に引き結んだ。

「そのまさかだよ。言ったろ？　非常手段だって。そいじゃあ皆でちょっくら直訴に行くとしよう」

ワットを先頭にして、オグデン王国の騎士とドオレ王国の将軍はとぼとぼと歩き出したのだった。

◆

――メナラゾホーツ宿場街。

防壁もなく過剰におおらかなヤンタギオの街に隣り合って、壁をもち城砦《じょうさい》を思わせる完全防備のその街は異様な雰囲気を漂わせていた。とはいえ一般的には壁がある方が普通なのだ。どうにもヤンタギオで過ごしていると感覚が狂ってくる。

（しっかしまぁ街ごと偉っそうなことだねぇ）

他国の領内に街を築き、あまつさえヤンタギオよりも明らかに豪勢なのである。これら宿場街の存在こそが三頂至冠の自己顕示欲の強さをよく示していると言えよう。

ともかく呆《あき》れている場合ではない。ワットたちはこれから、ここにおわす偉そうの権化に助けを請わねばならないのだから。

「話を聞くといったって、会うだけでも簡単ではないわ。ワット、何か手はあって？」

「もちろん。当たって砕けろってやつだ。てなわけでたのもーう！　皇帝陛下へと面会をお願いしまーす！」

「……そんなやり方で、三頂至冠が動くはずがないだろう。バカなのか？」

真正面から突撃するワットへとソナタが冷ややかな視線を送る。三頂至冠の国主というのは、バヒリカルドに君臨する王たちのいわば頂点。会議やパーティの場ならばともかく、本来は会おうとして会えるようなものではないのである――。

にもかかわらず、ワットたちはさほど待つこともなく奥へと招き入れられていた。

「な？　なんでも試してみるもんだろ」

「そんなバカな」

表情を引きつらせるソナタを他所《よそ》に、ワットは堂々と奥へと進み。まもなく皇帝の御前へと案内されたのだった。

「それで？　何用か。直答を許す、申してみよ」

かくしてメナラゾホーツ帝国国主、シーザー皇帝への謁見は拍子抜けするほど簡単に叶《かな》った。玉座にふんぞり返った皇帝の前に跪《ひざまず》き、ワットは事の次第を説明する。

「既にお聞き及びのことかとは存じますが。我が主、アンナ陛下が昨晩より姿を消しております。主が自分から出てゆく理由など何ひとつとしてございません……我々はこれが何者かの仕業であると考えております」

シーザー帝はにぃっと口元をゆがめ、玉座に肘をつき姿勢を崩す。

「ほう、なるほどな。それで余の仕業を疑い、乗り込んできたか！」

「そいつはお戯れを。皇帝陛下ほどのお方が、斯様《かよう》に悪辣な真似をする理由はございませんでしょう。しかし頂《いただき》に座したるお方なれば、お耳に届く言葉も広いかと存じ、罷《まか》りこしたしだい」

「……なんだ。つまらん」

ワットの口上を聞いたシーザー帝は、すぐに興味を失った様子でどっかりと椅子にもたれなおした。跪いたままのワット、キャロームとオマケのソナタを順に眺めて顔をしかめる。

「まったくつまらぬ。余を伝書鳩《でんしょばと》のごとく扱うその無礼もさることながら。何よりつまらぬのは余がアンナ・オグデンを助けるだなどという、その浅慮よ」

（あっコレ思ったより面倒な感じだぞ）

頭を下げたまま、ワットは密かに表情を引きつらせる。

「おおかた先日の一件にかこつけたのであろう。確かに余は先の件においてアンナ・オグデンを評価した。だが、それだけよ。ここで攫われ、それで終わる程度の者だというのならばそれまで。興覚めというものだな」

上から見下ろすその冷たい視線に怯《ひる》むことなく、ワットは跪いたまま答える。

「皇帝陛下を利用しようなどと、滅相もございません。しかし我が陛下が姿を消してよりひと晩が過ぎました。にもかかわらず騒ぎは小さい。これほどの大事をさしたる跡も残さず為しえるものは、確実に三頂至冠と関わりあるところでしょう」

「フン。確かに三頂至冠いずれかの仕業かもしれんな。だからどうしたというのだ？」

「もしいずれかの冠が我が陛下を手中に収めたといたしましょう。おそらく次に狙うのは我が国そのもの……その目的は明々白々。いずれ三頂至冠の均衡を崩し、覇を唱える者が出てくることでしょう」

三頂至冠同士がいがみ合っているのは周知の事実。互いに後《おく》れを取ることを良しとせず、牽制しあうことで均衡に至ったことも。そう思ってのワットの忠告に対し、メナラゾホーツ帝国を率いる若き皇帝は歯をむき出しに獰猛《どうもう》な笑みを浮かべると、身を乗り出して応じた。

「なんと良き哉《かな》！　我がメナラゾホーツに挑むというのならば受けて立つ！　何者が相手であろうと、盾突くならば打ち破るまで！　いずれ冠同士で決着をつける時が来たとして、貴様らごときの与《あずか》り知るところにはない！」

「……最悪だ……」

ソナタが小声でぼそりと呻《うめ》く。この若き皇帝が好戦的なことは広く知られている。迂闊《うかつ》な牽制が通じる相手ではないのだ――しかし。シーザー帝はすぐに昂《たか》ぶりを収めると鋭い眼光でワットを貫いた。

「さすればどうする、オグデン王国？　貴様らはこのまま右往左往してバヒリカルドに争いを招くか？　貴様らの女王、アンナ・オグデンが殊《こと》の外《ほか》嫌ったであろう争いを」

その問いかけに、ワットは動揺もなくいつも通りの様子で答えた。

「畏《おそ》れながら。皇帝陛下と同じにございます」

「なんだと？」

「それが必要ならば、躊躇《ためら》いなく。陛下を害するもの、国を奪おうとするもの、我らを踏みつぶさんとするもの。抗うための戦いを我が陛下は否定されません。然《しか》るに……」

ワットが顔を上げる。不敵な笑みもそのままに、皇帝の視線を正面から受け止めた。

「我が陛下ならば、我欲による戦火をこそ否定されますでしょう。ゆえに我ら騎士も志を同じくし、陛下の御身を追っている次第にございます」

しばし、無言のままにシーザー帝とワットの視線がぶつかり合う。やがて皇帝がつまらなさそうに息を吐いた。

「フン、王が王なら騎士も騎士か。よかろう、ならば疾《と》く征《ゆ》くがよい。次はもう少し面白い話を持ってくるのだな」

「御意。貴重なお時間を頂戴《ちょうだい》し、失礼いたしました」

ワットはもう一度頭を垂《こうべ》れると、そのまま退出してゆく。キャロームとソナタが無言でその後に続いた。彼らがいなくなった後も、シーザー帝はしばし玉座に肘を乗せたまま物思いにふけっていたのだった。

◆

メナラゾホーツ宿場街からとぼとぼ出てゆきながら、ソナタが馬鹿にしたように鼻を鳴らす。

「なにひとつ意味がない、ただの時間の浪費でしかなかったではないか！　いやむしろ悪い。手がかりどころかシーザー帝の不興を買っていたぞ。お前はアンナ陛下の頑張りを無駄にするつもりなのか」

憤る彼に対し、ワットは飄々《ひょうひょう》と答えた。

「そう無駄でもないさぁ。別にそう機嫌を損ねたわけでもなさそうだし。なにより、少なくともシーザー帝っつうかメナラゾホーツ勢が犯人じゃないってこたぁわかったからな」

「なんだと？　なぜ違うと言いきれる」

ソナタが訝《いぶか》しげに眉根を寄せる。さきほどのやり取りのどこにそれを確信する理由があったというのか、彼には理解できなかった。

「見ただろ、シーザー帝の笑みをよ。そして余裕ぶっこいた口ぶりだ、ありゃあ犯人の目星はついてるってツラだな。知ってるからこそ俺たちを殊更に試そうとしてきたのさ」

「……そもそもシーザー帝がアンナ陛下を攫った犯人かもしれんぞ」

「ありえねーな！　それじゃあアーテホス王国の二の舞だぞ？　あの唯我独尊俺様皇帝が、そんな惨めな真似するものかよ」

それはそうである。聞き知ったシーザー帝の性格に鑑みればおおいに納得できる話ではあった。

ソナタはひとまず口を閉じ引き下がる。

「メナラゾホーツはシロとして。こりゃ残りの二冠にも当たってみるしかねーな」

「フン。そうやって悠長に捜している間、陛下が無事だといいな」

「……ッ」

ソナタの皮肉に大きく反応したのはやはりキャロームだった。彼女にはアンナの護衛につきながらみすみす奪われてしまった負い目がある。食ってかかろうとする前にワットが間に入り遮った。

「ちょ、やめやめ！　今すべきはアンナを見つけ出すことでしょ。身内で争ってもなんにもならないって」

なにせこういう時、街のホストであるエンペリモ王国はあまり役に立たない。彼らは人を歓待することにこそ長《た》けているが、三頂至冠の行動を遮ることはないからだ。見つけ出すには自らの足を使うしかない。

「……そう、ね。急ぎましょう、ワット」

一行は再び歩き出す。ワットに並んだソナタが、しばし観察するように見上げてきて。

「そういうお前はへらへらと、ずいぶん余裕そうだ。大事な大事な女王ではなかったのか？」

「そうだねぇ……」

ワットはあくまで笑みを崩さぬまま振り返り。同時、ソナタの襟をつかみ上げた。

「ああ、この上なく大事な娘さ。だから俺の焦りなんぞに時間裂いてる暇があんなら、見つけ出すための行動に全てを懸けるんだ。そこを勘違いしてんじゃねぇよ」

「きさっ……」

すぐにぱっと襟を手放し、ソナタを下ろす。ワットは瞬くほどの間に張りつけたような笑みに戻っていた。

「ああいやいや、わざわざ協力してくれてる国に失礼したなぁ。しかしソナタ殿下だって、兄陛下に頼まれてるんだろ？　さっさと次に当たろうぜ。無駄にしていい時間はないだろう」

サクサクと歩き出したワットの後にキャロームが続く。ソナタはしばし首元を確かめていたが、厳しい顔のまま黙って彼らを追って歩き出した。

しかしその歩みもすぐに止まる。進路上に人影が立ちはだかったからだ。

「やぁ、オグデン王国の騎士たち。お困りのようだね」

「こりゃあ……コールス殿下。なぜこのようなところに」

答えながらワットは眉を傾けた。アーダボンガ王国の王太子、コールス。ふらふらと道端で出会うには大物過ぎる、まず偶然ということはないだろう。

「貴様……」

当然と言うべきか、ソナタが表情を険しくしていた。アーダボンガ王国とドオレ王国の関係は良くないのだから仕方のないところではあるが、状況は選んでほしいものである。ワットは素早くソナタの前に立ち、淡々と応対する。

「いやいや申し訳ありませんね、いまアンナ陛下はちょーっと事情があって、ご挨拶ができませんで」

「ご心配なく、話は聞いていますよ。姿を消されたと。おそらく攫われたのでしょうね」

嘆息を漏らすほかない。

「すべてお見通しと。ごまかしは無駄ですかね。ならば私どもが忙しいのもご理解いただけましょう。手短に御用向きを伺いたいんですが」

「そう悪い話ではありませんよ。私もアンナ陛下の捜索に協力しようと思い、こうしてやってきたのです」

「はぁ、コールス殿下が?」

ワットとキャロームは思わず顔を見合わせた。ソナタはさらに凶悪に表情をゆがめるも、口を開かない程度には我慢していた。

「それはなにやらありがたい申し出ですが……なぜでしょうか。言っちゃあなんだが、これはあくまで外様《とざま》であるうちの国の問題。三頂至冠の方々が気にされることとは思えませんで」

「簡単な話ですよ。ただ私は、バヒリカルドの平穏を望む同士を失いたくはないだけです。三頂至冠を相手どって己を貫き通すだけの強さを持つ王というのは、とてもとても貴重ですからね」

他ならぬ三頂至冠の王太子に言われるのはなんとも不思議である。理由はともかく、協力が得られるならば確かに心強くはあるのだ。なにしろ三頂至冠直系の王族である、この街における行動の自由度が桁違いに跳ね上がること間違いない。だがソナタのことを抜きにしても、ワット自身いまいちコールスを信用しかねていた。

相手の迷いを見て取ったコールスは柔らかな笑みのまま頷く。

「ご心配なく、捜すのはあくまで貴国の役目です。私は後ろから少しだけ便宜をはかるだけですよ。私の名にもその程度の力はありますからね。ああ、これくらい貸しにもしませんから、気にされずとも構いませんよ」

「……そう、ですね。ご協力に感謝いたしましょう。そこまでおっしゃるなら、こちらとしても否《いな》やはありません」

わずかに迷ったが、結局ワットは了承した。アンナのためならば使えるものはなんでも使おう、それで面倒が起こるなら後で解決すればいいと腹をくくったのである。そうしてアーダボンガ王国の協力を得たことでわかってくることもある。

「というかだ。メナラゾホーツは犯人じゃねぇしアーダボンガは協力しようってんなら、もうひとつしか候補残ってないんだよな」

「……ゲッマハブ古王国か」

まったく単純な消去法に従えばそうなる。

「言ってゲッマハブってのが一番嫌なんだよなぁ」

「何か違いがあるわけ？」

首を傾《かし》げるキャロームに、ワットは真面目腐った表情で答えた。

「あそこが一番、伝手がない」

そもそもオグデン王国は三頂至冠との関わり合いなどほとんどなかったのである。なのにここ最近で急速に伝手が増えている。とはいえそんな中でもゲッマハブ古王国とは接点が薄かった。

「スコット王子がいらっしゃるのでは？」

「うう〜。アイツには頼りたかないんだよな。しかしあれくらいしか知らんのも確かかぁ……」

唯一接点と言えるのがトイヌイバ王国のスコット王子であるが、彼に借りを作るのも好ましくはない。どうにも人物的に嫌いだし。とはいえこのまま嫌々言っていても埒《らち》が明かないのも確か。目的地が決まったのだ、一行はとにかく歩き出した。

「もしもアンナをさらったのがゲッマハブだったとして。どうやったら荒事にせず取り返せると思う？」

「諦めて素直に突っ込んで捜し回ればいい。そういうのは得意だろう」

「お前俺のことなんだと思ってるわけ……？」

ソナタに聞いても雑な案を返してくるばかり。しかし半分くらいは否定できないワットなのであった。

◆

三頂至冠の一冠であるゲッマハブ古王国も当然、専用の宿場街である『ゲッマハブ宿場街』を構えている。

ワットたち一行は街の周囲に張り巡らされた壁の前までやってきた、門のところで取り次いでもらうべく声をかけようとした。ちょうどその矢先のことだった。

「おい、見てみろ。なんだあれは」

ソナタが訝し気に指をさす。つられてそちらへと視線を向けたワットとキャロームが目を丸くして固まった。

同時に響きわたる鈍い音。倉庫らしき建物の外扉が豪快に吹き飛び、中から見覚えのある巨体が現れたのである。

「え？　はッ？　おまっ、ありゃあ『バハムートドミニオン』じゃねぇかぁッ!?　うちの国の鉄獣機がなんでこんなところっ……てバッカ双子かーッ!?」

それ以外に考えられなかった。点と点が嫌な感じにつながってゆき捻《ね》じれた線を描《えが》き出す。ともかく呆然《ぼうぜん》としている場合ではない。我に返ったワットが叫んだ。

「はい犯人確定！　つうかもう戦いがおっぱじまってんじゃねぇか！　すぐに行くぞ……行く……

入れるか？」

目の前にはゲッマハブ宿場街を囲む壁。先ほどまでならともかく、バハムートドミニオンが暴れる中ですんなり門を通してくれるとは到底思えない。

「キャロ、グリフォンだ……急いで取りに行くぞ！　すまんがそういうことだ、あんたらは自由にしてくれ！」

もはや段取りもへったくれもない。雑な扱いを受けてもコールスは顔色ひとつ変えず頷いた。

「ふむ、一手遅かったようですね。私が戦いに加わると話がややこしくなる。力になれず残念です」

ソナタは難しい表情を浮かべて考えていたが、やがて首を横に振った。

「兄上はお前たちを手伝えと言ったが、戦いまでは命じられていない。悪いがゲッマハブとの喧嘩《けんか》に我が国を巻き込めないいな」

「十分！　それじゃあ行くぞ！」

「ええ！」

ワットとキャロームが全速力で駆け出してゆく。残されたのはドオレ王国の猛将とアーダボンガ王国の王太子。この場に残る理由などない、ソナタはすぐさま踵《きびす》を返し。

「このまま何もせず帰るのですか、滅剣のソナタ」

背後からコールスの声が聞こえ、思わず足を止めた。

「何が言いたい。今ここで貴様を斬るか？　俺は一向にかまわないが」

さほど冗談とも思えない表情で振り返る。

「あそこで暴れている鉄獣機。聞く限りアンナ陛下に縁のあるものなのでしょう。助けにはいかないのですか」

「……個人的には助けてやってもいい、だが我が国を巻き込むほどではない。その判断は変わらない」

「なるほど。さすがの賢明さですね」

それだけを言い残しコールスもまた立ち去ってゆく。ソナタは怪訝《けげん》な表情でその背に問いかけていた。

「まさか、貴様はゆくのか？」

コールスは答えない。ソナタはしばし去りゆく背中を睨んでいたが、やがて苛立ちまぎれに髪をかき乱した。

「……俺が、兄上に迷惑をかけられるわけがないだろう」

呟き、にわかに走り出したのだった。

第九話　暴れろ僕たち大乱戦

アンナ・オグデンが目を覚ますと、そこは見覚えのない部屋だった。

一瞬で眠気は吹き飛び、飛び跳ねる勢いで起き上がる。やかましく早鐘《はやがね》を打つ心臓を落ち着かせながらぶんぶんと周囲を見回して。

「あ。起きたおはよう姉上！」

「お。ぐっすりだったね姉上！」

ベッドの両側から見覚えのある顔にのぞきこまれていることに気づいて、表情をひきつらせた。

「レドに……レダ⁉　どうしてあなたたちがここに……いえそもそもどこで……あなたたち、何をしたのですか⁉」

レオナルド《レド》とレイヒルダ《レダ》はアンナにとって異父弟妹にあたる。オグデン王国ではともに王城で過ごしてきたし、幾度となく顔を合わせてきた間柄ではあるのだが、寝起きを迎えられるというのは初めての経験だった。かつてはアンナが引き離されて暮らしていたし、女王となってからは寝室への余人の出入りが禁じられているのだ。

「わー、質問おおーい」

「げー、答えるの面倒ーい」

双子がにんまり笑って布団の上を飛び跳ねる。勢い込んで問いかけたところで、アンナはすぐにその無駄を悟っていた。なにせこの双子ときたら口を開けば出てくるのは煽《あお》り文句ばかりなのだ。情報を得る相手としては不向き極まりない。

「……そうです！　あの時、皆のところに戻ろうとしたところで……声がしました。あれはあなたたちの声ですね？　そしたら急に誰かが……私は、攫《さら》われたということですか」

「はーい。よく思い出しましたね姉上！」

「えらーい。よく僕たちの声だって気づいたね姉上！」

ケラケラヘラヘラ、手を打ち合わせて踊り続ける始末。双子と会話を続けるには膨大な忍耐と精神力が必要だ。そしてアンナはその稀有《けう》な所持者なのであった。

「あなたたちは国許《くにもと》にいたのでしょう、なぜここに……いえ、それよりも。私を捕まえてどうするつもりですか？　ここはオグデン王国ではありません。こんなことをしてもなんの得にもならないでしょう」

「えー、そんなこと知りたい？　つまんないなぁ」

「でもつまんないのが姉上だもんね」

「そっか。じゃあ仕方ないね」

「そうそう。仕方ないんだよ」

いくら家族とはいえ人を拐《かどわ》かしておいてその言いぐさはどうなのか。たとえ忍耐があったところで話してくれないのではどうしようもない、アンナが別の手段を考え始めたところで双子はパパンと手を打ち合わせた。

「そうだ！　あいつらがね、姉上を連れてこいって！」

「うん！　そしたらね、面白いことがあるぞって！」

「……あいつら？」

　不穏な予感を覚え、アンナが聞き返す。

「おいでよ姉上！　こっちだよ！」

「はやく姉上！　おいてっちゃうよ？」

　彼女の疑問に答えることなく、双子はいつもどおりの無邪気さでいつもどおりに身勝手極まりないことを言いながら部屋を飛び出していった。アンナは何度目かのため息を漏らす。気は進まないが、ここはついてゆくしかないだろう。さっと着衣に異常がないことを確かめてから彼らの後を追う。

（この先に……黒幕がいるのですね）

　考えてみれば奇妙なのだ。いくら破滅的に悪戯《いたずら》好きの双子と言えど、国許を飛び出し至冠議会中のエンペリモ王国で仕掛けてくるほど愚かではない。だからアンナはこの誘拐には黒幕がいると確信していた。そしてこの街において仮にも一国の女王を攫おうと考え、あまつさえ実行してしまえるような者は多くない。

　ふと寒気を覚え、アンナは身を震わせた。ここには彼女しかいない。これまでにも幾度も危地と呼べる場面はあったが、たいていはワットやキャロームら頼れる者がともにいた。一人で立ち向かう状況というのは多くなかった。

（……いいえ。一人だけだったことも、ありました）

養父レザマとともに戴冠式へと向かったあの日。事件の黒幕たる養父の背中を見ながら、戦うことを決意したあの時。

（これくらいでへこたれてはいられませんね。それにきっと、お父様が私を捜してくれる。だったら来てくださるまで呆《ほう》けているわけにもいきません！）

ワットが彼女を捜しているだろうことは疑いない。しかし同時に、見つけ出すまでに時間が必要だろうこともまた理解していた。ならばそれまで己の身は己で護らなければならない。

一度だけ吐息をもらして顔を上げる。そこに戸惑い焦る少女の姿はなく、凛《りん》として立つ女王の姿があった。

「待ってください、レド、レダ。一緒に参りましょう。せっかくこうしてお招きに予《あずか》ったのです、ご挨拶をせねば礼を逸しますからね」

そうしてアンナはしゃんと背を伸ばし、確かに歩み出したのだった。

◆

意外なことに、部屋の外には見張りの一人もいなかった。無人の屋敷を勝手知ったるとばかりに双子がはしゃぎまわり、アンナはその後をついてゆく。

（この屋敷……見慣れない建築様式ですね。ここはもしやヤンタギオではないのでしょうか？）

建築様式からして異なるならば違う街だと考えたほうが早い。しかしすぐに思い至る。ヤンタギオの街にほど近く、しかも異国の様式に則って造られた街が存在するということに。

(だとすれば。私を攫ったのはやはり……)

そうして物思いにふけっているといつの間にか廊下の突き当りまでやってきていた。扉の前へとやってきた双子がぴょんぴょん跳ねながら彼女を呼ぶ。

「姉上~ここ、ここ!」

「姉上~のろーい!」

「ええ……。いよいよなのですね」

これから黒幕との御対面である。アンナは緊張を飲み込みながら扉をくぐった。

「ほらほらー! 姉上を連れてきたよ!」

「こっほっほ。よくぞ参った」

何か会議の最中だったのだろう、部屋にはそれなりの人数が集まっていた。ほとんどが見覚えのない顔ぶれだが、中には見知った者もおり。

「……スコット様」

「お目覚めですか、アンナ陛下。このようなかたちの再会になり大変残念です。さぁ、まずは盟主様にご挨拶を」

その数少ない顔見知りであるスコットは、アンナの姿を見ても特に態度を変えることはなかった。そのまま最奥に腰かけた人物へと誘導される。そこにいたのは伸ばした白髪を丁寧になでつけた、柳のような老人だった。皺《しわ》と髭《ひげ》に埋もれてその表情はうかがえない。しかし至冠議会の参加者で彼が誰だかわからない者は一人としていないだろう。

「……ゲッマハブ古王国国主、スラトマー王とお見受けします。お初お目にかかりますわ。私はオグデン王国の女王、アンナ・オグデンと申します」

「いかにも、儂《わし》がゲッマハブ国主スラトマーじゃ」

三頂至冠、それも国主当人。アンナは嫌な予感が的中したことに内心で歯噛《はが》みする。それも考えうる限り最悪の形であった。

（属国のみならず三頂至冠の国主自身が黒幕だなんて……いったいどうすれば、これを止められるのでしょうか）

先日、メナラゾホーツ帝国の属国であるアーテホス王国と敵対した際には、本国の国主であるシーザー帝を説得することで事件を収めることができた。しかし今回は三頂至冠たるゲッマハブ古王国そのものが動いている。三頂至冠を止められるのは同格である二冠のみ。当然、そんな者はこの場にはいないのだ。さらに、もうひとつアンナに不安を与える要因があった。

（だとすれば、おそらくここはゲッマハブ宿場街に違いありません。お父様は……ここまで辿《たど》り着けるのでしょうか）

ワットがアンナのことを必死に探しているだろうことに疑いはない。しかしここは三頂至冠の拠点のひとつたるゲッマハブ宿場街である。仮にワットがこの街に当たりをつけたとして、簡単に踏み込めるような場所ではないのだ。場合によってはアンナが自力で脱出することも考えなければならない。

「やっほー。来いって言ったから来たよ！」

「ほっほー。説明面倒だから、あとはやっといてよ！」

そうして慄然とするアンナを他所に、双子は微塵《みじん》も空気を読まず空いた椅子へとめいめい勝手に座り込んだ。三頂至冠の国主、いわば王の中の王を前にしてもこの態度である。アンナは己の中の不安より双子への呆《あき》れが上回ってゆくのを感じていた。

それ以上にざわめいたのは老王スラトマーの周囲に侍《はべ》る配下たちだった。スコットが血相を変えるや双子を睨《にら》みつける。

「貴様ら、ガキだからと舐《な》めた態度を！　ここにおわす方をどなたと……！」

「よいよい。ほほ、元気のよい童であることよ」

意外にも老王スラトマー自身が配下を制した。好々爺《こうこうや》然とした笑みを浮かべ、鷹揚《おうよう》に頷《うなず》く。

「そんなに話を聞きたいというならば、聞かせてしんぜよう」

ようやく老王スラトマーの視線がアンナへと向いた。しかしそれは双子へ向けていたものとはまるで温度が違っている。アンナには覚えがある。養父レザマが彼女を見ていた時のそれに近しいもの。人を人とも思わず、道具としか見なしていない視線。しかしアンナはその程度で怯《ひる》みはしない。幾たびもの戦いを潜《くぐ》り抜《ぬ》けてきた今の彼女には、それだけの強さが備わっている。

「それでは、スラトマー王にお聞きいたします。失礼ながら、私にはお招きをいただいた記憶がとんとございません。パーティ会場より姿を消したとなれば、私の騎士も心配していましょう。そろそろお暇《いとま》させていただきたく」

殊更に礼儀正しく一礼し、アンナは老王スラトマーに正面から相対する。彼女が委縮し、縮こまっているだろうと考えていたスコット王子が微かに表情を変えた。

「弁えよ、うぬは客などではない。虜囚……いや、道端に落ちた塵《ゴミ》のごとくじゃ」

そんな堂々たる様子の彼女を、老王は歯牙にもかけなかった。まったくずいぶんな言いざまである。さすがにアンナが顔をしかめると、白髪の奥でひび割れたような皺が歪《ゆが》むのが垣間見えた。

「なんとおっしゃいます。私どもは外様、貴国に属するものではありません。斯様《かよう》に不当な扱いを受ける理由がどこにありましょうか！」

「知れたこと。先にルールを汚《けが》したのは、うぬのほうよ」

アンナは戸惑いを浮かべる。ルール？　一体何のことを言っているのか。もしや己の無知ゆえに何か失態をおかしてしまったのか。そう生真面目にも悩んでいた彼女に、老王は告げた。

「うぬの国を獲ったものが覇に近づく、それが三頂至冠の間《わしら》で交わされた遊戯。しかるにうぬは、よりにもよってメナラゾホーツの小僧ッ子を優先し、あろうことかアーダボンガのごとく平和など戯言《たわごと》を撒《ま》いた。愚か、愚か……赦《ゆる》し難《がた》い愚かさじゃ！」

「なんて身勝手なの……」

目眩《めまい》がするような気分だった。老王の語る言葉はまったくの身勝手、道理も何もあったものではない。これなら功を焦ったアーテホス王国のほうがまだ理解できるくらいだ。しかもその身勝手を天下の法と通してしまえる、三頂至冠の国主が口にしているのだから性質《たち》が悪い。

（シーザー様も勝手な人だと思いましたが、理が通じるだけまともな方だったのですね……）

アンナが内心の呆れを表に出すまいと努めている間に、横から双子が身を乗り出してきた。

「そーれよりさ！　おじいちゃん、僕らにも用があるんじゃなーいの？」

「そーうだよね！　おもしろーい話を聞かせてくれるんじゃなーいの？」

「もし姉上連れてくるだけなら、もう行っていい？」

「うん、遊びにいきたーい！」

「ほほっ。そう急くでない、近頃の若造はせっかちでいかんのう。うぬらの出番は今これからぞ」

一方で舐めた態度をとるレドレダに対しては、老王は怒りのひとつも見せず受け入れているのだ。この扱いの差はどういうことなのか。さすがのアンナも疑問を抑えきれない。

「レオナルド、レイヒルダよ。うぬらを招いたのは他でもない、オグデン王国を正すためよ。そのためには、うぬらが王に足る器があると示してもらわねばならぬ」

「器ー？　何いれるの？」

「器とは資質。王とは民の、国の最上位に立つ者。頂に冠たる者。間違っても平和などと、戯言を掲げる者に与えられるものではない。誤った王を戴《いただ》いた国というものは悲惨なものじゃ。正すべきだとは思わんかのぅ？」

「正しさなんてどーでもいーなー。僕たちはやりたいようにやるだーけ」

「かかっ、思うままに生きるか。やはりうぬらのよほうがよほど王に相応しい」

「ふーん。王になるのって、そんなに面白い？」

「愉快痛快。世にこれに勝るものなしよ」

老王は軋《きし》むような声を上げてひとしきり笑うと、双子たちをひたと見据える。

「しからばレオナルド、レイヒルダよ。女王アンナを弑《しい》せよ」

決定的な言葉が、老王の口から放たれる。

「うわぁ怖い。姉上、いなくなっちゃうんだ～」

「うわぁ悲しい。姉上、さようなら～」

しかし、言われた双子はといえばよよよと泣き崩れる真似をするばかり。わざとらしい嘘《うそ》泣きである。アンナはつきつけられた言葉の衝撃よりもむしろ、双子の態度の方が気にかかっていた。演技だとしてももう少し真剣に悲しんでほしいものである。彼女が思わずじっとり睨んでいると、さっと泣きまねをやめたレドレダが揃《そろ》って首を傾げた。

「でもなんかだるー。それ、どうして僕たちがやるのさ」

「そういうの、おじいさんがやればいいじゃん。得意でしょ？」

「知れたこと。これはあくまで、うぬらの国にまつわることじゃ。なればうぬらの手で片を付けるが道理よ」

なるほど、表向きはオグデン王国の内乱として処理するつもりらしい。ますますやり口が卑劣である。しかし言われた双子はといえば、まったく他人《ひと》ごとのように明後日の方向を眺めているのだ。人選を間違っているのではないか？　アンナは被害者ながら思わずにはいられない。

「そうして空いたオグデンの玉座には『レイヒルダ』、うぬが座るがよい」

「……へ？　僕？」

続く老王の言葉に、初めて双子が困惑を浮かべた。名を呼ばれたレイヒルダ《レダ》がおずおずと自らを示せば、老王が頷く。レダはレドと顔を見合わせ、二人揃って振り返った。

「えーいやだ、レドと一緒がいい！　僕たちで王様！　いい感じでしょ？」

「それいいね、レダと一緒がいい！　僕たちいつも二人一緒だもの！」

老王はほっほっと笑うものの、皺の間に埋もれた瞳から注がれる視線は厳しいままだった。

「ならぬ、ならぬ。至高の座につくはただ一人、世の興《おこ》りより定められておることじゃ。レイヒルダ、うぬが新たな女王となれ……そして、そこなトイヌイバの王子を王配に据えよ」

「……うええっ」

アンナは企みを理解するとともに顔をしかめた。老王スラトマーはただオグデン国王の首を挿《す》げ替《か》えるだけに飽き足らず、王国そのものを乗っ取ろうとしているのだ。方法自体はアンナの婚約騒動の時とほぼほぼ同じであり、ただ対象がレイヒルダへとそっくり変わっただけのこと。

アンナだけでなく、今度は双子までも黙り込んでいた。そうして彼女たちが口を開く前に声を上げた者がいた。

「偉大なるスラトマー陛下におかれましては、まこと深慮遠謀なること感服してございます。……しかし、肝心のオグデン王が此奴《こいつ》とは！　まだガキもいいところ。アンナよりさらに幼いのですよ？しかも煩《うるさ》いのでは、あまりに不快というものにございまする……！」

今しも王配に指名されたトイヌイバの王子、スコットだ。本気で嫌そうな表情を浮かべている、もしかしたらアンナを口説いていた時も我慢をしていたのかもしれない。そんな彼の抗議を、老王は鼻で笑い飛ばした。

「ほっほ！　我が覇道のためじゃ、その程度のことは我慢せい。所詮、餓鬼などお飾りにすぎぬ。うぬが王配の座に就いた暁には速やかに国内を掌握し、我が陣に参じるのじゃ」

「……致し方ありません。陛下の命とあらば、是非もございませんね」

「そうじゃ、よく励むがよい。事が成った暁には、序列最前にて参陣することを許そうぞ」

「お、おおお……！　ありがたき幸せにございます！」

スコットはころっと態度を変え、逆にやる気をみなぎらせた様子でむっすりと黙り込んだ双子を見回した。

「ガキども、聞いた通りですよ。女王の椅子にはつけてやるが、あとは全てこちらでやります。黙ってみていなさい」

唐突に、レダがにっこりと笑いかけた。今は幼くともあと数年も経てば大きく花開くだろうと思われる、整った容姿に可憐《かれん》な笑みを浮かべて。

「いーやーだね」

すぐさま影が差し、笑みを邪悪に歪めながらきっぱりと言い放ったのである。

「なん……ですって？」

あまりにも予想外の返答に、スコットは思わずまったくの素で答えてしまった。その間の抜けたツラを拝んで、レダはなおさら楽し気にケラケラと嗤《わら》い出す。

「嫌に決まってんじゃん！　僕一人で王になるのも嫌。なによりお前みたいなキッモイ奴が無理。こっちから願　い　下　げ！　だよねー」

瞬間、無となったスコットの表情が急速に怒《いか》りへと変じてゆく。しかしさすがに老王の前で怒鳴り声を上げることは憚《はばか》られたのだろう、真っ赤な顔のまま押し殺したような声で告げた。

「まさか。この期に及んでそんな言葉を言える立場だと、思っているのですか？　大人しくしていれば多少のわがままは大目に見てやろうと思っていましたが……」

ぎょろりと睨みつけるスコットへの双子の答えは、舌を放り出してのあっかんべーだった。さらに頬を引いてのべろべろばーまで加わった。スコットの顔色が赤を通り越して虚無へと移ってゆく。

「……これはまず何よりも先に教育が必要なようですね。その薄っぺらな頭にようく叩《たた》き込みなさい。我々は貴様にお願いをしているのではありません。やれ、と命じているのですよ」

「しーったことじゃなーいね！」

頭に血が上りきったスコットが思わず腰の剣に手をかけたところで、アンナが立ち上がり双子の前に立ちはだかった。いつでも斬りかかれる体勢を保ったまま、スコットが目を細める。

「？　姉上？　なにしてんのさ」

自分たちを庇《かば》うかのように立ちはだかった彼女に、むしろ双子のほうが奇妙なものを見るように首を傾げている。

「お座りください、アンナ陛下。あなたにはもう関係ないことです」

「なにが関係ないものですか！　この子たちは私の弟妹……大事な家族です！　決してあなたたち

の好きになどさせません！」

スコットが奇怪なモノを見るように眉根を寄せた。レドレダを護るよりも前に、アンナ自身が排除を告げられていたというのに。怒る理由を何か間違えていないだろうか。

「スコット様もスコット様です。かのごとき非道を、命じられたから良しと諾々と従う！　それが卑しくも一国の王族たる者のお姿ですか！」

「……なるほど。いずれにせよ、オグデンの王族はどいつもこいつも煩《うるさ》い輩《やから》というわけですか。恨むのならばむしろ己の愚かさをこそお恨みなさい。盟主様に逆らう者に、明日など必要ありません」

アンナとスコットが睨み合っていると、レドがぴょこんと飛び出て姉の腕を摑《つか》んだ。

「あーあ、やーめた！　お前らの言うこと聞くのなんて、つっまらなーいんだ。それに……」

くりるりとレダへと振り返って。

「レダの嫌なことは僕の嫌なこと。ねぇレダ？　僕らは二人で一人だもんねー」

レダもまたにぃっと笑みを広げ、飛び出てアンナの腕をつかむ。

「うん、そうだねレド！　僕たち、つまんないことなんてやんないよーだ！」

アンナの左右から顔を見合わせ、双子は花咲くように笑いながら声を合わせた。

「だからお前、もういらないや。じゃあねーおじいちゃん！」

ここまで無言で成り行きを見守ってきた老王スラトマーが、深く息を吐く。

「……愚か、愚か。躾《しつけ》のなっていない餓鬼など狗《いぬ》にも劣ることよ。夢想家に天邪鬼とは所詮、うぬらいずれも王の器に非《あら》ず！　やはり外様など残さず平らげてしまえばよいものを……腰抜けの二冠どもめがいつも邪魔を挟みおってからに」

しきりに首を左右に振って嘆いていたが、やがて老王はつまらなさそうに告げた。

「そこな塵屑《ゴミクズ》を掃《はら》っておけ。これ以上、儂の耳に愚かな言葉を届けるでない」

「承知！　盟主様の命とあらば」

スコットがむしろ嬉々《きき》として剣を引き抜く。そうして道に散らばったゴミを掃く、その程度の気軽さで彼女たちへと切っ先を向けた。アンナはそれを睨みながら双子を背に庇い。

場の緊張感が高まってゆく。直後、アンナの左右からぽーんと何かが投げ込まれた。それはスコットの足元に転がり込むとくぐもった音を上げて弾け、周囲へと猛烈な煙を噴き出す。

「んなっ⁉　なんだこれは……！」

「煙幕だと⁉　見えん！」

「えええ……？」

アンナが呆気《あっけ》に取られていると、後ろから両手をぐいぐいと引っ張られた。

「はーい姉上。さっさとずらかるよ！」

「へ……？」

「にっぷーい姉上。今、こいつら全部敵に回したでしょ。とっとと走る！」

微妙に展開についてゆけていないアンナを強引に引っ張り、レドレダが走り出す。

「ヒヒっひー！　おかわりもあるよ！　みーんなで楽しんでねー！」

ついでとばかりに懐から次々と煙幕玉を取り出すと、ぽんぽんと後ろに追加しておく。さらにもうもうと立ち込める煙に包まれ、ゲッマハブ首脳陣は大混乱に陥っていた。その隙をついて三人は部屋から飛び出してゆく。

「ゲホッ、ゲホッ！　いくら悪ガキでも限度があるぞ……！」

「ゴホッ！　くそ！　なっ⁉　ガキどもがどこにもいない！」

「……ゲハッ！　くそ、ブッッ殺してやる！」

誰かが窓を開きどうにか煙を逃がす。ようやく視界の開けた頃には、双子はおろかアンナ女王までも姿を消していた。

「……地の果てまで追い、潰すのじゃ」

煙に包まれても微動だにしなかった老王が、しわがれ声で呟《つぶや》くように命じる。そこに潜んだ燃え盛る怒りを感じとり、スコットたちは飛び上がるように背筋を伸ばした。

「ハハァッ！　直《ただ》ちに！」

慌ただしく駆け出してゆく配下を見送り、老王は吐息を漏らす。皺に埋もれた瞳の奥に、煮えたぎるような怒りが垣間見えた。

「不快、不快……どいつもこいつも儂に逆らいおる。我が意に従わぬ者など、尽《ことごと》くこの世から消え去るべきよ……」

それから老王はゆっくりと立ち上がり、いずこかへと歩き出したのである。

◆

「やみくもに逃げたところで袋の鼠《ねずみ》になるだけですよ！」

走る、走る。土地勘もへったくれもないアンナにはどこに向かっているのか見当もつかない。レドレダの双子に手を引かれるまま走るだけ。なぜだか彼らは屋敷の構造を把握しているようで、その足取りには一切の迷いがなかった。

「だーいじょ！　道なんて、ここに来た時に見たから覚えてるよ～ん」

「見たって……」

詳しく案内されたわけでもないだろうに、たった一度見ただけでおおよそを把握したというのか。本当、この双子には非凡な能力があるのに、何ひとつとしてまともに使ってくれない。

「それにしてもレド、レダ。あなたたちはゲッマハブと組んだのでしょう。どうしていきなり裏切ったのですか！」

「えー？　文句言うとこ、そこ？　姉上も助かったんだからいーいじゃーん」

「えー？　だってあいつら僕らに嫌なこと言ったっしょー。むかつくしー」

「だから言うことなんて聞かなーい」

「だからめちゃくちゃにしてやるんだー」

「そ、そんな理由で……！」

まったくもって頭が痛い。気まぐれで享楽主義な双子にとって約束など大した意味をなさないのだ。しかしまさか三頂至冠に対してまであっさりと態度を翻すとは。アンナどころか、かの老王スラトマーですら想定していなかったに違いない。

いずれにせよレドレダの挑発によって彼らが激怒しているだろうことは想像に難くない。一時は窮地を乗り越えたように思えるが、実際はよりひどい事態に転がり落ちているような気がしてならなかった。

「だからと、こんなところでまで裏切らなくても！」

「煩いなぁ、姉上はお荷物なんだから黙っててよ～」

「あんまり面白くないことばっか言ってると、おいてっちゃうよ～？」

さすがにこんな危険な場所に一人で置き去りにされたくはない。不本意ながらアンナは口を閉じ、走ることに集中した。

「えへへ！　来たよ！」

「あはは！　あったよ！」

そうして駆けることしばし。廊下を抜けた先にあったのは鉄獣機《マシンスティール》の格納庫であった。ゲッマハブ古王国陣営の見慣れぬ機体が並ぶ中、ひとつだけとても馴染《なじ》みのある機影を見つけ出し、アンナは思わず叫びをあげる。

「あれは……バハムートドミニオン⁉　この子たちは！　またあれを持ち出してきたのですか⁉」

つい先日事件を起こして封印しなおしたところだというのに、性懲《しょうこ》りもなく引っ張り出してきたらしい。これを持ち出す時の国許の混乱を思えば双子にお仕置きのひとつでもかましておくべきであるが、事ここに至っては一周回って心強い戦力なのであった。

「本当にもう……！　いいえ。いったん色々と棚に上げておくことにします。まずはこの場を離れましょう！」

格納庫で働く、事情を知らぬ整備士たちから訝《いぶか》し気な視線を浴びながら、飛び込むようにバハムートドミニオンへと乗り込んでゆく。神獣級《ディバイナー》ゆえの広々とした操縦席も、さすがに三人も詰めれば手狭に感じられた。

先陣切って乗り込んだレドが中央席に陣取り、レダが隣にくっつく。自然、アンナは二人の後ろに座る形になった。

「それじゃ、いっくよー！」

「そーれ、やっちゃうよー！」

双子が大仰な竜の意匠が彫り込まれた鍵を取り出し、差し込む。彼らの楽しげな声とともにバハムートドミニオンが動き出した。泡を食った整備士たちが逃げ惑う中を突っきり、格納庫の扉を強引に蹴り開ける。いよいよ周囲が騒がしくなってくる。そろそろ追手も動き出す頃だろう。

(ごめんなさいお父様……とても危険な状況になってしまいました！　でもどうか、どうか早く助けに来てください……！)

止めようもなく悪化の一途をたどる事態を前に、アンナには祈ることしかできなかった。

とはいえ双子の暴走にも良いところはある。こうしてバハムートドミニオンの姿を周囲に晒《さら》せば、きっとそれを目印にワットが飛んできてくれることだろう。合流さえできれば活路はあると、アンナは強く信じていた。オグデン王国筆頭騎士――彼女の父親ならば、この困難な事態もなんとかして収めてくれると。頼むから収めてくれと。

しかし彼らが自由に振る舞えたのもそこまでだった。格納庫を抜けたバハムートドミニオンを追うように、多数の影が駆け出してくる。

「調子に乗るのもそこまでにしていただきましょう！」

丸っこい重装甲に包まれた鉄獣機が次々に現れ、バハムートドミニオンを取り囲んだ。そのうちの一機を操るスコットが声を張り上げる。

「アンナ陛下……このような結末になり実に、実に残念ですよ。盟主様に逆らった罪により、ここで処分いたします。ゲッマハブ第一騎士団《ファーストオーダー》！　盟主様に盾突く不埒者《ふらちもの》を、逃してはなりません！」

敵の名乗りを聞いたアンナが唸《うな》った。

「第一騎士団……！　敵はおそらく精鋭です。レド、あなたは戦えるのですか⁉」

バハムートドミニオンの操縦桿《そうじゅうかん》を握るのはレドだ。この窮地を切り抜けられるかどうかは彼の腕に懸かっているのである。もちろんレドはいつものように悪戯《いたずら》じみた笑みを浮かべ、無暗に自信に満ちて答えるのだ。

「だ～いじょ～ぶ大丈夫。戦い方なら知ってるよ。父上が乗ってるのをのぞき見したことあるもんね」

「のぞき見……」

たったそれだけで操縦法を習得できるのならば誰も苦労はしない。王国の騎士たちが日々どれだけの努力を重ねているか、アンナは誰よりもよく知っているのだ。筆頭騎士であるワットですらたゆまぬ訓練を課しているというのに。そうしてレドとレダがこれほどの才能を、ひとつとしてまともに生かす気がないことを勿体《もったい》ないと思ってしまうあたり、アンナもなかなか女王として仕上がってきたようである。

「ふふ～ん。やっちゃえレド！」

「へへ～ん。やっちゃおレダ！」

バハムートドミニオンが一対二枚の翼を掴む。すぐに翼は分離し特大剣へと変化した。

「神獣級が何するものぞ！　囲み、叩き潰せ！」

鬨《とき》の声を上げながらゲッマハブ第一騎士団所属機『ソリッドバイバルブ』が突撃してくる。丸みを帯びた装甲にくるまれ、巨大な盾とメイスを持った重装機だ。にもかかわらずその動きは重さを感じさせない。魔獣級《ブルート》でも上澄みに属するか、あるいは聖獣級《クルセイダー》に達する強力な機体であろう。

「そーおれっ」

気の抜けるような声を伴いながら、バハムートドミニオンが特大剣を振り回す。ソリッドバイバルブが構えた大盾に直撃し、敵を大きく後ろへ弾き返した。ゲッマハブ第一騎士団もさすが精鋭ぞろいと見え、それだけで倒されはしないものの近づくこともできないでいる。

「緩めるな！　圧力をかけ続けるのですッ！」

「ふふ～んほいほーい」

レドは包囲を狭めようとする第一騎士団の動きを見て取り、自ら踏み込みながら特大剣をぶん回した。威力もさながら、間合いの広さを生かして一方的に攻撃を加えている。

「レド、なかなか強いのですね……」

後ろで見ていたアンナが思わずと言った様子で呟く。彼女も鉄獣機を操縦することはできるが、戦闘となるとこれほど上手くはいかない。

「戦いなんて簡単だよ。常に相手の嫌がることをすればいいんだから！」

「そう、ですか……」

確かにそう捉えるのであればレドレダにとっては得意分野のような気がしてきた。本当に、その才覚を嫌がらせ以外の分野に生かしてほしいものである。ともかく戦闘中では頼もしいことも確かではあるが。

そうしてひととおり第一騎士団を押し返したところでバハムートドミニオンが翼を広げる。

「それじゃあさっさととんずらだ～！」

「それじゃあそろそろ飛んでこっか～！」

翼に魔力が満ち、バハムートドミニオンの巨体が浮き上がる。飛行能力のないソリッドバイバルブでは間合いの外であり、見送ることしかできないでいた。しかし、だからこそ。アンナは違和感を覚えていた。

（ゲッマハブ古王国の精鋭ともあろうものたちが、こんなにも簡単に逃がしてくれるものでしょうか？）

もしや、彼らの目的が足止めにあるのだとすれば――。

「レド！　防御を！」

「なーんだよ姉上〜。ちょっと静かに……」

レドが文句を言い終わる前に、ゲッマハブ宿場街の一画より渦巻く水が吹き上がった。それはすぐに激しく鋭い槍《やり》と化し、強《したた》かにバハムートドミニオンを打ち据える。

「うわぁーっ⁉」

「きゃあっ！」

神獣級の巨体すらも弾《はじ》かれ、土煙を噴き上げながら大地に叩きつけられる。ソリッドバイバルブが緩い包囲を敷く中、その背後に巨大な物体が浮かび上がっていった。

それは骨格に薄羽を張った鰭《ひれ》のような翼を広げ、貝のような扇形の装甲を幾重にも重ねた塊だった。装甲が開き、中から頭部をのぞかせる。

「……愚か者めが、至宝たる王冠騎『ゲッマハトブルク』を前にして、同じ高みに上ろうなどと。許し難い所業じゃのう」

それは聞き違えようもなく老王スラトマーの声であった。ゲッマハブ古王国が誇る王冠騎『ゲッマハトブルク』。幾重もの装甲によって塊のようなシルエットとなったそれが、鰭のような翼を揺らめかせ泳ぐように進み出る。

バハムートドミニオンの操縦席ではレドレダが二人揃って頭を抱えていた。

「あっちゃあ。あっちも神獣級きーちゃった」

「あっちゃあ。どーうしよっかなー」

暢気《のんき》に困る双子よりもアンナこそ頭を抱えたい気分である。第一騎士団だけならばまだしも、王冠騎まで現れたのでは逃げるのも容易ではない。レドの腕は悪くないが多勢に無勢である。

バハムートドミニオンが立ち上がるのを見たゲッマハトブルクがその装甲の隙間から魔力で生み出した水を放出する。水は機体の周囲に渦を巻いて漂い出した。

「無礼者めが、まだ動くか。塵は塵らしくただただ黙って頭《こうべ》を垂れればよいものを。受けるがよい……凌駕魔力技《オーバーマギスキル》『サーペントシュプリーム』」

「あっコレホントにヤバそう。『フェザースフィア』！」

バハムートドミニオンの翼から数多《あまた》の羽根が離れ、機体を守る盾となる。直後、ゲッマハトブルクから放たれた水の槍が羽根の護りを強かに打ち据えた。ただの水と侮るなかれ、それは攻城槌《こうじょうつい》のごとき破壊力と錐《きり》のごとき鋭さを兼ね備えた強力な凌駕魔力技なのである。

見る間にフェザースフィアが弾かれてゆき、ついにその守りが貫かれた。

「うっわぁっ⁉」

水流が直撃し、バハムートドミニオンの巨体を揺るがす。辛《かろ》うじて中心は避《さ》けたものの、水流はその片腕を穿《うが》ち砕いていた。

「あーりゃりゃ。コレ、まずいかな？」

「うーわわ。コレ、どうやって逃げようかな？」

バハムートドミニオンとゲッマハトブルクは分類の上では同じ神獣級である。しかしその性能には大きな開きがあった。それは外様であるオグデン王国のいち王族が作った機体と、三頂至冠たるゲッマハブ古王国が総力を挙げて造りあげた王冠騎の差だと言える。

「しぶといものじゃ。これで終わるがよい」

ゲッマハトブルクの周囲に再び水が生み出され、渦を巻き始める。バハムートドミニオンもフェザースフィアを起動するも、その数は半減しておりとてもではないが防ぐに足りない。サーペントシュプリームが無慈悲に放たれ――。

「うぅぅぅぅぅぅぅらっしゃぁッッッ!!!!」

――同時、彼方《かなた》よりひと筋の流星が飛来した。燃え滾《たぎ》るような魔力の輝きに包まれたそれはバハムートドミニオンへと迫る水流の槍を真横から打ち貫《つらぬ》き、散らす。穂先を散らされた水流の槍をフェザースフィアが受け止めきった。

「……ああ、来てくれた」

手を組み空を見上げたアンナの視線の先で、流星がぐるりと旋回する。それは飛翔《ひしょう》しながら姿を変えていた。開いていた脚を折りたたみ、翼を収める。両腕を伸ばし、翼と一体化していた双剣を引き抜いた。やがて流星は人型へと変じきり、バハムートドミニオンの前へと着地する。

「ぬぅ。儂の邪魔をする、何奴《なにやつ》であるか!」

赤い鎧《よろい》が日の光を浴びて輝いた。現れた鉄獣機――その銘《な》は『ロードグリフォン』。オグデン王国近衛《このえ》騎士団専用機にして、その鉄機手《スティールライダー》は。

「オグデン王国筆頭騎士、ワット・シアーズ！　陛下の身を脅《おびや》かすクソ野郎を……ぶっちめに来たぜ！」

双剣の切っ先を王冠騎に突きつけ、吼《ほ》えたのだった。

第十話　我ら倶に天を戴くもの

「陛下ァァッ！　そこにおられるのですか⁉　御無事ですかッ‼」

バハムートドミニオンが軋《きし》みとともに頭を持ち上げる。その視界に幾筋もの流星が降り注いだ。

それは次々に人型へと変形すると機体の周囲へと着地する。オグデン王国近衛《このえ》騎士団が駆るロードグリフォン改《リバイズド》が揃《そろ》い、バハムートドミニオンを守るような配置についた。

「お父様！　キャロームさんたちも……。大丈夫、私はこのとおり無事です！」

「良かった……御無事でなによりです……」

キャロームの騎士団長機がバハムートドミニオンに寄り添い、項垂れるように屈《かが》み込む。心より安堵《あんど》したのも束の間のこと。

「わー君ら遅ーい。もっと急いできなよ～」

「ホント君ら遅ーい。父上の機体が壊れちゃったじゃな～い」

アンナに続く声を聞いた、ロードグリフォンがかくっとずっこけた。

「おまっ、そのむかつく喋《しゃべ》りィ！　なんだよ悪ガキ双子もそこにいんのかよ⁉」

「せいかーい！　オッサン、よくできましたー」

「ってこたまさか今、そいつを操縦してんのは」

「レドです……」

ロードグリフォンががっくり肩を落とした。すぐに気を取り直し、敵へと向き直る。

「なんてこったい。つーかこの状況よ！　どうして悪ガキどもまでがアイツらと敵対してるワケ。そもそもアンナ攫《さら》ったの、お前らの仕業じゃねーのか⁉」

「それはそうなのですが……なぜというとこの子たちが彼らを裏切ったから、でしょうか」

「お前らマジでヤバいことする天才だな」

「それほどだねー」

「なにひとつとして褒めてねーよ」

ロードグリフォンの操縦席でワットはたまらず頭を抱えていた。おおよその状況は把握できたが、本当に心底からこのバカ双子はなんということをしてくれてんのかという感想しか出てこない。彼が困り果てている間に、改から降りたキャロームがバハムートドミニオンの操縦席に取りついていた。

「……レオナルド殿下、レイヒルダ殿下。ただちにその機体から降りてくださいませ。この場で拘束させていただきます。女王陛下を攫い、あまつさえ危険に晒《さら》した罪。たとえ王族とて見逃すわけにはまいりません……！」

言葉遣いこそ丁寧だが、口調の端々《はしばし》から漏れ出でる怒《いか》りの気配が彼女の心情を如実に表している。わざわざ機体を降りたのだって、怒りのあまり殴りつけないようにするためだったりするくらいだ。

「えーやだめんどーい」

「えーやだこわーい」

「殿下……ッ！」

そして当然のごとく双子が素直に従うわけもなく。キャロームの笑みが迫力を増してゆく。このままでは敵より先に味方に操縦席《キャローム》を引っぺがされかねない。アンナが慌てて間に入った。

「キャロームさん！　待ってください。確かに私は攫われました……ですが、窮地《きゅうち》より逃れえたのもこの子たちの働きによるもの。ですからまずは、私と一緒に助けてくださいませんか⁉」

「しかし陛下！　この双子はあろうことか陛下を他国に売らんとした……明確な反逆行為を働いたのですよ！」

いまにもバハムートドミニオンの操縦席に乗り込まんばかりのキャロームの前に鉄獣機《マシンスティール》の掌《てのひら》が割って入った。はっとして顔を上げれば、手を伸ばしたワットのロードグリフォンと目が合う。

「その辺にしときな。悪ガキどもは後でキッチリ教育的指導するからよォ。とりあえずはこの状況を切り抜けるのが先決だ」

「ワット……！　あなたが双子を庇《かば》うというの？　これは今までの陰謀ごっことは話が違うのよ！」

「そうだよオッサーン。僕たちだーいじな大事な娘をさらった極悪人だよー？」

「お前らなー、隙あらば煽《あお》ってんじゃねっての。まったく父親の性悪なところだけ受け継ぎやがって……」

まったくもって頭が痛い。ワットはこめかみを押さえつつも気を取り直して顔を上げる。

「そりゃ簡単に許すつもりはねーが、だからって見捨てることもねーよ。こいつらだって確かに……カリナの子供たちなんだからよ」

キャロームはハッとした表情で口を閉じた。レオナルド・オグデンとレイヒルダ・オグデンはレザマとカリナジェミアの間にできた子供であり、アンナとは異父姉弟妹にあたる。キャロームにとっても、無二の友人の子供であるのだ。呆然《ぼうぜん》とする彼女へとさらにアンナが言葉を届けた。

「レドも、レダも、私の大切な家族なのです。私に悪戯するくらいなんてことありません。姉として受け止めてみせます！」

キャロームはしばし無言で立ち尽くしていたが、やがて長いため息とともに肩を落とす。

「これは悪戯の範疇《はんちゅう》をとうにこえていると思いますが……。陛下がそこまでおっしゃるのであれば……致し方ありません。ひとまずこのままお連れします」

「ありがとうございます！　こう見えて二人とも、可愛いところもあるのですよ。……それに」

アンナは胸をなでおろす。

「姉弟妹ですら相争う、私はそのような事態を止めるためにこそ女王となりました。邪魔だから殺す。それが当たり前だというのなら……私が真に挑むべきは、その考えそのものなのです」

「陛下……私が焦っておりました。どうかお心のままに」

キャロームは姿勢を改め一礼すると、素早く改へと戻ってゆく。バハムートドミニオンの操縦席では、レドとレダが映像盤にぺったりと張りついて彼女たちの様子を観察していた。

「むぅ、仕方ないなぁ。ここは助けてくれたことに免じて、ちょっとだけ悪戯を控えてあげるよ！」

「むぅ、仕方ないなぁ。姉上は僕たちに感謝するがいいね！」

「はい。ありがとうございますね」

アンナは微笑み、双子を抱き寄せる。この時ばかりは二人ともなすがままになっていた。

「やっぱむかつく。一発くらいは殴っとくか」

「今はそれどころじゃないんでしょう？　ワット」

「ハァ、そうなんだよねぇ」

なにせオグデン王国近衛騎士団を取り囲むように、ゲッマハブ第一騎士団《ファーストオーダー》が展開しているのだから。さらに第一騎士団の背後には巨大な機体が浮かんでいる。

「なぁアンナ。ありゃあやっぱ王冠騎だよな？」

「はい。スラトマー王自らが乗る……王冠騎、『ゲッマハトブルク』と」

ゲッマハトブルクの周囲を渦巻くように水流が荒れ狂い始めた。それがどれほどの威力を秘めているか、既に誰もが見知っている。

「塵《ゴミ》がどれほど集まろうと、所詮塵。儂《わし》のゲッマハトブルクが全て洗い流してくれよう」

ワットはしばしゲッマハトブルクの威容を睨《にら》みつけていたが、やがてぽつりと呟《つぶや》いた。

「アンナ。俺ぁアイツらと戦うぜ」

「……お父様」

戦う。三頂至冠の一冠たるゲッマハブ古王国と正面切って争うというのだ。それは平和を求める女王アンナの考えと相反するものではないのか。

「虫だの塵だの好き放題言ってくれやがる。要するにアイツぁ俺たちのことナメてんのよ。言葉を交わすに値しないと、見縊《みくび》りきってんのよ」

人が蝿《はえ》に諭され考えを改めるだろうか。蟻《あり》に心を砕くだろうか。ありえない。言葉を交わすには、まず対等の存在であると認めさせねばならない。そうして初めて交渉が可能となるのだ。

「ちょっとぶん殴って、あいつの目ェ覚まさせてやる。おめーの前にいるのは舐《な》めていい相手じゃないってよ」

だから戦《や》る。ワットはロードグリフォンの首を巡らせ、バハムートドミニオンを、その中のアンナを見つめた。

「そしたらアンナ、その後の交渉は頼めるかい。きっちりテーブルにはつかせておくからよ」

「……はい。後のことはお任せください！　お父様たちが開く道……私がつなげてみせます！」

「ようしその意気だ！」

ロードグリフォンがビシッと親指を立て、振り返る。これで後ろに不安はなくなった。あとは三頂至冠の傲慢にそそり立つ鼻っ柱をブチ折ってやるだけだ。

「近衛騎士団、聞いての通りだ。高みから俺たちを見下しやがる、あの舐め腐った冠様をぶん殴るぞ。三頂至冠なにするものぞ！　我らオグデンの騎士の勇猛さを、忠誠を！　その剣にて示す時だ！」

「応！　応！　応ッ!!」

ロードグリフォン改が揃って剣を打ちつけ、盾を打ち鳴らして咆《ほ》える。キャロームの改が唸《うな》りとともにハルバードを回し、石突で大地を打った。護るべき女王を攫われ、彼女たちも怒り心頭に達しているのだ。ワットが煽らずとも戦意は最高潮である。

その光景を見た、宙に浮いたままのゲッマハトブルクが首を横に振る。

「地虫めが、わらわらと集いおって。おお、おぞまし、おぞまし。第一騎士団、疾《と》くこ奴らを掃《はら》うのじゃ」

「御意！」

王命を受け、ゲッマハブ第一騎士団が進み出た。重装甲の鉄獣機『ソリッドバイバルブ』が巨大な盾を掲げずらりと並ぶ。両軍の気迫が競り合い、睨みあう。周囲の気温が上がったような錯覚を覚えるほどに緊張感が高まってゆき。

張り詰めた空気を打ち破ったのは、ゲッマハブ第一騎士団の先頭に立つスコットだった。盾を大地に打ちつけ、咆える。

「第一騎士団、逆賊を潰せぇッ！」

対するキャロームはハルバードを持ち上げ、切っ先を敵へと向けた。

「近衛騎士団！　敵を陛下へと近づけるな！」

期せずして両軍がともに上げた喚声が戦いの合図となる。

「オォォグデン！　盟主様に逆らうとは愚かの極み！　その対価！　高くつきますよォ！」

先頭を走るスコットに、キャロームもまた咆え返す。

「なにが三頂至冠か、頂《いただき》に胡坐《あぐら》をかくだけの俗物が！　我が陛下を害する悪行！　対価を払うのは貴国だッッ！」

ソリッドバイバルブが突撃しながら集まり、密集隊形を作る。そうして互いの盾を重ね合った。

「第一騎士団ッ！　築城‼　魔力技《マギスキル》『ランパートウォール』、多重発動！」

重ね合った盾が魔力の輝きに覆われてゆく。それは互いに共鳴し合い、第一騎士団全体を包む眩《まばゆ》い輝きと化していった。

「なんだありゃあ、ディフェンドバイソンみたいな奴らか」

「キンキラに光ってやがるぜ。ありゃあなかなか堅そうだ！」

「どれほど堅くとも、ブチ抜くのみ！」

近衛騎士団の先端が盾の壁と接触する。ロードグリフォン改の膂力《りょりょく》に勢いを加えた一撃にも、盾の壁は悠々と耐えていた。

「かっ……てぇ！」

ソリッドバイバルブの防御には一切の隙間なく、お得意の弱点狙いを仕掛けようにもその狙い目がまったくと言ってよいほど存在しない。

「こもってばかりの亀野郎め！　そんなに怖いのか！」

「我らの城をただの弱腰などと思われては困りますね。いざ、刮目《かつもく》せよ！　前進《ゴー・アヘッド》！　前進！　前進！」

一転してソリッドバイバルブが地響きとともに迫る。

「こんぬぁ！」

「んがぁっ！　思いのほか厄介だなコレ！」

輝く壁が改を弾《はじ》き飛《と》ばす。その圧倒的な防御力はまさしく城壁のごとし。あらゆる攻撃を跳ね返しながら突き進む、攻防一体の魔力技である。ロードグリフォン改がどれほど攻撃を加えても小揺《こゆる》ぎもせず、近衛騎士団は攻めあぐねていた。

「騎士団、いったん引きなさい。ここは私が行きます」

入れ替わるように近衛騎士団長、キャロームの改が飛び出した。大きく飛びあがりながら全身を使って切《き》り揉《も》み状に旋回する。全身の捻《ひね》りに回転の勢いを乗せ、唸りを上げてハルバードが叩《たた》きつけられた。

鈍く重い音が轟《とどろ》く。受け止めたソリッドバイバルブは破壊こそされなかったものの、大きく後退《あとずさ》った。ランパートウォールの輝きが揺らぐ。

「なっ……我らの盾を弾いた⁉」

「あなたたち、その程度で私の怒りを止められるとでも思ったのか」

ロードグリフォン改から低い声が漏れてきた。キャロームはとてつもなく怒っていた。みすみすアンナを攫われた、己の不甲斐《ふがい》なさに。その怒りは敵の姿を明確に捉えたことでなおいっそう燃え上がっていた。鉄機手の感情に呼応したロードグリフォン改が出力を上げる。魔心核《マシンハート》が最大出力で稼働し、激しい魔力の流れが全身を駆け巡った。

「騎士団長が目に物みせたぞ！」

「続け！　続け！　近衛の意地、ここにありィ‼」

キャロームの活躍を間近で目にしたことで近衛騎士団の戦意は最高潮である。敵城壁に空いた穴へと後続が殺到した。その勢いたるや激しく、ゲッマハブ第一騎士団すら耐えかね盾の重なりを解除するほど。

「くっ！　盟主様が見ておられるのです……無様は許しません！　逆賊を押し返すのです！」

「盗人猛々《ぬすっとたけだけ》しいにもほどがある！　直ちに我がハルバードの錆《さび》と化しなさい！」

こうなっては互いに陣形もへったくれもなく、戦いは乱戦へともつれこんでいった。

――大地を揺らして激突する多数の鉄獣機。戦況は混沌《こんとん》としており、一見してどちらの有利とも取れない。

「かぁ～不快、不快ッ！　塵芥《ちりあくた》のごときが頭に乗りおって」

ゲッマハブ古王国が王冠騎、『ゲッマハトブルク』。その凌駕魔力技《オーバーマギスキル》たる水流が機体の周囲に渦を巻く。

「流し去ってくれようぞ。有象無象一切合切疾《と》く消え去るがよい……ぬっ⁉」

王冠騎の力で周囲を薙《な》ぎ払おうとしたところで、老王スラトマーは急速に接近する影に気づいた。

慌てて攻撃を止め、防御の体勢をとる。

「おっとぉ！　おめーの相手はこっちだぜぇ」

先ほどもゲッマハトブルクの攻撃を防いだ、赤い鉄獣機である。聖獣級以上の機体にしか許されない卓越した運動性をもって飛び上がり鋭く双剣を振るう。ゲッマハトブルクは巨体ゆえに機敏な挙動は望めない。渦巻く水流を身にまとうことで攻撃を弾きつつ後退した。

「おのれ、田舎騎士ごときが至高なる王冠騎に挑むと申すか。カァ～ッ！　身のほど知らずもここまで行くとつける薬がないのぅ！」

「御大層な機体に乗って、やることが威張りちらかすことってな。てめぇのほうがよっぽど程度が知れるってもんだ！」

「耳障りな、黙りおれ！」

ゲッマハトブルクの周囲を漂っていた水が矢のように放たれ、赤い鉄獣機――ロードグリフォンを狙う。ワットは双剣を振るい、その全てを斬り散らした。

「何を防いでおるか。我が命令に逆らうと。なんと弁《わきま》えぬ、弁えておらぬ！」

「てめぇの命令なんざ聞けるかよ。俺に命令できる人間はこの世にただ一人、我が陛下だけなんでね!!」

「ならばともに逝《ゆ》くがよかろう……凌駕魔力技、『サーペントシュプリーム』よ、呑《の》み込め！」

ゲッマハトブルクの周囲を渦巻く水流が急激に勢いを増す。それは渦巻く槍《やり》と化し、うねりながらロードグリフォンに向けて放たれた。ワットは回避しようとして、背後に膝をついたバハムートドミニオンが在ることに気づく。

「なるほどいい性格してんぜ。おい双子！　フェザースフィアを飛ばせぇッ！」

「げー。仕方ないなぁ、聞いてやるよ」

すぐにバハムートドミニオンから多数の羽根が舞い上がった。ある時は敵を討ち貫き、ある時は身を守る盾となる攻防一体の凌駕魔力技――『フェザースフィア』。魔力の輝きを宿した羽根が次々に水流の槍へと突き刺さり、散らしてゆく。

「上等！　どっせぇいっ‼」

そうして威力の落ちた水流の槍を、ロードグリフォンの渾身《こんしん》の一撃が斬り裂いた。槍が破壊力を失い、ただの水と化して散らばりゆく。剣の切っ先はその先に佇《たたず》むゲッマハトブルクを捉えたまま。

「これ以上はやらせねぇよ！」

ロードグリフォンが身を撓《たわ》め、直後に爆発的な加速で飛び出した。大地を蹴り宙をかけ瞬く間に王冠騎へと肉薄してゆく。

「王冠騎、神獣級は確かに強力だ。だが小回りで俺のロードグリフォンに追いつけるかい？」

「キェーイッ！　誰の許しを得て儂の前に立つのじゃ。不敬じゃろうが蠅《はえ》めがァ！　凌駕魔力技『ヴォーテックスエッジ』！」

再び生み出された水流が渦を巻き、ゲッマハトブルクの周囲を覆う。それは見る間に勢いを増し、やがて破滅的な大渦と化した。それはただ水が渦を巻いているだけではない。魔力に満ちた水はまるで刃のごとき鋭さを備え、近づくもの全てを斬り裂くのだ。

「おっとぉ。本当、神獣級ってのはどいつもこいつも厄介なもんだ。出力でゴリ押し効くんだからなぁ」

ロードグリフォンが急制動をかけ、迫りくる水の刃を双剣で打ち払いながら下がった。水の渦は尽きることがない。攻めあぐねるロードグリフォンを尻目に、逆にゲッマハトブルクから接近してゆく。

「カカッ。先の威勢はどうしたか、近寄ることすらできておらぬぞ。そおれ、お次はこれをどうじゃ……凌駕魔力技『ドラグネットケージ』！」

水流が渦巻きながら細く捻じれ、縄のように幾本にも分かれる。それはロードグリフォンの周囲へと延びゆくと絡まり合うようにして編み籠を形作った。

「ゲッ、なんじゃこりゃあ。気持ち悪い魔力技持ってやがんな」

ロードグリフォンが外に出ようとすると水流によって弾かれる。ならばと内側から斬りつけるも、膨大な魔力を注ぎ込まれた水流を断つことはできなかった。

「カカッキッ！　よく走る虫とて籠《かご》に入れてしまえばこちらのものよのぅ。小童《こわっぱ》、知りえるか。捕らわれた虫の行く末を」

「さぁてなぁ。もしかしたらてめーの腕を、食いちぎるんじゃねぇか」

「末路などひとつよ。溺れ死ぬのじゃあ！」

王冠騎ゲッマハトブルクが圧倒的な出力を放った。魔力は水へと変換されザバザバと流れゆくと、ロードグリフォンを捕らえた籠ごと包み込んでゆく。

「なんとまぁ、てめーの陰険さが形になったみてぇな攻撃だこと」

周囲の全ては水。逃げ場など与えるつもりもなく、このまま鉄機手ごと沈めるつもりらしい。厭《いや》らしい搦《から》め手である。ごぼごぼと侵入してくる水流を見ても、しかしワットに動揺はなかった。ひとつ息を深く吐き出すとロードグリフォンの身を沈ませ、全身のバネを溜《た》めてゆく。

「それじゃあご自慢の水の檻《おり》と俺の剣……どちらが強いか、ひとつ勝負といこうぜ」

魔心核が高鳴り、ロードグリフォンが出力を高めてゆく。そうしてワットが攻撃に移る前に、戦場に異変が訪れていた。

「……あん？」

——降り来る異音。それは水流とは全く異なる、推進器の立てる劈《つんざ》くような噴射音であった。彼方から響いてきたそれを耳に捉えた瞬間、ロードグリフォンが弾かれたように顔を上げた。

見上げた空にまっすぐ延びるひと筋の白線。それはちょうど彼らの頭上まで来たところで直角に真下へと進路を変える。天空より降り来る白線の主が、彼らめがけて一直線に落ちてきて。

「おっとぉ!?」

間一髪で飛《と》び退《すさ》ったロードグリフォンを掠《かす》めるように、漆黒の刃が通り過ぎた。水の籠が真っ二つに斬り裂かれる。空より来る黒い影——否、全身真っ黒な鉄獣機が、地面の手前で全力で逆噴射をかけた。制御を失った水の籠が吹き飛ばされ、水滴となって周囲に降り注ぐ。

ざあざあと降り注ぐ雨に濡《ぬ》れて、黒い鉄獣機が地に降り立った。

「無様なことだ、兄弟子殿」

同じように水に濡れたロードグリフォンが、剣から雫《しずく》を払いながら黒い鉄獣機の隣に並ぶ。

「いきなりご挨拶だな、弟弟子。なんだい、俺を助けに来てくれたのかい？」

ひらひらと手を振って呼びかけると、返ってきたのは剣の一撃だった。慌てたロードグリフォンがのけぞるようにしてかわす。

「おおわっとォ！　あっぶねぇだろなにしやがる!?」

「調子に乗るな、兄弟子殿。師の遺された課題……忘れたとは言わさんぞ。貴様も敵だ」

束の間、赤と黒の鉄獣機がにらみ合う。

「そうかい。相手してやってもいいが、あいにく今は取り込み中だ。明日出直してくれねーかね」

「できない相談だな。なぜなら……」

黒い鉄獣機が剣の切っ先をすっと逸らし、宙に浮かぶ塊のようなゲッマハトブルクへと向けた。

「バヒリカルドに騒乱を招くゲッマハブの企《たくら》み、見逃すこと能《あた》わず。師より受け継ぎしこの剣、今こそ断罪の刃とならん！」

「かぁッ！　地虫の次は羽虫が集るか。おぞまし、おぞましやのぅ」

ゲッマハトブルクは宙より彼らを見下ろしながら新たな水を周囲へと放出している。

しばし黒い鉄獣機とゲッマハトブルクを見比べるように首を巡らして、操縦席のワットは呆《あき》れたように息を漏らした。

「俺こそアイツに用がある。アイツは我が陛下を狙った、その落とし前はつけなきゃならねぇ」

ロードグリフォンが双剣を構えひとつはゲッマハトブルクへ、ひとつは黒い鉄獣機へ向ける。

「ここは是が非でも譲ってもらうぜ、弟弟子……いや、ソナタ・ドオレ！」

告げた瞬間、ぴたりと黒い鉄獣機が動きを止めた。やがて中から低い笑い声が漏れ出してくる。

「フフッ。ハハッ。アハハハハハ!!　そうか、気づいていたか兄弟子殿！　いつからだ？」

「すぐにな。この街に弟弟子がいるって前提で捜せば、見つけるのは難しかない。染みついた動きの癖は隠しきれるもんじゃねぇさ」

たとえ戦うことはなくとも、動きの端々ににじみ出てくるものがある。注意深く見てみれば、気づくこと自体はそう難しくなかった。なにせワットにとっては何十年もの付き合いがある動きなのだ。

「だがわからねぇな。三頂至冠との喧嘩《けんか》に首を突っ込んでどうなる」

「すべては我が国と兄上のため。その平穏を脅《おびや》かすものは尽《ことごと》くを斬り捨てる。それが師の教え、何もできなかった俺に師は剣として生きる道をくれた！」

「いかにもあのクソジジイが言いそうなことだがよ……っと！」

赤と黒の鉄獣機が同時に、逆方向へと飛びのいた。直前まで二機がいた場所を破滅的な水流の槍が貫いてゆく。

「おっとすまねぇ。お前の相手をしてる途中だったな」

「黄泉路《よみじ》の供連れじゃ、存分に語らうがよい。儂がまとめて送ってくれようぞ。このように……な！」

ゲッマハトブルクから魔力が迸《ほとばし》る。同時、一直線に延びていた水流の槍がうねるように曲がった。見れば先端が顎のように開き、水流の蛇と化して獲物目がけて躍りかかってゆく。すぐさま黒い鉄獣機が空へと逃れた。

「兄弟子殿、貴様はそこで遊んでいろ。あとは俺と……この『黒玉天馬《ジェットペガサス》』が片を付ける！」

「あっソナタ、てめぇ！」

水流の蛇をさっさとロードグリフォンに押しつけて、黒い鉄獣機――『ジェットペガサス』が単騎ゲッマハトブルクへと迫った。

「王冠騎……噂《うわさ》ばかりでその実力は定かではない。この俺が見極めてやる！」

「煩《うるさ》い羽虫じゃ。儂に挑もうなどと片腹痛し！」

ゲッマハトブルクがヴォーテックスエッジを発動し、周囲に水の渦を生み出す。刃と化した水流は、何者が近づくことも許さない。

「その攻撃は既に見た。その程度で俺とジェットペガサスを止められると思うな。刮目せよ！

魔力技《マギスキル》起動……『撃獣機変《ビートシフト》』！」

ジェットペガサスが剣を鞘《さや》に納める。直後、その骨格が形を変えた。直立する人型から、四つ足の獣へと。兜《かぶと》が形を変え、馬の頭を形作る。翼を広げ、天を翔《か》ける馬――その姿は紛うことなきペガサスとなっていた。最後に突き出した四つ足の蹄《ひづめ》へと魔力による青い炎を灯し、黒い天馬が宙を翔ける。

「破《は》ッ！」

推進器から炎の尾を曳《ひ》きながら、黒い天馬は破壊的な刃の渦へと真正面からぶつかってゆく。燃え盛る炎の蹄《ひづめ》が水の刃と激突し。打ち砕かれたのは、水の刃であった。

「そらそらそらぁッ！」

蒼《あお》い炎をひらめかせ、ジェットペガサスが宙を疾走する。青く燃える蹄が激突するたび水の刃はしぶきとなって砕け、陽《ひ》の光を浴びて虹を描《えが》いた。

「疾《シ》ッッッ！」

水の刃のあらかたを砕き、止《とど》めとばかりに繰り出された渾身《こんしん》の後ろ脚蹴りがついにヴォーテックスエッジの渦を真っ二つに叩き割る。渦を維持できなくなったそれは、ただの水と化して飛び散ってゆく。

「痴《し》れ者《もの》が。儂の水流を破ろうなどと、身の程《ほど》を知れ！」

「身の程を知るのは貴様の方だ。このまま地に落ちるがいい！」

蹄《ひづめ》に青い輝きを灯《とも》したまま、ジェットペガサスがなおも突き進む。推進器の嘶《いなな》きも高らかに、勢いを乗せて体当たりを仕掛けようとして——その横《よこ》っ面《つら》へと巨大な塊が叩きつけられる。

「……ッがッ⁉」

ジェットペガサスが勢いよく吹っ飛び、もんどりうって地面へと激突した。ゲッマハトブルクは空に健在であり。見ればいつの間にか、巨大な腕を伸ばしていたのである。

「カァ〜ッ！　うぬはこの儂を、王冠騎ゲッマハトブルクを侮りおったな。愚かしや、愚かしや。増上慢、ここに極まれり！」

ゲッマハトブルクの塊のような全身のシルエットが変化してゆく。貝殻のような装甲が開き、下に折り畳まれていた残りの手足を伸ばした。その姿は塊からずんぐりとした人型へと変じてゆく。

装甲は位置を変えて全身をくまなく覆った。一見して武器の類《たぐい》は持っていない。しかし重厚な装甲の塊のような手足はそれ自体が強力な打撃武器となるだろう。まさしく今しもジェットペガサスを打ち据えたように。

「儂が手ずから潰してやろう。虫めが、光栄に思うのじゃ」

「ぐっ……このくらいで！」

撃獣機変を解除し、人型へと戻ったジェットペガサスが軋みを上げて立ち上がる。ダメージが残っているのだろう、その動きは明らかに精彩を欠いていた。その間にもゲッマハトブルクは地上に降り立ち、大地を揺らしながら迫っていく。鉄塊のような拳を振り上げ、黒い鉄獣機をひと思いに叩き潰そうとして。

「おっと、そうはいくかよ！」

水流の蛇を振りきったロードグリフォンが駆けつけ、ゲッマハトブルクの振りかぶった腕へと斬りつけた。しかし斬撃は硬質な音を残して弾かれるばかり。

「うお硬ってぇな！」

すぐさまロードグリフォンが身を翻した。ゲッマハトブルクが狙いを変え、腕を横へと叩きつける。破壊的な一撃が掠めてゆき、ロードグリフォンが大きく飛び退った。

「なかなかいい反応するじゃねぇか」

「カカッ。小僧どもとは年季が違うのじゃよ！」

「ご老体には言い返せねぇな、それ」

後退したロードグリフォンがジェットペガサスの傍までやってくる。ようやく体勢を立て直したソナタが、その姿を見て咆えた。

「……俺を助け、恩でも売ったつもりか！」

「やだねぇーそういう考え方。素直に礼のひとつも言えないのかい」

「敵に下げる頭などない！」

ジェットペガサスが剣を上げた。その切っ先はゲッマハトブルクよりむしろ、ロードグリフォンへと向けられている。

「師は……何もできなかった俺に剣を授けてくれた。確かに厳しかったが、俺を鍛え上げ育ててくれた！　俺のことを最高の弟子だと言ってくれた！」

ロードグリフォンはだらりと剣を下げたまま、言われるがまま耳を傾けている。

「貴様はその手を払い、あまつさえ背から斬りつけた卑怯者《ひきょうもの》だ！　俺は貴様を許しはしない！」

「そいつが本当なら、俺の知る『イカル』ってぇ野郎と別人みてぇに違うな。弟子なんて消耗品と大差ない、むしろ気に入らなければすぐに切って捨てたあのクソ野郎とよ」

風化しつつある古い記憶が脳裏を過《よぎ》ってゆく。もはや顔すらおぼろげな、しかし確かに存在していた兄弟弟子たち。もうすでに覚えているのは彼らの最期《さいご》ばかりになった。

「だけどまぁ、そういうのは後だ。心配すんな、お前との決着はキッチリつけてやるからよ」

記憶に沈んでいたのはわずかな間。ロードグリフォンが向き直る。それが睨むは、屹立《きつりつ》する神獣級鉄獣機。

「話はコイツを片付けてからだ。さっさと終わらすぞ、弟弟子！」

「俺に命令するな……！　言われずとも倒してやる！」

赤と黒の鉄獣機が同時に走り出す。ゲッマハトブルクが二機を迎え入れるように両腕を広げ。

「よかろう、来るがいい。我が王冠騎の真価、その身で味わうのじゃ……！」

巨神が咆哮《ほうこう》を上げ、その身を莫大《ばくだい》な魔力が駆け巡った。

第十一話　かつて師と呼んだ男がいた

「なんですと。陛下が地に降りておられる⁉」

ゲッマハブ第一騎士団《ファーストオーダー》に動揺が走った。彼らの盟主、ゲッマハブ古王国が誇る王冠騎『ゲッマハトブルク』。このバヒリカルドの地に燦然《さんぜん》と輝く三機の至高なる鉄獣機《マシンスティール》。それが今、戦うために大地へと降り立っていた。常の飛行状態から人型の戦闘状態をとり拳を振り上げている。スコットは愕然《がくぜん》とした思いでそれを見上げた。

「あ奴、オグデン王国筆頭騎士と言いましたか……陛下の手を煩わせるなど、許されることではありません！　第一騎士団、無礼者を排除し……」

「黙って行かせると思っていて？」

彼の言葉は、ハルバードを構えながら突っ込んできたロードグリフォン改《リバイズド》の手によって中断させられる。オグデン王国近衛騎士団長、キャロームの機体だ。

「く、どこまで邪魔をするのです！」

第一騎士団のソリッドバイバルブが盾で攻撃を防ぐ。しかし勢いを殺しきれず体勢が崩れていた。キャローム機の打撃力は突出しており第一騎士団はその対処に手を焼きっぱなしである。

「近衛騎士団諸君、ここが私たちの正念場よ！　筆頭騎士が王冠騎を倒すまで、こいつらを足止めする！」

「筆頭騎士、お願いしまさぁ！」

「なんせ竜殺し、デカブツの相手ならお手のもんですよ！」

「うちの国を田舎だぁ？　舐《な》めてんじゃねーぞ！」

「こっちだって別に倒しちまってもかまわないんでしょう⁉」

ハルバードをぶんと振り、キャロームが咆《ほ》える。応じる声がそこかしこから上がった。近衛騎士団の士気は留《とど》まるところを知らず、なおさらに攻勢を強める。堅固な防御力を誇るゲッマハブ第一騎士団であるが、そろそろ勢いに抗いきれなくなりつつあった。

「第一騎士団、踏ん張りなさい！　陛下の前で恥を晒《さら》すわけにはいきません！　敵を打ち倒すのです！」

「倒れるのはあなたたちの方よ！」

衝突は激化の一途を辿ってゆく。

◆

騎士団同士が激しく争っている隣で、赤と黒の鉄獣機が巨大な王冠騎へ立ち向かう。

「虫は潰すに限る。確《し》かと目に焼きつけよ！」

唸《うな》りを上げてゲッマハトブルクの拳が振り下ろされる。その周囲にヴォーテックスエッジの水流が発生した。渦巻く水の刃をまとい、両腕の破壊力がなお一層に増す。

「おっとぉ！　そいつは受け止めたくねーな！」

軽快な動きで攻撃を回避するロードグリフォン。しかし空振りの拳が激突するたび、濁流のごとくごっそりと大地が削り取られていた。地面だけではない、周囲の建物までも巻き込まれ瓦礫《がれき》となって飛び散っている。ゲッマハトブルクの大暴れによって、宿場街の真ん中は廃墟《はいきょ》も斯《か》くやといった有様となりつつあった。性質の悪いことに当の国王である老王スラトマーが、街の状態など毛ほども気にしていないのである。

「周囲を巻き込むのもお構いなし！　お前本当に王かよ⁉」

「異なことを。この街の全ては儂《わし》のモノである。人、建物、大地そのものすらのぅ。持ち主である儂がどう扱おうと勝手じゃろうて！」

「おめーがうちの王じゃなくて、つくづくよかったよ！」

ロードグリフォンがと入れ替わるようにジェットペガサスが空を行く。ぐるりと回りこみ、背後から仕掛けた。

「うぬは蛇の餌じゃッ！」

ゲッマハトブルクが腕にまとった水流は形を変え、サーペントシュプリームとなって放たれる。巨大な口を開けた水流の蛇が、急速に方向を変えたジェットペガサスを追いかけた。二機の鉄獣機に寄せつけることすら許さず、老王が高らかに嗤《わら》った。

「キキッ！　虫けらが何匹集ろうと物の数ではない。王冠騎で暴れるのは久しぶりじゃあ、儂の萎《しお》れた身体《からだ》に活力が流れ込んでくるようじゃのぅ！」

「うわぁ元気になってるよ、このジジイ」

ぼやいても始まらない。堅牢《けんろう》な装甲に圧倒的なパワーを兼ね備え、さらに攻防いずれにも長《た》けた複数の魔力技を持つ、王冠騎の実力は本物である。

（しかもこの老王、自ら戦ってたクチだな。戦い方がこなれてやがる）

思っていたよりも厄介であった。今はまだ多少のブランクがあるようだが、老王が本来の勘を取り戻すのも時間の問題だろう。

（あまり戦いを長引かせるわけにもいかねーか。だとしたら、力を合わせて一気にぶっ倒したいところだが……）

ちらと、サーペントシュプリームを振りきって戻ってきた黒い鉄獣機の様子を確かめる。ソナタ・ドオレ、同じ師に学んだ兄弟弟子。ワットにとっては憎むべき師であったが、学んだ技を振るうことに否やはない。弟子同士で力を合わせれば王冠騎であろうと勝機は十分にある――しかし。

「おい弟弟子、このままじゃあ埒《らち》が明かねぇ。タイミング合わせて仕掛けるぞ！」

「協力など必要ない！　王冠騎がどれほど強かろうと、いずれこの手で打ち倒すべき悪！　ならば押し通るまで！」

返ってくるのはかたくなな言葉ばかり。嘆息を噛《か》み殺し、ワットはゲッマハトブルクの振るう拳をかわしながら声を張り上げる。

「お前さんだってわかるだろ。コイツを一人で倒すのは骨が折れるって！」

「できる！　師は、俺を最高傑作だと言った！　兄弟子たる貴様を超える才能なのだと！　貴様にできずとも、俺にはできるのだ！」

　やはり会話を振りきるようにジェットペガサスが空中から斬りかかってゆく。いったんロードグリフォンを下げ、戦いの様子を眺めながらワットは考えた。

（そういうことか。だんだんクソ師匠《ジジイ》の腹が読めてきたぞ。あの野郎、ソナタを俺の敵として育てやがったな⁉）

　かつてワットが教えを受けた時も、師イカルの目的は強者を生み出すことにあった。耳にこびりつくほどに聞かされた言葉が脳裏によみがえる。

『必要なのは強さだ。あらゆる争いを斬り伏せる強さ！　争いに満ちたこの世に君臨するのは、強さなのだ！　それに至ることもできぬ者は不要……枯れ木のごとく朽ちゆくべし！』

　強さ以外のあらゆることを不要と斬って捨て、命すら消耗品にする外道。それが師イカルの本性。

『くく……素晴らしいィ！　よくぞ気配を殺しきった……この我の背をとるほどとは。ワットよ……貴様は今、我の……最高傑作として完成した……』

　まったくくだらない。だからワットは師イカルを斬り、その手から逃れ出た。しかし師イカルは死にきらなかったらしい。密かに生き延び――やがて性懲《しょうこ》りもなく弟子を育てることにしたのだろう。

（だが、今まで通りならまた斬られることになる。だからあのクソジジイはやり方を変えた……）

　厳しさとともに優しさをもって、新たな弟子をがんじがらめに縛ったのである。その上、死に際して課題まで与えて。

（わざわざ俺にぶつけるためにってな。相変わらず性根から腐りきってやがる！　何が最高傑作だ、俺たちはてめーの玩具じゃねぇんだよ‼）

ジェットペガサスはがむしゃらな攻めを続けている。対するゲッマハトブルクの動きには徐々に余裕が見え始めていた。

（だったら……こいつを縛る鎖を断ち切るのが、先達として、兄弟子として。俺の役目ってもんだ！）

心を定め、ロードグリフォンが駆け出す。必要なのは速さ。大地を削るかのごとき低い姿勢で加速し、勢いのまま斬りかかる。

「ぬぅっ⁉」

いかに王冠騎だろうと捉えきれない動き。ゲッマハトブルクの拳が宙を斬り、ワットはすれ違うようにその足を断った。しかしその重装甲を断つことまでは叶《かな》わず、ただ火花を散らすだけに終わる。

「弟弟子！　お前はただ一人で王冠騎を倒して、それからどうする！」

「なんだと……⁉」

背後に抜けたロードグリフォンは振り返り、再び攻撃を仕掛けながらジェットペガサスへと叫んだ。

「強ければそれでいいのか！　そいつは三頂至冠のやっていることと何が違う？　見ての通り、奴らは己の強さに驕《おご》り、無法を働き、多くの者を虐《しいた》げる！」

「なにッ……違う。俺は……！」

ジェットペガサスの動きに動揺が走ったのを、ワットは見逃さなかった。ロードグリフォンがさらに気迫を漲《みなぎ》らせて攻撃する一方、ジェットペガサスの攻撃は徐々に精彩を欠いてゆく。

「あのクソ師匠《ジジィ》は強さしか考えちゃいなかった！　俺もかつてはそうだった……だがそんなものなんの使い道もなくて、がむしゃらに剣を振り回すだけの毎日だった。だから軍に入った。理由が欲しかったからだ」

「虫けらがちょこまかとぉ！」

幾たびも斬りつけられ、業を煮やしたゲッマハトブルクが足回りにヴォーテックスエッジを発動する。するとワットはあっさりと狙いを変え、今度はジャンプしながら腕へと斬りつけていった。

「強さだけあったところでなんの意味もないんだ。大事なのは目的……その強さで何を守るかだ！」

「護るものならばある！　俺は護っている！　兄上を、我が国ドオレを‼」

ソナタ・ドオレは『滅剣』の二つ名の通り、周辺の国から恐れられる将である。その武威は確かに国を護る一助になっていると言えよう。しかし――。

「夜中に他国の宿に忍び込むのも、黒づくめの鉄獣機で暴れるのもそのためってか？　そうやって駄々っ子みたいに剣を振り回して、どうしてそれで護れるなんて思う！」

「それは……！」

ワットの攻撃はなおさらに激しさを増してゆく。ロードグリフォンの機動性を限界まで振り絞り、全身くまなく斬りつけていった。王冠騎の防御力がなければとうの昔に切り伏せられていることだろう。対するジェットペガサスは明らかに勢いをなくしていた。迷うようにその手に握る剣を見つめ、しかしと強く首を横に振る。

「……違う、違う、違う！　剣で護りきれないのだとすれば……それは兄弟子殿が弱いからに過ぎない！　俺は違うのだ！」

「そうだな、俺ぁ弱い。弱いと知っている。だからともに戦うことを、知っている！」

「なにを⁉」

気炎を上げるワットに呼応し、ロードグリフォンがさらに出力を上げてゆく。鋭く噴き出す蒸気をたなびかせながら、赤い鉄獣機が矢のごとく駆け。そうして執拗《しつよう》に重ねられた攻撃が装甲を穿《うが》ち、ついに巨体を支える足へと傷を負わせたのである。

ゲッマハトブルクの巨軀《きょく》がぐらりと傾《かし》いだ。重装甲ゆえの重さが仇《あだ》となり、踏ん張りがきかずに膝をつく。

「じゃがまだ片足程度じゃあ！　儂のゲッマハトブルクはまだまだ健在よ！」

ゲッマハトブルクが魔力を漲らせ、ごぼごぼと水を放出する。たとえ動きが鈍くなろうとも魔力技による防御は健在であった。

にもかかわらず、ワットは焦りひとつなく呼びかけていた。

「別に一撃で倒す必要なんてない。そして倒すのは、俺である必要すらない。なぁ？　あとは頼んだぜ」

その瞬間、それまでうずくまったままだったバハムートドミニオンが、起き上がったのである。

◆

攻撃を受けてうずくまったままのバハムートドミニオンの操縦席で、父の戦いを見守っていたアンナはぐっと拳を握りしめて立ち上がった。

ワットが戦っている。彼女を攫《さら》った巨大な敵を相手に。だがそのうちにアンナは、その真なる敵が何かを見て取った。父の言葉のひとつひとつが為すべきことを示しているのだ。

「お父様……わかりました。私も、ともに。レド、席を代わってもらえますか！」

これはきっと、今の彼らに必要だから。操縦席のレドへと声をかける。

「姉上が？　何をするのさ」

のけぞるように見上げてくるレドに、ふわりと微笑み返して。

「……そうですね。一世一代の大悪戯でしょうか」

「ぷっ！　なんだか面白そう！　いいよ！」

レダが身を乗り出し、レドとそろってにぃっと悪い笑みを浮かべた。

双子と入れ替わりに操縦席に滑り込み、アンナは息を吸い込む。鉄獣機の動かし方そのものは身に着けている。神獣級《ディバイナー》だからとて大きな違いはないはずだ。

「バハムート……少しだけ私に、力を貸してください！」

かつてはアンナを捕らえ、敵対したこともあった養父の機体。しかし今は鉄機手《スティールライダー》たる彼女の意志に応えるように、蒸気を噴き出し魔力出力を上げた。

アンナは素早く機体のコンディションを確かめる。片腕を失っているが逆側の腕は無事だ。細かなダメージは数えるときりがないが、一度動かすくらいなら問題はないだろう。それで十分である。

彼女は呼吸を落ち着け、映像盤を食い入るように見る。やがて、その瞬間はやってきた。

繰り返されるロードグリフォンの攻撃が、ゲッマハトブルクの足を破壊する。その巨体が姿勢を崩してゆくのを確かめ、アンナは目いっぱい操縦桿《そうじゅうかん》を押し込んだ。

「今、参ります！」

瞬間、バハムートドミニオンが猛然と飛び出した。

「なにィ、うぬらァ⁉」

その意図を悟った老王が叫ぶ。しかしゲッマハトブルクは足に傷を負い逃げることも叶わない。

「あははは！　ビックリしたぁ⁉　まだ動けるんだよ！」

「あははは！　おじいちゃーん！　僕たちとも遊ぼうよ！」

操縦席の両側で双子がやかましくはしゃいでいる。しかしアンナは機体を操るのに必死で、何も耳に入ってこない。

「止めよォォォォォオ‼」

老王の悲鳴を取り合わず、バハムートドミニオンが残る片腕に摑《つか》んだ特大剣を振り上げた。

「凌駕魔力技《オーバーマギスキル》……」

「『タイダルサーベランス』だぁよッ！」

魔力が猛り狂い、特大剣が破滅的な暴風をまとう。神獣級鉄獣機の圧倒的な出力を注ぎ込んだ凌駕魔力技『タイダルサーベランス』。其《そ》の一撃に断てぬものなし。其の一撃を防ぐこと能わず。破壊力においては王冠騎にすら引けを取りはしない――！

「させぬわァ!!」

ゲッマハトブルクは足掻《あが》いた。迎え撃つように振り上げた拳と、タイダルサーベランスが激突し。一瞬、王冠騎の防御力と凌駕魔力技の破壊力が拮抗《きっこう》した。だがそれは瞬くほどの間のこと。特大剣にみしりと罅《ひび》が走り――同時、ゲッマハトブルクの拳が音を立てて砕けた。暴風纏《まと》う特大剣はそのままゲッマハトブルクの腕を斬り抜けて、大地へと叩《たた》きつけられる。

「おおおッガッ!?」

暴風が荒れ狂い、土煙を上げながら砕けた腕の破片が飛散した。腕を失い風に煽《あお》られ、ついに王冠騎の巨体が傾ぐ。それは地響きを上げて、建物の残骸の中に倒れ込んだのである――。

「……お疲れ様でした、バハムート」

「あっちゃあ。これまだ動くかなぁ？」

攻撃をした側であるバハムートドミニオンもまた膝をついていた。ダメージの残った状態で無茶をし過ぎたらしい。とはいえアンナにしてみればしっかりと攻撃を当てただけでも大したものである、機体を気遣う余裕など全くなかったのだから。

その間にロードグリフォンは仰向きに倒れたゲッマハトブルクの上に飛び乗り、足元をガツンと剣で叩いて告げていた。

「決着はついたようだな、冠様よ。もう諦めな」

「あ、諦めるじゃと。この儂が、三頂至冠の一冠たるこの儂が！　なぜうぬのごときに阿《おもね》らねばならぬ！　それこそ誤りであろう！」

「冠だなんだと言えば手加減でもしてくれると思ったか？　あんまり舐めてんじゃねぇぞ」

ギャアギャア言い合っていると、バハムートドミニオンが操縦席を開きアンナが姿を現した。

「スラトマー王。いかがでしょう、交渉の卓についていただけますか」

「なんじゃと……この儂が、外様《とざま》ごときと同じ卓に着くじゃと⁉」

「御覧の通りです。私どもは塵芥《ちりあくた》でも虫けらでもございません。確かにこの地に生きる人間。たとえ頂に冠することなくとも……私はあなたと同じ。国を背負う女王なのです」

「ぐっ、ぐっ、ぎぎ……！」

歯ぎしりの音が響いてくる。倒れたゲッマハトブルクの操縦席で、老王スラトマーは必死に老いた頭を回転させていた。

（ありえぬ、あってはならぬ！　儂が。三頂至冠の一冠であるこの儂が！　敗れるじゃと……⁉）

しかし現実に王冠騎ゲッマハトブルクは大破寸前である。ならば第一騎士団はといえばオグデン王国近衛騎士団を圧倒することもできず、足止めされるばかり。あまつさえ王冠騎は足蹴にされ、ガツガツと剣で叩かれているのである。言い訳のしようもない敗北であった。憤りをかみ殺し、老王は問い返す。

「……交渉じゃと？　儂らを倒し、何を望むのじゃ。三頂至冠に成り代わりバヒリカルドを平らげるか⁉」

「いいえ。私どもが求めるのは平和と平穏。しかしながら、それを脅かすものがあれば立ち向かいます。望むだけでなく確かにこの道を歩むために、私たちは力を持ちます」

「カカ、戯言じゃな。うぬもいずれ知るじゃろう。力を持つものの責務を！　有象無象を従わせ、歯向かう者は潰す！　さもなくば敵は後から後から湧いて出る。そうして消耗の果てに待つのは、倦《う》みと滅びなのじゃ！」

「だからそれだけの力を持って君臨するというのですか」

「他に選択肢などありはせぬ！」

「だとすれば……その誘惑に耐えることもまた力の役目となりましょう。私を支え、力を与えてくれる者たちがいる限り、私は打ち勝ってみせます」

「王たるが依って立つは己が力のみじゃ。下々に頼ろうなどと片腹痛し……ぬおっ⁉」

ロードグリフォンが強めに足元のゲッマハトブルクを叩き、老王の叫びが中途半端に途切れた。

「ったく、この状況でよくぞそこまで威張れるもんだぜ。さすがは三頭至冠ってか？」

「……スラトマー王は今代の三頭至冠の中では最も長く王位にいる。それだけに執着もすさまじいだろう」

「しぶとさも三頭至冠いちってか」

ジェットペガサスからソナタの声が答えた。ワットはうんざりとした気分でいっぱいである。力を見せつけられてなおゴネてくるなど往生際が悪すぎる。いったいどうやって交渉の席に着かせようか、いっそのこと王冠騎の操縦席を引っぺがすかと悩み始めたほどだ。

そうしているとソナタがぽつりと呟《つぶや》いた。

「そもそも、なぜアレと話し合おうなどとしている。あのような屑《くず》、ここで殺しておくべきだろう」

ジェットペガサスが握ったままの剣に力がこもった。三頂至冠、バヒリカルドに君臨する三冠のひとつが眼前で無様を晒している。殺すのならば今をおいて他にない。

「お前たちは……勝ったのだぞ。殺されそうになって、なお奴を許すのか。許せるのか?」

「勝つのは殺すためなんかじゃねーよ。勝利なんてのは選択肢を得るための手段に過ぎない。いったい何を選び取るか……そこに本当の強さが現れる」

赤と黒の鉄獣機が睨《にら》み合った。

「都合のいい時だけ許して、都合が悪くなったら殺して。それが平和の姿かよ。戦ってなお話し合うことを選び取った! これこそが俺の女王陛下、俺の自慢の娘さ。そんなあの娘《こ》を支え護ることが、俺が見つけた力の使い道でね」

「……俺は」

ソナタは言葉に迷い、やがてジェットペガサスがだらりと剣を下げた。ワットが息を漏らす。これで弟弟子へと伝えられることは伝えた。あとは彼の中で考える時間が必要だ。

そうしていると、空から涼やかな笑い声が降ってきた。

「ふふ、あはは。ははは! 素晴らしい。素晴らしいお覚悟だ!」

見上げた空には一機の白い鉄獣機が翼をはためかせていた。機体に刻まれたアーダボンガ王国の紋章を認め、ワットがなんともつかない唸りを上げる。

「聞かせていただきましたよ。さすがはアンナ陛下だ。力を示し、なお平和を掲げる！　凡百の輩には至れない境地です。力だけでも、望みだけでも駄目なのですよ。……やはりあなたは得難い人だ。オグデン王国などという、僻地《へきち》にあるべき人ではない……」

そうして白い鉄獣機が地表の近くまで降りてくると同時、動き出す影があった。叩きつけるような黒い斬撃を、白い鉄獣機が鮮やかに受け止める。

「おのれコールス・アーダボンガァ！　何をしに現れた！」

「おやおや、その様子。乗っているのは滅剣殿かな」

鍔迫《つばぜ》り合いの間に、ロードグリフォンが割り込んでゆく。

「弟弟子、その真っ先に噛みつく癖やめろっての！　躾《しつけ》のなってない犬かおめーは」

「こいつは！　我が国にとって不倶戴天《ふぐたいてん》の敵だ！　戦場に現れた敵を斬ってなにが悪い！」

「確かに。とはいえ嫌われたものですね」

ロードグリフォンがジェットペガサスを押しのけて遠ざける。白い鉄獣機に向き直るも、ワットの声も訝《いぶか》し気なものだった。

「ここにいる弟弟子じゃあないが、コールス殿下。てっきりあなたは来ないもんだと思ってましたよ」

「確かに私が手出ししても話がこじれるばかりでしょう。しかし老王はしぶとい。正しく交渉を進めるためには、ここで介入するのが最良だと考えたまでです」

「……手柄を横取りするつもりですか」

「まさか。あくまでもあなた方の勝利に、我がアーダボンガが手をお貸しするのです。足りない部分を補い合う、これは協力ですよ」

彼の言葉を額面通りに受け取るわけにもいかない。しかし老王のしぶとさに辟易《へきえき》していたのも事実なのである。三頂至冠の一冠、アーダボンガ王国の協力が得られるというのは、確かにオグデン王国に利するところである。しかもコールスが現れた効果はまったくてきめんであった。あれだけ騒いでいた老王がすっかりと静かになったのである。

老王が低い声で問いかけた。

「うぬ、アーダボンガの倅《せがれ》めが……斯様《かよう》なところに何用じゃ」

「おやおや。ご記憶いただけて光栄ですね、スラトマー陛下。ここにあるオグデンの筆頭騎士との約束を果たすためですよ。アンナ陛下を助けるため、力を貸すとね」

「痴れ者めが。外様などにそそのかされ、三頂至冠の不戦の誓いを破りおるか」

「悪あがきは無用ですよ。オグデン王国を取り込まんがための貴国の策略。先に不戦の誓いを破ったのはむしろそちらでしょう。ならば我がアーダボンガ王国としては、相応のペナルティを与えるまでのこと。ちょうど手痛い反撃を食らったところのようだ……お覚悟めされよ」

老王スラトマーは王冠騎の操縦席で、手を握り締めて震えを払っていた。

（アーダボンガめが、狙っておったか……！）

三頂至冠の、互いを出し抜こうという策略を邪魔するのは日常茶飯事といえる。しかし今回ばかりは状況がマズい。ゲッマハブ古王国は王冠騎を欠き騎士団も疲弊している。もしも立場が逆ならば、スラトマーは嬉々《きき》として落ち目の相手を叩き潰しにゆくだろう。三頂至冠の間柄に、手心などという言葉は存在しない。

その圧力を跳ねのけるには、とにもかくにも戦力が必要だ。王冠騎の修復を含め戦力を再建するために必要なのは時。老王はなりふり構わず時間稼ぎに出なければならない。

（それもこれも忌々しきはオグデン王国！　これほどの傷を負わされるとは……！）

所詮は外様と侮っていたことは否定できない。実際、三頂至冠に抗いうるものはこれまで存在しなかったのであり、老王の驕りもまったく故なきものというわけではなかったが。

（オグデンなどという外様に膝を屈したわけではない！　これはあくまでアーダボンガを押しとどめるため！　戦略的撤退なのじゃあ！）

「……よかろう。ここらで手打ちにしてやろうではないか」

老王は内心で言い訳を重ねながら、渋々と言った様子で言葉を絞り出した。

「すげぇ、何も反省してなさそうな言葉が飛び出てきたな。もいっぺん殴っとくか？」

「お父様、そのあたりで。あとは私にお任せください」

「はい」

筆頭騎士は娘に窘《たしな》められ、しおしおと引っ込むのだった。

アンナは一度全体を見回す。騎士たちは誰も彼も傷だらけで、彼女の乗るバハムートドミニオンも半壊している。とてもではないが話し合える状況にない。

「とはいえ、お互いに疲弊した状態で話をしても建設的な話し合いはできないでしょう。私どもは場を改めての交渉を望みます」

「ほほう！　それはよい考えじゃ。外様もやるではないか！」

老王が一気に息を吹き返した。それそれ、彼は時間が欲しいのである。時間さえあれば戦力を取り繕い、無礼な外様など今度こそひと捻りに――。

「改めての交渉となればもちろん、我がアーダボンガ王国も同席させていいただきましょう」

コールスの言葉を聞いた瞬間、老王が真顔になった。

「うぬらは、要らん」

「ははは。逃げおおせようなどと思いなさるな」

「キカカ、しつこい蝿《はえ》じゃこと」

「ふふふ。逃がしませんとも」

老王とコールスが競り合う横で、アンナも頷《うなず》いている。

「そうですね。万が一このまま踏み倒されるようなことになっては、私たちとしても望ましくありません。アーダボンガ王国に列席していただけるならば歓迎いたします。それと……」

そうしてアンナはにっこりと可憐《かれん》な笑みを浮かべて告げる。

「シーザー皇帝陛下にもお声をかけておきますね」

「う……うぬっ……！　やめ、やめよ……ッ!!」

老王は息も絶え絶えだった。もうこのままぽっくり逝《い》きそうな勢いであえいでいる。

考えてもみてほしい。ただでさえ外様に負けての無様な賠償交渉なのである。アーダボンガ王国がいるだけでも十分に嫌なのに、この上メナラゾホーツ帝国まで来た日にはゲッマハブ古王国たき放題の大宴会が始まること間違いなしである。シーザー帝はそれはもう嬉々としてやってくるだろう。たとえ戦力の再編が叶ったとして、そんな地獄みたいな状況は絶対に避けたかった。

「……なぜメナラゾホーツまで？　我らがいれば十分でしょうに」

意外なことに、不満げな声を上げたのはコールルスも同じだった。

「コールルス様のご助力には深く感謝しています。ですがやはり、三冠の均衡を欠くことは望ましくありません」

身を乗り出すコールルスをやんわりと制し、アンナは告げた。

「スラトマー陛下もご安心ください。正々堂々、交渉を受けていただける限り我々は無法な行いはいたしまません。ここに私の名において誓いましょう」

「……この場の勝者はアンナ陛下です。陛下がそうおっしゃるのでしたら、否やはございません」

コールルスはまだ少し納得がいかないようだったが、考えた末に引いていた。

老王はそれでもまだ無駄なあがきを見せていたが、その場でシーザー皇帝へと伝令を送ったことでついにがっくりと項垂れる。戦いの真の勝者が決まった瞬間であった。

「うちの娘、強《したた》かになってきたなぁ」

その様子を眺め、ワットは腕を組んで頷くのであった。

◆

かくして戦いは収まり、オグデン王国軍はゲッマハブ宿場街を後にする。

アンナは傷ついたバハムートドミニオンに乗ったまま、だましだまし歩いていた。その周囲を近衛騎士団のロードグリフォン改が護衛している。近衛騎士たちも満身創痍《まんしんそうい》だったが、その様子は誇らしげであった。

そうして一行が十分に宿場街から離れたところで。ワットとロードグリフォンは振り返り、静かに告げたのである。

「さぁて。ずいぶんと待たせちまったな、弟弟子。こっちの用事にたっぷりと付き合わせてすまなかった。それじゃあ……戦《や》るか」

第十二話　貴女に捧げる花

エンペリモ王国、ヤンタギオの街から郊外へ出る。木々もまばらな野原にて二機の鉄獣機《マシンスティール》が相対していた。

ひとつは赤い機体──ロードグリフォン。ひとつは黒い機体──ジェットペガサス。ともに激戦を潜《くぐ》り抜《ぬ》けてきたばかりであり、その傷も直さぬままの姿である。

「はぁ。ワット、何もこんな時でなくてもいいのではなくて？」

機体を降りてなんとはなしに周囲を眺めていたワットは、キャロームの呆《あき》れたような声に思わず頭を掻《か》いた。

「そこはすまねぇな。だが鉄は熱いうちに打てっていうだろ」

「昔からそういうところ、我慢の利かない子供みたいだと思うわ」

「オゥ……」

何ひとつ言い返す言葉を思いつけず立ち尽くすワットのもとへと、アンナがやってくる。

「お父様。準備は終わりました。あとはご存分に」

「ああ……ありがとな。アンナもいろいろあって疲れてるだろうに」

「大丈夫です！　なによりお父様の……兄弟弟子との問題は、私にとっても大事なことですから」

アンナはふんっと胸を張って頷《うなず》く。

「ドオレ王国との関係のためにも、ソナタ様とは隔意なく付き合いたいと思っています！」

「おう、任せとけ。話つけてくるからよ」

そうして二人に手を振るとその場を離れて。ソナタ・ドオレは剣を大地に突き立て、瞳を伏せて静かに待っていた。ワットが来たことを察して目を開く。

「さあて、最後の確認だ。これは決闘、俺とお前だけの戦いだ。戦いに賭けるものは……」

「俺は師の仇《かたき》を討ち、遺《のこ》された試練に打ち克つ」

「じゃあ俺ぁクソ師匠《ジジイ》との因縁に、ここでケリをつけさせてもらうか」

ワットとソナタが睨《にら》み合う。そこにはひとつの言葉もなく、しかし何よりも雄弁に語られる想いがあった。ただ頷き合い、互いの相棒のもとへと向かう。

鉄の躯体《くたい》がぶるりと震え、熱い蒸気を吐き出す。鉄機手《スティールライダー》という意思を得た鋼の巨人が動き出し、その手に剣を執った。

「さて、ここは第三者である私が見届け人となりましょう」

両者の間に白い鉄獣機が割って入る。コールスの乗る専用機、聖獣級《クルセイダー》鉄獣機『ストリクトラニアス』だ。当然、ジェットペガサスが首を巡らせて彼を睨みつけていた。

「なぜこいつなんぞに頼まねばならない！　見届け人ならオグデンの騎士がそちらにいるだろう！」

「それは、第三者であるがゆえに私が最も公平であるからですよ。加えて言えば興が乗ったからですね。名にし負うドオレの滅剣と、流れを同じくするオグデンの筆頭騎士。その戦いともなれば値千金の価値がありましょう」

もちろんのことソナタは渋ったが、状況的に受け入れざるを得なかった。それはキャロームたちが疲弊している上に、アンナの護りが優先であるからだ。さらに半壊状態のバハムートドミニオンもあり、手は足りていない。

だからと場を仕切りなおそうなどという考えはワットにもソナタにも毛頭ないのである。今ここで決着をつけずに何時《いつ》つけるというのか。

「それでは、決闘を始めます！」

コールスのストリクトラニアスが開始を告げて下がる。しかし双方ともに動かず、どころか構えることすらせずに睨み合ったままだった。

「どうした？　いつでもいいぜ」

それでもソナタは無言で佇《たたず》んだまま、ようやく剣を構える。

「……正しいか、間違いかではない。これが俺の剣、師より受け継いだ剣だ。守るものも関係ない……今はただ、ひと振りの剣として参る！」

「いいぜ、来い！　正々堂々受けて立とう！」

動き出したのは同時。赤い鉄獣機が駆け出し黒い鉄獣機が翼を広げる。ジェットペガサスが推進器の咆哮《ほうこう》とともに大空へと舞い上がるのを見て、ワットは不敵な笑みを浮かべた。

「空を飛ぶのはお前さんの専売じゃあない、こっちだってできるさぁ！　『獣機変《モードシフト》』！」

直後、ロードグリフォンがその姿を翼持つ四足獣――グリフォンへと変じる。甲高い咆哮を上げるや黒い翼を追って大空へと飛び立った。

「来るか！」

ジェットペガサスが下降に転じ、ロードグリフォン目がけて斬りかかってゆく。対するロードグリフォンはその全体を魔力の輝きによって包んだ。獣機変はただ姿を変えるのみならず、その本質は魔力技《マギスキル》なのだ。剣による一撃を強引に弾《はじ》き飛ばし、そのまま体当たりを敢行する。

「どりゃあ！」

「仕掛けてくる！」

ジェットペガサスが身を捻《ひね》って攻撃をかわす――しかしグリフォンが速度で勝った。すれ違いざまにジェットペガサスの翼をブチ抜き、推進器を破壊する。

「くっ⁉　飛べんか！」

片翼をやられたジェットペガサスが落下してゆく。著しくバランスを欠きながらも体捌《さば》きで立て直すと、大地へと叩《たた》きつけられることは回避しなんとか降り立っていた。残った翼を折りたたんでいると獣機変を解除したロードグリフォンが地上へと戻ってくる。

「これで思う存分、剣を合わせられるな」

「たかが先手を取った程度で！」

今度こそ互いに剣を構えて走り出す。繰り出す剣を弾き、返し技をさらにかわし追撃を打ちあう。あの夜とまったく同じだ。同門対決であり、使う技の基本は同じなのだから当然ではある。しかしソナタの表情には焦りが浮かび始めていた。

（これはなんだ？　互いに手の内はわかっているのに、どうして俺だけがこうもかわされる⁉）

剣の勢いでいえばソナタのほうが上回っている。だが徐々に、その攻撃を受け流される割合が多くなっていた。まるで柳に風とばかりに手ごたえがなく、返し技まで読んで合わせているはずが不可解にタイミングが合わない。かと思えば時折差し挟まれる反撃が的確にジェットペガサスを打ち据えてゆくのだ。

僅かに一手届かない、そんなもどかしい思いが積み重なってゆく。だがその差こそが絶対であり、ソナタは追いつく手立てを見いだせないでいる。

（……ああ。弟弟子、お前さんよく鍛えているぜ。すげぇ鋭さだ。お前が最高の弟子だってのもあながち間違いじゃあないな）

だが、だからこそ。ワットはもどかしさを感じていた。

「惜しいよ。お前の強さは全て……相手を倒すためのものなんだ。だから、どこを狙っているのか手に取るようにわかっちまう‼」

師イカルによって叩き込まれた剣技。考えるより先に動くほどに染みついた癖。その動きを見ていれば、ソナタの積んだ研鑽《けんさん》が見えてくる。彼の剣はよく研がれた鋭さを持つ。しかし惜しいかな、彼を研いだのは師イカル――ただ一人のみ。

「確かにお前は最強の弟子だった……だが、そこ止まりなんだ！」

ワット・シアーズは幾たびもの敗北を味わってきた。師イカルを斬り捨てた後に多くの人と交わり、様々な戦場を越えてきた。時の流れによって研がれたことで鋭さのみならずしなやかさを備えた、強靭《きょうじん》なものとなった。それがオグデン王国筆頭騎士へと返り咲いた男の剣であった。

ソナタは歯を食いしばる。

「そんなもの！　俺の剣で乗り越えてみせる！」

裂帛《れっぱく》の気合とともに渾身《こんしん》の力を込めて剣を繰り出す。それは今までで最も鋭い一撃。対するロードグリフォンも全力で応じ。激突した剣が火花を散らし、逸らされる。返しを読んだソナタはさらに追撃を重ねようとして。一瞬の間にロードグリフォンがさらに踏み込んでいた。剣の間合いのさらに内側へ。ジェットペガサスが振りかけた剣の根元を抑え込み、弾く――ジェットペガサスの手から跳ねのけられた剣が宙を舞い、大地へと突き立っていた。

喉元へ突きつけられる切っ先を呆然《ぼうぜん》と見つめ。やがてソナタは肺の中の空気をすべて吐き出すようにため息をついた。

「……兄弟子殿は、強いのだな」

「先輩としちゃあ、そう簡単にゃ負けてやれないんでね」

ふふっ、とソナタの口からごく自然に笑いが漏れる。すとんと腑《ふ》に落ちた感覚があった。言葉よりなお雄弁に彼の剣が理解したのだ――負けたのだと。

「ああ。俺の、負けだ」

いざ負けてみれば、ソナタは思ったほど悔しさを感じてはいなかった。師匠の仇《かたき》だという思いはまだ残っている。だがそれ以上に一人の剣士として、ワットの強さを認めていた。

「強さでも心でも負けている、か。俺は……最高傑作などではなかったのだろうか」

ロードグリフォンがくるりと剣を返して肩に乗せて。ワットが盛大に呆れ声をあげた。

「はぁ？　何言ってんだ。じゃあ鍛えりゃあいいんじゃねぇか。これまでだってそうしてきたはずだろ」

あっけらかんと告げられ、ソナタはぽかんとした表情を浮かべる。

「俺はあのクソ師匠《ジジイ》が心底！　嫌いだ！　だが教えの全てが間違ってるとまでは思っちゃいない！　上手く剣が振れなかった時も、負けちまった時も。俺たちは蹲《うずくま》っちゃあいなかったはずだ」

彼らはいつでも剣を振っていた。押しつけられたか、必要に駆られてか。思いはそれぞれであっても皆等しく剣を振り、剣に思いを込めてきた。

「硬いだけじゃねぇ、よりしなやかになりな。鍛えることをやめた剣は、脆《もろ》くなるぜ」

それがワットの強さの秘訣《ひけつ》なのだろう。ソナタは頷く。

「そのとおりだ、兄弟子殿。……いや、ワット・シアーズ殿」

あなたが兄弟子でよかった――そう、言おうとして。結局その言葉がソナタの口から出ることはなかった。

「……魔力技《マギスキル》『ライトニングアロー』」

言葉よりなお早く轟《とどろ》く雷鳴、眩《まばゆ》い雷光。瞳を灼《や》く稲妻の矢が宙に閃《ひらめ》く。その進路上にジェットペガサスが、ソナタがいると理解した瞬間。ワットは反射的にロードグリフォンを動かしていた。

「どけろソナタッ！」

「なっ⁉」

ジェットペガサスを突きとばしながら、射線上へとロードグリフォンが割り込んだ。身を守る暇《いとま》などなかった。雷光の矢がロードグリフォンの腹を抉《えぐ》り、炸裂《さくれつ》する。衝撃の威力はすさまじく、ロードグリフォンの手足がもげ飛んでゆく。押しのけたはずのジェットペガサスも巻き込んで吹き飛ばされていった。

「ごあっ⁉」

倒れ込み大地を滑りながらも辛《かろ》うじて、ジェットペガサスがロードグリフォンを受け止めていた。そして機体の惨状を確かめ、ソナタが叫びを上げる。

「なっ、兄弟子！　どう……して！　なぜ俺を庇《かば》った⁉」

「っく……俺も、焼きが……回ったもんだぜ。ヤバいと思ったらつい……な」

鉄獣機の操縦席は特に頑丈に造られている、だが限界もある。ワットの苦しげな声は、彼が少なからず傷を負っていることを伝えていた。

離れた場所からその一部始終を目の当たりにした、アンナが悲鳴を上げて駆け出す。

「お、お父様……。お父様ッ！　御無事で……！」

だが彼女を追い越すように頭上から影が落ちる。振り仰げば、彼女を見下ろすストリクトラニアスの冷たい視線と目が合った。

「コールス様！　あなたは……ッ‼」

問いかけに答えはなく。勢いよく伸ばされた鉄獣機の手がアンナの身体《からだ》を乱暴に摑《つか》み上げる。息がつまり、彼女の意識が遠のいていった。

「……ふむ、まさかあなたが滅剣を庇うとはね、筆頭騎士殿。あなたが最大の障害になると睨んでいましたが、これほどうまくゆくとは。思いもしない幸運というべきでしょう」

人ごとのような呟《つぶや》きを耳にして、ジェットペガサスが弾かれたように顔を上げる。

「貴様……なんの、真似だッ!? なにをしているッ！」

「見ての通りですよ。アンナ陛下を、私がもらい受けようと思いまして。そのための最大の障害が無防備に突っ立っているのです。これを逃す手はありませんよ、そうでしょう？」

コールスがなんでもないように答えた時、獣のような咆哮が上がる。

「ふっ……ざけるなァァ!! 陛下を！ 離せェエエッ!!」

キャロームのロードグリフォン改が全速力で飛び出した。さらに近衛騎士たちが後に続き、コールスのストリクトラニアスめがけて殺到してゆく。

「ソレ僕たちの玩具だよ～！」

「持ってっちゃダーメでしょ！」

双子たちもまたバハムートドミニオンを動かし、その巨体をぶつけるようにコールスへと迫っていた。

全方位から取り囲まれ怒《いか》りに燃える視線を浴びながら、しかしコールスはなんの焦りも見せず。ストリクトラニアスが翼を開き、ただ指先を天へと向ける。

「天宮騎士団《てんきゅう》よ。神鳴る光を、ここに」

告げた瞬間、天から幾筋もの雷矢が降り注いだ。その全てが魔力技であり、必殺の威力を秘めている。女王の奪還にばかり注意をとられていた近衛騎士団に、それをかわすだけの余力はなかった。そもそも激戦を経て疲弊しているところなのだ。雷矢が無慈悲にロードグリフォン改を撃ち抜き、近衛騎士たちは目的を果たすことなく倒れてゆく。

「あっちょっこれやばっ。にっげろー！」

それはバハムートドミニオンも同様であった。酷使を続けた機体は限界であり、逃れることも防御すらもままならない。そう悟ったレドとレダが迷わず操縦席を飛び出した。無人となったバハムートドミニオンを雷矢の雨が打ち据え、砕いてゆく。そうして機体を傘にしたことで双子は無傷でしのいだのだった。


――ストリクトラニアスが手を下ろした時には、オグデン王国の騎士たちは壊滅状態にあった。破壊された鉄獣機が折り重なる地獄のような有様を睥睨《へいげい》し、コールスが誰へともなく呟く。

「迂闊《うかつ》でしたね。私はこれでもアーダボンガ王国の王太子なのです。護衛のひとつもつけずにふらつくことなど、ありえないのですよ」

やがて彼の周囲へと多数の翼のはためきが降ってきた。それらは巨大な翼を備えた、鳥の魔物をベースとした鉄獣機によるものだった。アーダボンガ王国天宮騎士団機『アラートスパロウ』――その翼が示すように飛行能力に長《た》けており、これまでずっと上空に隠れながらコールスを護衛していたのである。

「ああ、ご心配なく。邪魔さえしなければ、これ以上の攻撃はいたしませんよ。別にあなた方を殺し尽くしたいわけではありません。それに、式には参列していただきたいのでね」

そうしてストリクトラニアスはぐったりとしたアンナを大事そうに掌に包み込む。

「女王陛下のことは、どうかご心配なく。私が責任をもってもてなしますので。それでは諸君、ごきげんよう」

白い鉄獣機が翼を広げ、宙へと浮き上がった。天宮騎士団がその後に続き次々と空へと戻ってゆく。まんまと女王を捕らえ、悠々と立ち去ろうとしているのだ。許せるものではない。

「待……てぇ！」

ワットが死力を振り絞ってロードグリフォンを起き上がらせる。しかし手足を破壊されており動くことすらままならない。どころか腹に空いた大穴からはごぼごぼと濁った音とともに冷却水が噴き出し続けていた。これ以上動かせば機体の過剰加熱がおこり、爆発の危険性すらある。

「クソ、待て……よ！」

「俺が、ゆく！」

抱えていたロードグリフォンを下ろし、ジェットペガサスが立ち上がった。駆け出し、すぐに気づく。その翼はワットとの戦いで傷ついたままであり、天へと駆け上がることができない。無為に地を走り、その手を伸ばして。ソナタは愕然《がくぜん》として目を見開いた。

――なんと無力なことか。肝心な時に、その剣は届きすらしない！

がむしゃらに走ったところで空を行く相手に追いつけるはずもなく。呆然と立ち尽くす彼を置き去りに、コールスたちの姿は雲間に消えていったのである。

「そん……な。俺は……何も、できなかった」

ソナタがジェットペガサスを振り返らせる。そこにあるのは破壊されたロードグリフォン改に、バハムートドミニオン。ゲッマハブ古王国との激戦を潜《くぐ》り抜《ぬ》けた猛者《もさ》たちも、今は見る影もなく。

無力感に膝をつく。その時、ソナタは彼方より近づいてくる旗の存在に気がついた。

「あれは……兄上……？」

翻る旗、そこにドオレ王国の紋章を確かめたソナタは呆然と呟いたのだった。

◆

意識が浮かび上がる。小さな呻《うめ》きを上げながら、アンナ・オグデンはまたもベッドの上で飛び跳ねるように身を起こした。

「お目覚めになられましたか」

激しく拍動する心臓を押さえ呼吸を落ち着けようとしていると、横合いから声がかかった。

反射的に振り返った彼女はすぐに表情を強張らせた。――コールス・アーダボンガ。ベッド傍《そば》の椅子に腰かけ、まるで看病でもしていたかのように微笑む姿は一見して好ましいものである。しかしすぐにアンナは思い出していた。彼の白い鉄獣機が彼女の父を討ち、そして彼女自身を捕まえようとしたことを。彼女が覚えているのはそこまでだった。

雷の矢に討たれ赤い鉄獣機が破壊される景色が、瞼《まぶた》の裏によみがえる。アンナは胸中に湧き出たドス黒い怒りをぎゅっと押し込め、彼女にしては低い声で問うた。

「……コールス様。なぜこのようなことを」

「貴女《あなた》を手に入れるため、必要だったからです」

端的で、だからこそ迷いのない返答。あれだけのことをしでかしておきながら、今は心配でもするように優しく微笑むコールスの姿に、アンナはむしろ恐怖を覚えていた。おそらくは養父に対してすら感じたことのない気持ちに、彼女は胸を押さえる手にさらに力を込める。

「いまさら私を手に入れて何をなされるつもりです。帝国も、古王国も諦めました。なのに次はアーダボンガ王国が同じ轍《てつ》を進もうというのですか。……どうして？　コールス様は平和を望んでおられたのではないのですか⁉」

「その通り。その気持ちに今も変わりはありません」

「わかりません……何もわかりません！　どういうことですか！」

アンナは目に涙すら浮かべて叫ぶ。コールスの言葉はあまりにも支離滅裂だ。平和を求めるという言葉と、その行動がまったく噛み合っていない。アンナがどれほど責めようとも、やはりコールスは迷いのない瞳で頷いていた。

「私は感銘を受けたのです。三頭至冠を敵に回そうと退かず、平和を守ろうとする貴女の姿に。だからこそ決断しました。私が貴女に、真の平和を捧げようと」

「真の……平和？　捧げる？　何を言って……」

「これより、私は貴女を娶《めと》ります」

急に飛び出してきた言葉に、アンナが返事も忘れて固まった。

「そうして我がアーダボンガ王国はまず貴国を取り込み、三頂至冠の頂点へと立つ。しかる後《のち》……冠の全てを平らげます」

脳が理解を拒否していた。彼は何を言っているのか？　現実味のない妄想を聞かされているようだ。しかしそれを口にするコールスはどこまでも落ち着いていて、なんの疑いも持っていないのである。

「三頂至冠を下した後にはバヒリカルドのあらゆる国を均《なら》してゆきましょう。普《あまね》く全てが等しく我が国に傅《かしず》いた暁には、それ以上争いのない永久たる平穏がもたらされることでしょう」

「あなたは……狂っています」

恐れすら滲《にじ》ませた言葉を、コールスはにこやかに受け取った。

「ええ。それはきっと、貴女の姿を目にしたからでしょう」

「何を……何をおっしゃるのです！　わかりません。そのようなもの、侵略と何が違うのです！　私がそのようなもの……望むはずがございません‼」

「ええ、もちろんそうでしょう。心優しい貴女には、望めども取れない方法だ。だから私がやる。ご心配召されるな、汚名は全てこの私が被りましょう。貴女はその先にある平穏にこそ咲き誇るべき方です」

「そのようなもの嬉《うれ》しいはずがございません！　今すぐお考え直しください！」

悲鳴のような叫びを聞いても、最後までコールスの笑みは崩れなかった。逆にアンナは全身の震えを抑えるので精いっぱいであり、ベッドにもたれかからねば倒れてしまいそうな有様である。

コールスがひとつ頷き、立ち上がる。

「私もすぐに理解されようとは思っておりません。ですがきっと、来るべき時が訪れれば貴女もお気づきになるだろう。平穏の訪れた景色の素晴らしさを」

「身勝手すぎます……！　なぜ、なぜそのような恐ろしいことを考えられるのですか！」

アンナの言葉を聞き流し、コールスは傍らにあった呼び鈴を鳴らした。

「まずは、しばし休養を取られるとよいでしょう。申し訳ないが私は忙しい。これからやるべきことが山のようにありますからね」

「待って……！」

彼が振り返らず立ち去った後、入れ替わるように部屋へと入ってきた使用人たちがアンナの前に立ち塞がった。

「アンナ陛下、こちらへ。これから我々が陛下のお世話をいたします」

「あ……あなたたちも臣下ならば！　あのような！　主の暴挙を止めないのですか⁉」

「……王太子殿下の命は絶対。我々は陛下のお世話のみを言いつかっております。同時に、この部屋より決して逃すことのないようにとも」

使用人たちはまったく感情の見えない瞳でじっと彼女を見つめてくる。アンナは心中に沸き起こる恐怖に歯をくいしばって耐えた。そして理解した。ここは完全な敵地なのだと。

「それでは、お休みください。何かご用があれば都度お呼びを」

「外に出しては……いただけないのですか」

「それだけは、決して」

アンナと話しているようで、必要なことを告げるだけの存在。かつて養父によって鳥籠《とりかご》の中で過ごしていた頃を思い出す。ああ、これはこんなにも不快なものだったのかと、自由を得たからこそその悍《おぞ》ましさを再確認していた。

必要なことだけを伝え、使用人たちが去ってゆく。部屋に一人残された後、アンナは糸が切れたようにベッドへと倒れ込んだ。

「ふぅ……っふぅ……っ」

湧き起こる吐き気に歯をくいしばって耐え、呼吸を落ち着ける。涙が後から後から流れてゆく。短い間にあまりにも様々なことが重なり過ぎた。彼女は限界を迎えていたのだ。

「どう、して……コールス様は、どうしてあのような恐ろしい考え方ができるのですか！」

彼は平和を求めるために全てを滅ぼすという。アンナが考え、立ち向かってきたことがきっかけなのだろうか？　それがあの化け物を目覚めさせてしまったのだとすれば——それは、誰の罪なのか。

「お父様……お父様。助けて、ください……！」

他に縋《すが》れるものもなく。だがしかし——助けを求めた瞼《まぶた》の裏、現れたロードグリフォンは腹を穿《うが》たれた軀《むくろ》のような姿をしていた。

◆

その日、オグデン王国へと一通の報《しら》せが届いた。

留守中の女王に代わって受け取ったオットー・ソコム男爵は、その封筒に記された紋章を見て顔をしかめる。

「……アーダボンガ王国だと？　三頂至冠の一冠ではないか。いったい我が国になんの用があると……」

とにもかくにも中身を改めないと始まらない。オットーは女王の代理としてその権限を与えられている。慎重に中身を取り出し。読み初めて間もなく、彼は激昂《げっこう》の叫びを上げていた。

「ばっ……馬鹿な！　なんだこれは！　アンナ陛下を……王太子妃として迎え入れるだとッ⁉」

手紙を握りつぶしそうになるのを耐えて、オットーはもう一度文を読んだ。何かの見間違いだろうという希望はすぐに打ち砕かれる。どこをどう読んでも女王アンナを娶るとしか書かれておらず、むしろオグデン王国の貴族に『結婚式』へと参列するよう指示が続いている始末であった。

「どういうことなんだ！　このような冗談がまかり通ってたまるものか！」

さしものオットーも我慢がならず、苛立ちから何度も部屋の中を往復する。そも、一国の女王を王太子の妃として迎え入れるなど前代未聞にもほどがあるのだ。それはあまりにもオグデン王国というものを蔑《ないがし》ろにした行為である。

その不快な手紙を何度破いて捨てようと考えても、記された紋章を目にしたところで手が止まる。

「これを差し出したのは三頂至冠の一冠……アーダボンガ王国。まさか三頂至冠の紋章を騙《かた》る命知らずなどいまい……」

三頂至冠――言うまでもなくバビリカルドに君臨する大国のうちひとつである。彼らがパワーゲームに興じていることはオットーも十分に聞き知っている。だが、それにオグデン王国が飲み込まれようというのか！

焦りに苛《さいな》まれながらもしかし、オットーは努めて冷静に思考を回そうとしていた。

（……アーダボンガ王国に我らを騙《だま》す理由があるか？　そもそも陛下は今どうしておられるのだ。現地のワットたちはどうなっている⁉　……ダメだ。あまりに情報が足りなすぎる）

やがて彼は決意とともに顔を上げた。この場で何を考えても事態の全貌《ぜんぼう》は見えてこない。どころか女王陛下に伸びる魔の手を見過ごすことになるのではないか。

オットーは声を張り上げ、ありったけの伝令を呼びつけた。

「国内のあらゆる貴族たちに伝えよ！　すぐさまエンペリモ王国へ向けて出立すると！」

あとはその目で確かめるしかない。最悪の場合は三頂至冠の一冠を相手に一戦交える必要があるだろう。

悲壮な決意を胸に、オグデン王国は動き出す。目指すは至冠議会開催の地――エンペリモ王国。

◆

時を同じくして、オグデン王国へと送られたものとほぼ同様の怪文書が三頂至冠の間でも送り届けられていた。

ゲッマハブ宿場街において、ゲッマハブ古王国国主スラトマー王が皺《しわ》に埋もれた目を見開き、報せを握り潰している。

「うぬがぁ……うぬが！　憎らしきはオグデン王国！　恥知らずのアーダボンガめが‼　儂《わし》にあれほど煮え湯を飲ませておきながら、うぬはのうのうと何をほざいておるかッ‼」

憎悪を噴き出し老王が立ち上がる。まったく腸が煮えくり返るようである。しかしオグデン王国との戦いで受けた傷は未だ癒えきっていない。修理の進む王冠騎『ゲッマハトブルク』の様子を確かめ、老王は唸《うな》るように告げた。

「ゲッマハブ第一騎士団《ファーストオーダー》……準備をせよ。王冠騎の修復なり次第、愚か者どもに滅びをくれてやるのじゃ……！」

背後に控えた騎士たちが一斉に敬礼する。

「認めるものか……なんとしても叩き潰してくれようぞ、アーダボンガ王国……そしてオグデン王国！」

その怒りは止《とど》まるところを知らず。踏みにじった手紙をなお睨みつけると、すぐに捨て去るよう配下に命じつけたのだった。

同じく、メナラゾホーツ宿場街でもメナラゾホーツ帝国国主シーザー皇帝が報せを受け取っていた。

皇帝は内容を一読し、玉座にどっかりと頬杖《ほおづえ》をついて呟く。

「なんとつまらぬ出し物だ。不快にもほどがある」

汚いものをつまむように手紙を遠ざけると、さっさと捨ててしまった。シーザー帝は玉座にもたれかかりながら、不愉快そうに顔をしかめる。

「所詮、外様《とざま》などこんなものだというのか。オグデンよ」

あの年若い女王も、それを追っていた中年の筆頭騎士も易々と屈するようなタマには思えなかった。だからこそ見どころがあると感じたのだが——。

「……よかろう。余、自らの目で確かめてくれよう」

しばし考え込んでいたが、すぐに目を開く。

「そして愚か者には相応の末路をくれてやらねばならん。征《ゆ》くぞ、者ども供をせよ」

「御意……！」

皇帝の前に跪《ひざまず》いた騎士が、その言葉を受けて応えた。メナラゾホーツ帝国が誇る最強戦力、皇帝守護騎《インペリアルガード》が動き出す。

至冠議会《コローナセナートゥス》の開催地として、かつては平和の代名詞とも言われたエンペリモ王国において、三頂至冠の均衡はいともたやすく崩れ去った。

その日を境に至冠議会が開かれることはなくなった。代わりにバヒリカルドに存在する普く国々へと招待状が届けられる。それは世界の崩壊を告げる先触れのごとく。誰もが破滅を感じ怯《おび》えながらも避ける術などない。

アーダボンガ王国王太子とオグデン王国女王の『結婚式』の日が、近づいていた。

◆

「しばらく安静にしていてください」

「……どうも、ありがとうございました」

包帯だらけの姿になったワットが応急処置をしてくれた兵士へと頭を下げる。一人になったところでワットのため息が小さなテントに広がった。

あの戦いの後、現れたドオレ王国軍によってワットとオグデン王国の騎士たちは助け出されていた。ドオレ王国軍は簡易なテントを立てて彼らを収め、今は破壊された鉄獣機を回収してくれている。近衛騎士たちも彼と同じようにあちこちのテントで治療を受けていることだろう。

わきわきと手を動かし感触を確かめていると、テントの入り口をくぐる人影があった。そこにいたのはオウヴェル王と、その背後に控えるソナタであった。ワットが立ち上がり礼をしようとしたところでオウヴェル王にやんわりと止められる。

「構わない。傷に響くだろう」

「こんなもの屁《へ》でもございませんよ。陛下のおかげで俺も、騎士たちも助かりました。お礼申し上げます」

「むしろ申し訳なく思っているくらいだ。結局我々は手遅れだったようだからね。それに加えて、ワット殿には謝るべきことがある」

ワットが首を傾《かし》げていると、すっと姿勢を正したオウヴェル王とソナタが揃《そろ》って頭を下げた。

「この度は愚弟が大変な迷惑をかけた。君たちを助けるどころか、足を引っ張るかたちになってしまったとは。これは偏《ひとえ》に私の責任だ」

「……頭をお上げください。気にすることぁございません。ソナタ……殿とは確かに、少々の行き違いはありましたがね。それよりもともに戦った間柄ですから」

オウヴェル王はちらと弟の様子を確かめる。その態度からは以前のように刺々しいところがすっかりと鳴りを潜めていた。

「迷惑をかけた上に、さらに助けられるとは……。重ね重ね礼を申し上げたい」

「それにね、俺はソナタ殿の兄弟子にあたりますんで。だったら俺にとっても弟みたいなもんでしょう。多少のやんちゃはどんと受け止めますよ」

「ハハハッ！　それは心強いことだ。愚弟は良縁に恵まれているようで、羨ましい限りだよ」

オウヴェル王とワットはともに小さく笑いを浮かべた。しかしそれもすぐに曇る。

「だとしても。結果としてアンナ陛下が奪い去られたのは事実なのだ」

「……悪いのは、全てコールスの野郎ですから」

ワットが据わった目つきのまま告げる。油断をすればすぐに怒りが湧き起こり、暴れてしまいそうになるのをぐっと抑え込んだ。

「話は聞いている。我が国にとってもあ奴は大敵であった。あ奴自身が戦場に来ることは稀《まれ》だが……指揮する部隊は一糸乱れずして精強、何度も煮え湯を飲まされたものだよ。まさかあ奴までもがアンナ陛下の身を狙っていようとはね」

「俺にも油断がありましたよ……ちょっと協力し合ったからと気を許しちまった。あれも三頂至冠だって頭ではわかってたはずなんですがね」

ゲッマハブ古王国という大きな敵の存在がその違和感を覆い隠してしまったのか。悔やんでも悔やみきれないところだが、だからとくよくよしている場合ではない。

「それじゃあ、アンナを助けに行かないと……つッ」

ワットは立ち上がろうとしたところで痛みに小さく呻いた。幸いにも骨折などは見られなかったもののあちこちを強く打っており、巻かれた包帯の下には青あざが広がっている。

「傷に障る、まだ休んでおられよ」

「そうも言ってられません。コールスの野郎はゲッマハブよりなお性質《たち》が悪りぃ……なんとしても取り返しに行かないと」

「しかし貴殿もさながら、鉄獣機がな」

オウヴェル王の言葉に、ワットは思わず顔をしかめた。それから三人は連れ立ってテントの外へと出る。そこには回収されたロードグリフォンが置かれていた。

ロードグリフォンは見るからに酷い有様だった。片足片腕が千切れ飛び、残った手足もズタボロである。なにより腹に大穴が空いたのが致命的だ。魔心核を損傷しているうえに冷却系も役に立たない。率直に言って修理するより新造した方が早いのではないかという状態である。

「……こいつは俺の手足みたいな存在です。アンナを助けるためにはどうしたってコールスを、アーダボンガ王国を相手に大立ち回りが必要だ。相棒抜きとなっちゃあ、厳しいとこですよ」

ロードグリフォン、それも旧式である初期型はかつてワットに合わせて造られた鉄獣機であった。過去、騎士を捨てる時にも持ち出し苦楽をともにしてきた最高の相棒。それに代わるものなど簡単には見つかるまい。

「……俺が、戦う」

その時、ソナタが顔を上げた。決然たる表情を浮かべ、まっすぐにワットを見つめて。

「俺が兄弟子殿に代わり、アンナ陛下を助け出しにゆく。死力を尽くすと約束しよう」

「別にお前だけの責任じゃねぇって言ってるだろ」

「だったらこれは俺の意志だ。兄弟子殿……俺は、アンナ様を助けたい。今こそ誰かを討つのではなく……助けるために、この剣を振るいたいんだ！」

ワットとソナタがしばし無言で睨み合い。やがてワットが包帯だらけの拳を突きつける。

「だったら誓え。師でもなく、国にでもなく、己の名と剣に！　あのクソ師匠に習った技、ただ殺しだけが能じゃねぇ。助け出してみせろ。それがお前の、本当の最後の課題ってやつになるだろう」

「ああ……ソナタ・ドオレの名に懸けて誓う！　この剣！　この技を尽くすと！」

ソナタが拳をぶつけ返した。そうして打ち合わせた拳をゴツンと弾き、ワットが自らを指し示す。

「それとして馬鹿野郎、俺もいくに決まってるだろ」

「だがどうやって戦うつもりだ、兄弟子殿」

相棒もさることながら、加えて言えば近衛騎士団のロードグリフォン改部隊も壊滅状態にあり改を借りるという手すら使えないのである。ワットは腰に手を当て胸を張り、無理やり引き攣《つ》った笑みを浮かべた。

「ま、なんとかなるだろ。そりゃ相棒がいれば心強いが、なんなれば徒手空拳だってやってやるさ！　俺たちの戦い方はそういうものだろ？」

かつて師イカルに教えられたのは戦場での生き延び方、得物を選ばず戦い抜くための技術である。手段さえ選ばなければ如何様《いかよう》にもやりようはあるだろう。そうワットが己に言い聞かせていると、オウヴェル王が告げた。

「それについてだがワット殿。貴殿の相棒、私たちに預けてもらえないだろうか」

突然の申し出にワットが目を瞬かせていると、王が手を差し出した。

「愚弟のかけた迷惑の代わりと言ってはなんだがね。少しでも借りを返したい。満足がいくかはわからないが全力を尽くすと約束しよう」

「……陛下の御心に感謝いたします。もちろん、お願いいたしますよ！」

ワットがオウヴェル王の手を取る。その時ふと、彼は奥の方に置かれた巨体の存在に気がついた。

それはロードグリフォンと同じくズタボロに破壊されたバハムートドミニオンであった。しばし二機の姿を見比べていたワットが、ふと何かを思いつく。

「だったらもののついでなんですがね。もうちょいとばかし、無茶をお願いしてもいいでしょうかね」

ワットの提案を聞いたオウヴェル王がにっと口の端で笑い、頷いた。

「構わないとも。ドオレ王国の底力をお見せしよう」

ぶんぶんと握った手を振っていた彼であったが、ふとその手を見つめて言った。

「少しだけ羨ましいという気持ちがあるよ。私も、友を助けたいと強く願っているのだ。……だが王というのはどうにもいけない。無謀から身を離そうとする癖がついてしまう」

「陛下はそれでちょうどいいと思いますよ。戦いってのは俺たち騎士の役目ですから」

頷き合う。王と騎士、国も立場も違えどそこには確かに通じるものがあった。ドオレ王国とオグデン王国、二つの国が確かに手を取り合う、その時である。

「へー。なになに？　何か面白そうなことしてる？」

「へー。なになに？　どっかで暴れてくる？」

ワットの両側からひょっこりと、双子の悪魔が顔を出した。そういえばこいつらもいたのだった。ご自慢の嗅覚でトラブルを嗅ぎつけたのだろう、満面の笑みで彼を見上げてくる。

「お前らなぁ。面白いかはわからんが……俺たちを騙くらかしやがった詐欺カス野郎の顔面を、ぶん殴りに行こうと思ってな」

レドとレダが一瞬顔を見合わせて。がっしりとワットの両腕にひっつく。

「それいいね！　僕たち手伝ってあげる！」

「そうだね！　僕たちもぶっ叩きたーい！」

「あー、別にかまわねーが、邪魔だけはすんなよ」

「はいはーい！」

るるりらと踊り出した双子に毒気を抜かれつつ。ワットは獰猛《どうもう》な笑みとともに顔を上げる。

「陰険身勝手詐欺師野郎なんぞに、大事なうちの娘を渡せるものかよ」

振り返れば、ロードグリフォンの破壊された兜《かぶと》の隙間から覗《のぞ》いた瞳と目が合った。どれほどその身を打ち砕かれようと、相棒は未だ力を失っていないようにワットには感じられた。

「ああ、征《ゆ》くぜ相棒。カス野郎をぶっ飛ばす、娘を無事に取り返す。全部やってやるのさ。それが父親の役目ってやつだからな!!」

瞳に尽きぬ炎を燃やし、騎士たちは動き出す。攫《さら》われた女王を今度こそその手に取り戻すために。

第十三話

花婿を殴り飛ばせ

エンペリモ王国にある街、ヤンタギオ。本来ならば至冠議会《コローナセナートゥス》でにぎわっているはずのこの街は今、異様な静けさに包まれていた。

あるべきはずの至冠議会は開かれていない。にもかかわらずエンペリモ中央議会堂には常と同じく各国の王族が勢ぞろいしている。彼らは揃《そろ》ってまったく異なる式へと参列するためにこの場に集っていた。

「まさか……アーダボンガめがオグデンの女王を娶《めと》りにかかるなど」

「帝国が諦め古王国がしくじり、そこへきての王国であるからな。彼《か》の国も災難なことだよ」

参加者たちの間で密やかな囁《ささや》きが交わされる。事の起こりは先日、各国の王たちのもとへと送り届けられたとある文書にあった。三頂至冠の一冠、アーダボンガ王国の王太子コールスと、オグデン王国の女王アンナの結婚式――そのとんでもない文面を目にした各国の王たちは最初、我が目を疑った。しかし式は間違いなく開かれ、彼らはこうして集まったのである。

当然というべきか、この場に残る二冠――メナラゾホーツ帝国とゲッマハブ古王国の姿は見えなかった。そもそも二冠がこの結婚を認めることはないだろうと、あらゆる国が理解している。三頂至冠は互いに敵視しあい、しかし拮抗《きっこう》する国力をもって三すくみとなっていた。そこに来てもしもアーダボンガ王国がオグデン王国を取り込めば。王国は頭ひとつ分国力を伸ばし、二冠に対する圧力を放ってゆくであろうことは明白なのだから。

「いずれ二冠は来るだろうな……この式を破壊するために」

「間違いなくな。問題はどのタイミングで来るかと、我らがどう生き延びるかだ……」

各国の王たちは落ち着かない様子で式の始まりを待っていた。もしもこのままアーダボンガ王国が勝者となるならば、この結婚式には絶対に参列しておかねばならない。招かれておきながら式に参列しないということは王国を敵視しているのと同義だからだ。さりとて二冠の襲撃に巻き込まれては命がいくらあっても足りない。どのタイミングで逃げ出すのが正解か——彼らにとってこの式は『どこまで耐えるか』というチキンレースのようなジレンマ状態にあるのだ。

ここにいる王たちの誰か一人でも、コールスが二冠に引き続いてバヒリカルドの全ての国を平げることを望んでいるなどということを知っていれば、もっと違う未来へと進んでいたことだろう。しかし当然ながらその真意を知る者はおらず。

不安と警戒、少しでも美味しい位置につこうという打算、なによりもこれから歴史が大きく動くだろうという予感——式場には、その全てがないまぜになった独特の緊張感が漂っていた。


「……まったく。想像よりはるかに酷い状況のようだな」

集まった参加者たちの一画に、周囲とは毛色の違う集団があった。ほとんどが王族とその警護によってなる中で、彼らは貴族の集まりであり。それはこの結婚式の当事者の片割れ——オグデン王国の貴族たちであった。

彼らの取りまとめであるオットー・ソコム男爵が、肺腑《はいふ》の空気を全てため息へと変換しながらぼやいている。

「国許で報《しら》せを受け取った時はなにかの間違いであってくれと願っていたが……。来てみれば事態はより最悪に近い。これほど頭の痛い式への参列は実に半年ぶりだな」

隣にいる彼の娘、メディエ・ソコムもまた腕を組んで唸《うな》る。

「ほーんと。留守番してたらアンナはもう一回攫《さら》われなおすし、師匠たちまで帰ってこないし！」

「ワットたちもか。今どこに？」

メディエがゆっくりと首を横に振った。

「わからない。無事だって連絡だけは来たけど、僕たちと合流するつもりがないみたい」

オットーがふむ、と唸って前を見た。

「やはりこの結婚式、ワットたちは納得していないようだな」

「当然！　だってアンナは……この騒ぎの中でまだ誰とも結婚しないって言いきってたのに。もしもすることがあってもしっかり相手のことを知ってからだって！　こんな急に決まることなんて、絶対にありえない！」

オットーも頷《うなず》く。彼の知る女王ならば、あの責任感と優しさを兼ね備えた少女であれば、国許《くにもと》に無断で婚姻話を進めるようなことはしないだろう。

「だとすれば。ワットたちはおそらく、単身で奪還のために戦うつもりだ」

メディエが驚いたように振り返る。

「どうして！　戦うなら僕も……っていうか！　皆と一緒に戦った方がいいでしょ！」

「オグデン王国そのものを巻き込むことは避けたのだろう。単にいつもの暴走癖が出たのかもしれないがね」

「ぜーったいそっちだ」

メディエはふんすと憤ると、ぶつぶつ師匠《ワット》への文句を並べ始める。

「キャロさんもいてどーして師匠止めれないわけー？」

「こと陛下があちらの手に囚われているとあってはね。近衛《このえ》は、止めはしないだろうな」

むしろここぞとばかりにワットの後に続いたのではないだろうか。その光景が目に浮かぶようである。オットーは密かに額を押さえた。

「だったらパパ。僕たち会場でのんびりしてていいの？　師匠の手助けをしないと！」

「良くはない。ないが、我らは我らで事が起こるまで絶対にこの場を動くことはできない」

疑問符を乗せた娘の視線に一度だけ頷き返す。

「考えてもみてくれ。アーダボンガ王国が三頂至冠に覇を唱えるためには、オグデン王国の国力を取り込むことが絶対条件だ。……それはただアンナ陛下を娶っただけでは達成されない」

「そっか……じゃあやっぱり！　最初からこんな式に出てないで、師匠とアンナを奪い返しに行ったほうが……！」

「そうしたいのは山々ではあるがね。女王陛下が彼らの手中にあり、さらに正式な招待を拒んだとなれば……ワットのみならず我々全員が敵意ありとみなされるだろう。そうすればなにより、陛下の命の保証がなくなる」

メディエが口元を閉じ、表情を強張らせた。女王と国家、どちらが価値があるといえば断然国家である。国から切り離された女王などに、いったいどんな価値があるだろうか。逆に見れば女王という要石を失った国もまたとてつもなく脆《もろ》くなるのではあるが。

「なんだよそれぇ……それじゃアンナ、まるで人質じゃん！」

「人質だよ。最初からそういうことだ。だから我らはここに在《あ》る。ここで陛下をお護りするためにやってきたのだ」

「……うん。僕もパパと一緒に、アンナを護るよ」

メディエはほっと胸をなでおろすと、拳を握ってやる気を出していた。安心するには早いのだが、オットーはそれを責めることはしなかった。

「……師匠、来るんだよね」

「案ずるには及ばない。どうにもワットは何か大仰な式典があると、突っ込まずにはいられない星のもとに生まれたようだからな」

かつて継承選争の終わり、第一王子レザマの戴冠式が開かれた時にも、ワットはたった一人の娘のために王国の全てを敵に回す覚悟でやってきた。三頂至冠が相手だからと阿《おもね》るような男ではないと、オットーはよく承知していた。

「なにより陛下を奪い返すとして、仕掛けるならば今日をおいて他にはない」

アンナを連れ去ってからこちら、アーダボンガ宿場街では極めて厳重な警戒が敷かれていた。直前にゲッマハブ古王国が敗れるところを見ているのだ。アーダボンガ王国は正しくワットたちを評価し、ゆえに厳戒態勢を敷いていたのである。

だからこそ、彼らは今日まで動かなかった。絶対にアンナが姿を現すだろう式の当日まで。

いかにアーダボンガ王国とて、各国の王族を招いて行う結婚式にアンナを登場させないということはあり得ない。姿を見せないままでは、アーダボンガ王国の面目が丸つぶれになるのだから。

「うん。だからやっぱり、警戒してるよね」

「空にはお得意の鳥型鉄獣機、地上にも数個騎士団を配置しているようだな。さすがは三頂至冠だよ」

結婚式場に選ばれたエンペリモ中央議会堂のみならず、ヤンタギオの街そのものが厳戒態勢のもとにある。空にはアーダボンガ王国が誇る天宮《てんきゅう》騎士団が緻密な防衛陣を作り、地上にも多数の鉄獣機が配置されていた。

「そして、それらをかい潜《くぐ》ってここまで辿り着いたとしても……あれが動く」

オットーは視線を会場の奥へと向ける。そこに佇《たたず》む巨大な影。巨大な翼を幾重にも重ね繭《まゆ》のような姿になったそれこそが、アーダボンガ王国が誇る王冠騎――『アーダボネスメサイア』である。

その存在はなにより雄弁に、歯向かう者を尽く討ち滅ぼすというメッセージを伝えていた。

そも、彼らはワットだけではなく、敵対する二冠に対しても厳重に備えているのである。三頂至冠同士の戦いともなれば、いくら警戒してもし足りないくらいである。

「それだけの敵を抱えながら式を強行するか……。どれほどの自信を持てば成しえることか。我々までもその渦中に囚われているのが、頭の痛いところではあるがね」

オットーたちは単なる列席者ではない。国許から戦力を集めてきた彼らはそっくりそのまま、会場の警備の一角を担わされていた。

「我らは何をおいても陛下を護らねばならん……だが我らそのものもまた人質だというわけだ」

メディエが不安げな表情を浮かべ、父親を見上げた。

「どうするの、パパ。師匠が来たら……」

「戦うとも」

いっそ拍子抜けするほどの即答である。

「アンナ陛下を強引に娶ろうなどと、我々も何ひとつとして納得していないのでね。それが陛下の口から告げられたならばまだしも、他国からの報せひとつで承服できるようなことではない」

父の言葉を聞いて、それでもメディエの表情から不安が消え去ることはなかった。

「……実をいえば確かに、貴族たちの間ではこのまま勝ち馬に乗るべきだという声もあった。私に言わせれば愚かなことだがね」

オットーはため息を挟む。その瞳には確かに、怒《いか》りの炎が閃《ひらめ》いていた。

「そもそもアーダボンガ王国についたところでどうなる？　この先、オグデン貴族が重用されるなどということはあり得まい。せいぜいが戦力としてすりつぶされる未来が待っているだけだ。そんなもの勝ち馬でもなんでもない」

吐き捨てるように呟《つぶや》く。

「ならば我らが賭けるべき選択肢はただひとつ。筆頭騎士の剣をおいて他にあるまいよ」

「もちろん！　師匠ならきっとなんとかしてくれるよ！」

「さりとて三頂至冠が睨《にら》み合うこの場所では、荒波を乗りこなすのも簡単ではない。メディエよ、心しておいてくれ。時がきたらすぐさまここから逃げるのだ。今のところ退路は五つほど確保してある」

「パパ、そもそもやる気満々なんだね……」

オットー・ソコム男爵。彼は一代で商会を立ち上げ、男爵にまで上り詰めた人物であり。さらに継承選争という鉄火場を潜り抜けて女王派を代表する立場へとついた。その肝が据わっていないわけもなく。きな臭さを増す空気に鼻を利かせ、虎視眈々《こしたんたん》とその時を待っているのだった。

◆

結婚式の会場として選ばれたのは、エンペリモ中央議会堂のうち至冠議会に用いられる議会場とはまた別の場所である。会場は結婚式に向けて整えられ、いまは煌《きら》びやかな飾りつけがされていた。

控えの間から会場を埋めつつある各国の王たちの様子を確かめて、アーダボンガ王国の国王カイセン・アーダボンガは傍らへ目をやった。部屋の真ん中で静かに椅子へと腰かける人物。彼の息子、王太子であるコールス・アーダボンガだ。

「列席者の中に、帝国と古王国の息のかかった者はいないそうだよ。仕掛けてくるよねぇ、これは」

そこには驚きも何もなく、ただ今日の天気を確認するだけのような気楽さがあった。二冠が敵対しているのは単なる事実なのだ、ならば襲撃があるのは絶対である。その程度の覚悟もせずに行動を起こすことはできない。

「くふふ。しかし面白かったな。バヒリカルドに平和をもたらすために全ての冠を打ち倒すべしとは。まったく傑作だよ！　正直に言えば歴代の王たちの中で、それを考えた者がいなかったわけじゃあない。しかし戦力不足で却下せざるを得なかった案だよ、コールス」

試すような視線を受けても、コールスは常と変わらぬ様子で答える。

「それもアンナを……オグデン王国を手に入れれば不可能ではありません。たとえ二冠を同時に敵に回したとして、彼ら同士もまた敵対しているのですから。足並みは揃いませんよ」

完全に覚悟が決まった様子の息子を前に、カイセン王は顎を撫《な》でさすった。

「そこだよ、コールス。二冠を敵に回すことより驚いた。お前がオグデンの女王を娶るなどと言い出した時には、いったいどんな病に罹《かか》ったものかと思ったよ」

「……我ながら、病であることは否定しづらいですね」

初めて自信以外の感情が表情に浮かぶ。それは喜びと混じった少しの困惑。カイセン王がコールスの前に立った。

「コールス、お前は正しい王太子だった。大義のために在り、十分に有能であり、何より冷静だった」

三頂至冠、バヒリカルドの地を支配する大国にあって、それは必要な資質だった。カイセン王から見て、彼の息子は模範解答とも言ってよい存在だった——しかし、とカイセン王は口元を笑みの形に歪《ゆが》める。

「だが、いいじゃあないか。我々は大仰な冠なんかを戴《いただ》いて窮屈に生きているんだ。己の心にくらい素直にあるべきだよ」

愉しげに笑い、ふと表情を引き締める。

「ただしそのためには力が必要なのも、また避けられない真実だ」

「心得ています」

「なあに、多少の面倒はこの父に任せておきたまえよ。息子の未来のためとあらば、邪魔者などいくらでも掃《はら》ってやるとも！」

コールスが頷く。そして立ち上がり、父と肩を並べた。

「さぁ堂々と進もうではないか、我が息子よ！　我らの手で作り上げる平和……それは何より尊く素晴らしいものになるだろうからね！」

「ええ、父さん」

うきうきと歩き出したカイセン王からわずかに遅れ、コールスもまた力強く進み出す。

「私は全てを……手に入れて見せますよ」

かくして運命の結婚式が、その幕を上げる。バヒリカルドの地に今、破滅への序曲が奏でられようとしていた——。

◆

歓声が降り注ぐ。

ヤンタギオの街の中心に存在する、エンペリモ中央議会堂。そのうち至冠議会のためにある会議場に次ぐ規模を持つ式典場に、バヒリカルドの地にあるあらゆる国家の王たちが列席していた。

彼らから万雷の拍手を浴びながら、コールス・アーダボンガは姿を現す。その傍らには眩《まばゆ》いばかりの純白の衣装に身を包んだ花嫁――アンナ・オグデンの姿もあった。しずしずと歩みを進める二人の姿に、列席者たちは惜しみない祝福を送る。心中の本音はともかく、ここに在るからにはそうすべきであろう。しかし次第に違和感が膨れ上がっていった。

花婿たるコールスはまっすぐに顔を上げ堂々たる態度で臨んでおり何も問題はない。異様なのは花嫁の方だ。まったく焦点の定まっていない視線、喜びはおろか表情そのものが欠落した顔。彼女はコールスに手を引かれるまま、まるで人形のように歩いている。

そんなはずはない。アンナ・オグデンは控えめながら心に強い芯を持ち、各国とも堂々と渡り合ってみせたではないか。至冠議会が始まった当初こそ、新米女王ということもあり知名度などないに等しかった彼女だが、この地で様々な試練を潜り抜けたことによりその人物像はよく知られるようになっていた。パーティの席上において交流をもった者も少なくはない。彼らからすれば、茫洋《ぼうよう》としてなすがままになっている今の姿が正気だとは到底思えなかった。おそらくは、何か薬物などを飲まされているのだろう。それだけで、この結婚がどういう意味をもつものかを悟るのに十分である。

「なん……！　アイツ、アンナに何を……ッ!?」

反応が激しかったのは当然ながらオグデン王国の関係者であった。メディエは目を見開き立ち上がろうとして。すぐさま隣のオットーに押さえられ、キッと振り返る。

「……仕掛けるのは、まだだ」

そう言い聞かせる父親も瞳に怒りを湛《たた》え、しかし表情は平坦《へいたん》を装っていた。メディエは深呼吸を挟んで気を落ち着けると、父親と揃って据わった視線を花婿へと送る。絶対にぶっ飛ばす、その力強い意思を込めて。


式場に渦巻く様々な感情を受け止めながら、コールスとアンナは最前まで進み出た。式を取り仕切るエンペリモ王国国王が彼らを前にいかにも厳《おごそ》かに告げる。

「今日の良き日、バヒリカルドの地に新たな喜びが生まれた。頂《いただき》がひとつ、アーダボンガ王国王太子、コールス様とオグデン王国女王、アンナ陛下がご結婚なされ……」

エンペリモ王国国王が朗々と話し始めた、その時である。列席者の一部からざわめきが上がる。

彼らは一様に窓の外、彼方《かなた》の雲間を指し示した。思わず全員の視線がそちらへと向き。

青空の中にたなびく雲の間。幾たびも光が瞬き、紫電が走る。やがて赤々とした爆炎が吹き上がり、何ものかの破片がバラバラと散ってゆくのがはっきりと見えた。

そこで何が起こっているか気づかぬ者はいない。思わず腰を浮かせた列席者を、コールスの静かな声が押しとどめた。

「落ち着かれよ。少々、招かれぬ客が騒いでいるようですね。しかしご安心召されよ、すぐに我らが天宮騎士団が掃《はら》いますから」

立ち上がりかけた列席者がゆっくりと腰を戻す。やがて来る破滅は恐ろしい、しかしだからといって目の前の人物から怒りを買うことも避けたい。ここからがチキンレースの本番といえよう。

「続けてください。私たちの永遠なる契約をここに……」

コールスが能面のような無表情のまま振り返る。エンペリモ王国国王が緊張の面持ちで唾を飲む音が、妙にはっきり響いた気がした。

◆

ヤンタギオ上空。街をぐるりと取り囲むように、天宮騎士団の鉄獣機『アラートスパロウ』が飛んでいた。何者も街へと近づけんとする、鳥の一羽すら飛び入る隙のない防空網である。騎士団の総力を懸けた護りの前では、たとえ三頂至冠であろうとも容易く突破することはできまい。

自信と自負を翼に乗せ、アラートスパロウは空を地上を厳しく監視していた。そうして始まりこそ穏やかなものであった空に、ついに来るべき異変が現れる。

「我、異常を発見せり!」

それは初め、まるで埃《ほこり》が飛んでいるかのような小さなものだった。広がる青の中にポツンと浮かぶ黒い点。やがて大きさを増してゆき、そのうちにはっきりと正体を見て取れるようにまでなる。

「あれは……黒い鉄獣機！　殿下が予想された通り、式の邪魔に現れたか！」

想定される敵として挙げられていたうちのひとつ、黒い鉄獣機――ソナタ・ドオレのジェットペガサスだ。すぐさまアラートスパロウの群れが反応する。等間隔の円陣を崩し、一部が黒い鉄獣機を迎え撃とうと動き出した。

「フン。単騎で天宮騎士団に挑もうなどと、愚かなことだ！」

「む。待て……他にも何かいるぞ！」

すぐに気づく。空に現れた黒点はひとつではないということに。黒い鉄獣機を追い越すように、その背後から現れる影。それらは翼を持ち、四つ足で空を駆ける巨大な獣のような姿をしていた。

魔物か？　一瞬、疑問が天宮騎士団員たちの脳裏を駆け抜けてゆく。しかし彼らはすぐにそうではないと気づいた。望遠でとらえた獣たちは明らかに鋼でできた軀体《くたい》を持っている。間違いなく鉄獣機なのだ。

「くっ、ドオレの滅剣に仲間がいるとは聞いていないぞ！」

「構うものか。主の邪魔をするものは全て敵……天宮騎士団よ、襲撃者を討つのだ！」

アラートスパロウがバサバサと羽ばたき、飛び立ってゆく。

襲い来る天宮騎士団へと向かって、先頭を飛ぶジェットペガサスが剣を抜き放つ。

「アンナ陛下をこの手へと取り戻す！　各々《おのおの》方、包囲を突破するぞ！」

「承知！　後に続く、存分に参られよ！」

それが戦いの始まりを告げる合図となった。ジェットペガサスを穂先として集い、四足獣――グリフォンの群れが鏃《やじり》型陣を形作る。それを包み込むように、アラートスパロウがわっと殺到してきた。

「陛下のもとへ参らんがため、まかり通る！」

「させるものか、一機たりとも殿下のもとへ通しはしない！」

アラートスパロウが腕を振り上げ、初手必殺の雷の矢を放つ。推進器が甲高い咆哮《ほうこう》を上げ、ジェットペガサスとグリフォンがさらに加速した。雷の矢をかい潜り、黒い鉄獣機が翔《か》けて。その手に剣を構えアラートスパロウへと激突する――その時。

はるか後方から延びる眩い光の奔流が、戦場を貫いた。


地上では列席者たちが痛いほど首を上げて空を見上げていた。彼らもまた、時期を見極めんと必死なのである。

空では雲間に光が生まれるたび、周囲をかき回すように爆発の華が咲き乱れていた。やがて鉄獣機だったモノの残骸がバラバラと飛び散ってくる。

降り注ぐ残骸を追い越すように、雲を突き抜け下降してくるひと筋の黒い線。人々の間を驚愕《きょうがく》の声が駆け抜けてゆく。地上目がけて一直線に駆け下りてくる漆黒の天馬――そのような鉄獣機は天宮騎士団には存在しないのだから。

「天宮騎士団を退けたというのか……！」

ざわめきに耳を貸さず、コールスはただまっすぐ漆黒の天馬を睨みつけていた。

「滅剣殿……思ったより厄介な敵でしたね、あなたは。幾たびも私の邪魔をしてくれましたが……その因縁も今日までとしましょう」

ついに黒い線が地上へと到達する。

「撃獣機変解除《ビートリリース》……！」

天馬が嘶《いなな》き、激しい逆噴射とともに姿を変えてゆく。四肢の位置が変わり、四足獣から人型へと。黒い鉄獣機、ジェットペガサスが式場の天井を踏み破り、その内部へと降り立った。神聖なる式場が一瞬で戦場へと姿を変える。列席者たちは我先にと争って逃げ出していた。鉄獣機の戦いに巻き込まれた日には、命なんぞいくらあっても足りやしないのだから。

ジェットペガサスが顔を上げ、未だ動こうともしない怨敵の姿を睨みつける。

「コールス……アンナ陛下から離れろ」

「ふっ、恨み言かと思えば。ドオレの滅剣ともあろう者が、他国の女王にずいぶんと執着するものです」

コールスが腕の中でぐったりとしているアンナをちらと確かめる。

「貴様こそどうなのだ、なぜアンナ陛下を奪い去る」

「これは私のモノだからです。あなたごときに渡しはしませんよ。そも、たった一人で何ができるというのです！」

コールスが告げた瞬間、その余裕の理由が式場の壁をぶち抜いて現れた。アーダボンガ王国の鉄獣機部隊がジェットペガサスを取り囲む。あらゆる方角から敵に囲まれながら、しかしソナタに動揺はなかった。

「一人などではない……俺は戦友《とも》とある！」

雲を突き抜け獣が翔ける。ジェットペガサスの後を追ったグリフォンが、次々に獣機変《モードシフト》を解除し人型となって地上に降り立った。ジェットペガサスを囲み守るように、ロードグリフォン改《リバイズド》が立ち並ぶ。

「……陛下を……返してもらいます」

キャロームの改がゆらりと顔を上げた。鉄機手は操縦席にいるというのに、その怒りの感情が機体を通じて噴き出してきそうだった。炎の揺らめく言葉に、むしろコールスはアンナをしっかりと抱きしめ直す。その頬に指を這《は》わせ、歪んだ笑みを浮かべていた。

「これは異なことを。貴卿《きけい》らの女王は私の腕の中にある。晴れ晴れしき女王陛下の結婚式に、騎士たるあなたたちが刃を振り回すとはなんとも嘆かわしいな！」

「戯言《たわごと》を！　陛下が貴様の言葉に一度でも頷かれたか！　一度でもそのお声で我らに告げられたか！　断じて否!!　我ら近衛に命令できるのはバヒリカルドにただお一人！　貴様が陛下の隣にいる道理など……ない！」

「はぁ、これだから外様は。誰も彼もまったく強情で困ります。だったらその意地を貫かれるがよかろう。あの世までね！」

空間に力の気配が満ちる。圧倒的な魔力の猛りが迸《ほとばし》り、息苦しさすら覚えるほどの圧迫感を放っていた。コールスの背後で巨体が身動ぎする。それは繭——翼によって幾重にも包まれていたそれが解けていった。

アーダボンガ王国が誇る王冠騎――『アーダボネスメサイア』が目覚めゆく。それを操るカイセン王が、侵入者の鉄獣機を睥睨《へいげい》した。

「悲しきかな。我が息子のめでたき日に、なんと無粋な来客だろうか。祝福あるならば頭を垂れよ。さもなくば……」

広がる翼の一対は実に奇妙な形をしている。幅は狭く、長さは機体へと何重にも巻きつくほど。広がるほどに勢いを増した翼は、まるで鞭のようにしなり。

「……その頸《くび》、斬り落としてくれる」

翼が勢いを増して叩《たた》きつけられる。式場の壁を今度こそ粉微塵《こなみじん》に砕きながら迫り。

ほぼ同時、天上に光が生まれた。それは眩い光の奔流となって地上へと一直線に伸びる。光が向かう先に在るのは王冠騎、アーダボネスメサイアだ。

「むっ、魔力技か！　だけどその程度じゃ王冠騎には通用しない。凌駕魔力技《オーバーマギスキル》『スペクルムフラクティ』よ！」

細長い翼が急速に分割されてゆく。それは小さな破片になったかと思えば形を変えて組み合わさってゆき、アーダボネスメサイアの頭上に一枚の巨大な鏡を作り上げた。光の奔流が狙い過たずアーダボネスメサイアへと届き。直撃する寸前、光は鏡によって受け止められ、彼方へと反射されていった。

「まだ後続がいたかな。なかなかに強敵のようだ。何者だい？」

やがて枯れ果てた光の流れを追うように、巨大な鉄獣機が降りてきた。ちょうど式場から逃げ去る途中だったオットーが顔を上げ、その姿を確かに視界に捉える。

「あれは……バハムートドミニオンか⁉　まさか双子殿下が……いや、なんだあの姿は。私の知る姿と、大きく違う……？」

現れた新たな巨大鉄獣機、それは確かにバハムートドミニオンのはずだった。しかし同時にその姿は明らかにかつてと異なっている。元々になかった赤色が混じっており、特に上半身が大きく形状を変えていた。その姿はまるで――。

「あれは、ロードグリフォン……なのか？」

オットーとメディエが呆然《ぼうぜん》と立ち尽くしている間に、その奇妙な巨大鉄獣機は地上へと降り立ち告げていた。

「この結婚……娘の父親として断じて認められない。物言いだよ、コールス・アーダボンガ」

オットーが安堵《あんど》の吐息を漏らし、メディエが喜色を浮かべる。彼らがその声を聞き間違えることなどありえない。その正体に気づいたコールスもまた据わった瞳で睨みつけた。

「これはこれは……筆頭騎士殿。あなたまで女王陛下と我が国に盾突くというのですか。娘の幸せを見誤るなどと、非道《ひど》い父親もいたものですね」

巨大鉄獣機に乗ったワットが地上のコールスを睨みつける。その腕の中に娘の姿を確かめ、なおさらに怒りを燃え上がらせる。

「ほざけよ。アンナを騙《だま》したその口で……アンナの幸せを語るんじゃねぇ」

「騙したなどと心外な。私は今でも真摯に平和を目指していますよ。ただし、私なりのやり方でね」

にやりとした笑み。ワットの心がどこまでも熱く、同時に冷えきってゆく。

「アンナを娶ろうってのなら……言葉を尽くし、支えあえる奴が最低条件だ。てめぇは一から十まで失格なんだよ」

巨大鉄獣機がズシンと足を踏み鳴らす。背の翼を摑《つか》み特大剣へと変化させると、三頂至冠の一冠が王冠騎、アーダボネスメサイアへと突きつけた。

「このデカブツの相手は俺がする。弟弟子、ここは頼めるか」

「心得た、兄弟子殿」

ワットの頼みを聞いたソナタが一歩を踏み出した。

「己が失態を雪《すす》ぐため、ここに兄弟子殿の力とならん。コールス、女王陛下を返してもらうぞ」

「素直にはいどうぞ、というとでも？　彼女には私とともに歩んでもらわなければ。邪魔するというのであれば、討ち掃うのみ……！」

コールスはアンナを抱きかかえたまま、背後に立つ白い鉄獣機――彼の専用機ストリクトラニアスへと向かう。走りながらついでのように指示をとばした。

「騎士団！　この狼藉者《ろうぜきもの》を叩き潰しなさい！」

「させるものか！　近衛《このえ》騎士団！　たっぷりと借りを返してやれッ！」

「応！」

アーダボンガ王国の鉄獣機部隊が一斉に動き出し、張り合うようにキャロームの改がハルバードを振り上げる。近衛騎士のロードグリフォン改が動き出し、押し寄せる敵へと立ち向かった。

足元で始まった鉄獣機同士の戦いをほぼ無視して、アーダボネスメサイアが動き出す。

「やれやれ、神聖なる式が台無しだ。無粋な来客にはそろそろお引き取り願うとしよう」

その時、王冠騎を遮るように巨体が立ちはだかった。その姿をつぶさに眺め、カイセン王は首を傾《かし》げる。

「ふうむ、ずいぶん形のちぐはぐな、ボロい鉄獣機だね。大きさだけで我が王冠騎と張り合うつもりかい？」

「急いでたんでな。ありものを合わせたのさ。こいつの銘《な》は『グリフォニスバハムート』……これからてめぇを打ち倒す剣の銘だ、覚えておけ」

そうしてワットが、グリフォニスバハムートがごおっと特大剣を振り上げる。

「オグデン王国、筆頭騎士ワット・シアーズ……！　剣を捧《ささ》げし女王陛下の御身を安らげんがため、王国の未来を守らんがため！　いまこれよりひと振りの剣とならん‼」

剣を倒し、切っ先をぴたりと王冠騎へ向けた。

「斬るぞ、天から地まで。我が前に立ち塞がる者あらば……覚悟しろッ‼」

「良いだろう。知りたいというならば教えて差し上げようじゃあないか。本物の、王冠騎の力というものを‼」

アーダボネスメサイアが魔力の輝きとともに舞い上がり。ここに神獣級同士の激突が巻き起こる。

第十四話　決戦

汚《けが》れなき純白の翼を広げストリクトラニアスが空へと舞い上がる。それを追って黒い翼を広げたジェットペガサスが翔《か》け上がっていった。

地上では巨神同士が激突している。そこに周囲を気にするような余裕はなく。神獣級たる力を思うがままに発揮し、瞬く間にエンペリモ中央議会堂を瓦礫《がれき》の山へと変えてゆく。吹き荒れるその暴威から逃れ、白と黒の翼は空で相対した。

「殿下をお護りするのだ！　狼藉者《ろうぜきもの》を倒せ！」

ストリクトラニアスを操るコールスを援護しようと、アーダボンガ王国の鉄獣機が空へと狙いを定める。そこへと横合いからキャロームのロードグリフォン改《リバイズド》による蹴りが炸裂《さくれつ》し、兵士たちはもんどりうって吹っ飛んでいった。

「邪魔するんじゃない！　弟弟子、空は任せますよ！　ワットの分までキッチリあいつをブン殴ってらっしゃい！」

「ああ、心得ているとも！」

ジェットペガサスは完全に修復されており不調はない。ソナタはぐっと握り締めた拳を見つめた。

――白い鉄獣機。構えるでもなく悠然と飛ぶその姿とコールスが重なって見える。彼はソナタとドオレ王国にとって不倶戴天《ふぐたいてん》の敵であった。そこへと兄弟子をだまし討ちにし女王を連れ去った事実が加わる。今度こそ逃がしはしない。

「コールス・アーダボンガ……お前にはさんざん苦労させられてきたが、思えばこうして直接戦うのは初めてだな」

「当然です。私は王太子、いずれアーダボンガ王国を、三頂至冠の一冠を受け継ぐ者。のこのこと戦場に顔を出して良い身分ではありませんから」

「その割に、最近は真っ先に動いているじゃないか」

「ふふ、それもそうですね。自分でも意外でしたよ。自ら動くというのも思いの外《ほか》……悪くなかったようでね！」

言いつつ剣を引き抜き、ストリクトラニアスが迫る。ジェットペガサスも剣をもって受け止めた。鍔《つば》迫《ぜ》り合いの体勢で押し合いながら、推進器の咆哮《ほうこう》だけがどこまでも高まりゆく。

「あなたたちの気持ちがわかりますね。この手で敵を討つ！　圧倒する！　なんと気分の良いことか！」

「お前と一緒にされたくはない……！」

「何が違うというのです、ソナタ・ドオレ。滅剣とまで呼ばれたあなたのことだ、これまで愉しんできたのでしょう？」

ソナタは苦々し気な表情を浮かべ、口元をへの字に曲げた。

「……口先だけでも平和だなんだと言っていたはずが、ずいぶん急な宗旨替えだな、コールス」

「ふふ。古くよりアーダボンガ王国が掲げてきた目標、そこに変わりはないのですよ。ただ手段が変わっただけのこと！」

「手段だけだと？　兄弟子殿を撃ちアンナ様を攫《さら》い！　それのどこに正しさがある！」

表情を嫌悪にゆがめながらソナタが吐き捨てる。ジェットペガサスとストリクトラニアスが互いを弾き合い距離をとった。コールスは平然と言い切る。

「そう、平和へと至る道。その解決手段をもたらしてくれたのが、他ならぬアンナなのです」

アンナとコールスが今までどのような交流を持ってきたのかソナタには知る由もない。しかし彼は知っている、アンナという女王は決してこのような手段を取らないだろうということを。ソナタの様子に関係なくコールスは言葉を続けていた。

「平和とは力によって支えられるもの。そのための確かな意思、そして武力！　彼女はその全てを私にもたらしてくれた……」

ストリクトラニアスが剣を天へと掲げる。

「オグデン王国を取り込み、我がアーダボンガが三頂至冠のさらに頂となる……そして全てを平らげる。それこそが完全なる平和への道！」

ソナタは思わず絶句し。すぐに気を取り直して叫んだ。

「まさかそんな妄想が上手くゆくと思っているのか！　俺たちが許すとでも？」

「あなたたちの許しなど元より求めてはいません。私が為すのです。そのためにも……大敵にはそろそろ消えてもらいましょう」

ソナタは気づいていた。コールスの考え方はなるほど、思想の上辺だけを持ってくればアンナと近いのかもしれない。だがその実現手段に絶望的な違いがあり、なにより根幹的なところが異なっていると。

「アンナ様と貴様にはひとつ、大きな違いがある。お前の行動には……『許し』が含まれていない！」

アンナ・オグデンは三頂至冠との度重なる戦いを経てなお相手を許す心があった。悪を正すに足る力を持ちながら、それをみだりに振るうことを良しとしなかった。決してコールスなどと相いれることはないと確信できる。

しかし当のコールスは、不思議そうな顔で首を傾《かし》げていた。

「許し？　なぜそんなものが必要なのですか。刈り取るほうがよほど後腐れがないというのに」

いくらアンナ女王に感銘を受けたからといって、短期間に激変するとは思えない。これまでは表にしていなかっただけで、コールスは元からこういう奴だったと考えたほうがよほどしっくりとくる。

（そもそもコイツはクソ野郎なのだ、いまさらか。ああ、やはり兄弟子殿は本当に強かったのだな）

ワットは知っていた、強さの意味を。誰かを護るために力を振るうその本当の意味を。何より誰かを理由にしないという強さを持っていた。

「ならば止める。それが俺が受け継ぐべき……正しさだ！」

言葉は尽きた。ジェットペガサスが構え、翼を羽ばたかせる。推力の唸《うな》りを背に感じ、コールスもまた応じていた。

「いいでしょう。所詮、私とあなたは敵同士です。止められるというのならば止めてみるがいい。あなたが、アンナもともに乗るこの機体を……斬れるというのならばね」

「貴様……呆《あき》れた卑劣漢ぶりだな」

ジェットペガサスが間合いを開けたまま動きを止めた。反対にストリクトラニアスは余裕たっぷりに剣を構えると、ためらいなく突き出してくる。

「なんとでも。剣士としてあなたが強いことは私もよく知っている。おそらく私では太刀打《たちう》ちできない。だがそんなもの、攻撃できなくしてしまえばいいまでのこと！」

動きが鈍ったジェットペガサスへとストリクトラニアスが執拗《しつよう》に斬りかかる。

「どうしますか滅剣！　アンナごと私を斬るか、このまま諦めるか！　さぁさぁさぁ！」

反撃がないことに気を良くして、なおさらに攻撃が勢いを増してゆく。

「……どう、する」

嵐のような攻撃を凌《しの》ぎ続けながら、ジェットペガサスの操縦席でソナタは迷いを抱《いだ》いていた――。

◆

ぐおん、と唸りを上げて石壁が砕かれる。王冠騎『アーダボネスメサイア』が備える細く長い鞭《むち》のような翼が、エンペリモ中央議会堂を容赦なく破壊しつくしてゆく。

「ふうむ、あまり避けないでもらえるかな。このままでは議会堂を更地にしてしまいそうだ」

「もう手遅れだろうがよ」

三頂至冠からの出資を受けて贅《ぜい》の限りを尽くしたであろう建造物も、王冠騎の破壊力の前には砂岩のごとし。言うだけ言って、その割に大した躊躇《ためら》いもなくアーダボネスメサイアの攻撃は続く。

「どうしたのかね？　オグデンの筆頭騎士よ。最初の勢いはどこへ行ったんだい」

「言ってくれるぜ……！」

アーダボネスメサイアが繰り出す翼の鞭を、グリフォニスバハムートが特大剣を振るい打ち払う。翼は火花を上げて剣の腹を滑り、そのまま後方へと抜けていった。

反撃にグリフォニスバハムートが踏み出す。そこへと間髪を入れず翼の鞭による追撃が加えられた。アーダボネスメサイアは左右一対の翼の鞭を持ち、交互に攻撃を加えているのだ。間合いが広い翼の鞭による連続攻撃にワットは手を焼かされていた。

「ほらほらオッサン！　なにやってるの！」

「ほらほらオッサン！　もっと頑張れ！」

さらに操縦席に同乗した双子がわめくものだからたまらない。

「それ！　そこだ！　アタ――ック！」

「斬って！　よけて！　はい斬って！」

「うるさい気が散る！　お前らは静かにしてろっての！」

「しーかたないなー」

レドレダの双子は仮にも王族であり、ドオレ王国に預けたままというわけにもいかない。そのためこうして乗せてきたが、ワットはその選択をだんだんと後悔しつつあった。

気をそらしている場合ではない。アーダボネスメサイアが二本の翼の鞭による同時攻撃を放ち、グリフォニスバハムートは特大剣を交差させてそれを受け止めた。衝撃のあまり、地面に跡を刻みながらグリフォニスバハムートの巨体が下がってゆく。

「さて筆頭騎士殿。聞くところによると、卿《けい》はアンナ女王の父親だというじゃないか」

アーダボネスメサイアがぐるりと周囲を見回した。そこにあるのはかつてエンペリモ中央議会堂だった瓦礫の山である。

「これでは我らの息子娘のめでたい日が台無しじゃあないかい？　非道いねぇ、卿も父親だというのなら祝福したまえよ。娘を嫁にやりたくないというやつかい？　見苦しいものだ」

「てめぇ……うちの娘を拐《かどわ》かしておきながらなにを被害者面してやがる!!」

ワットの激昂《げっこう》を、カイセン王はさらりと受け流す。三頂至冠の一冠ともなれば面《つら》の皮もバヒリカルド随一の厚みになるものだ。

「それは見解の相違だねぇ。そもそもアンナ・オグデンは平和の尊さを知っていると聞いてるよ。だったらその意志は我がアーダボンガ王国と重ねるべきだろう。それが最も望ましい結末だとは思わないのかね？」

「アンナの心を、覚悟を！　てめぇらのいいように利用させはしねぇ」

「やれやれ、口を開けば不満ばかり。外様《とざま》とはなかなか相容《あいい》れないものだよ」

わざとらしく嘆きながら、しかしカイセン王にワットを見逃すつもりなどなかった。翼の鞭を持ち上げるアーダボネスメサイアに、ワットが歯を食いしばる。

「……オウヴェル陛下の言うとおりだ。やっぱお前らも三頂至冠、上から見下すことしかできねーでいやがる」

グリフォニスバハムートが特大剣を持ち上げる。どれだけ不利な状況にあっても、その闘志にいささかの陰りもなく。その様子を確かめ、カイセン王は大仰にため息を漏らした。

「なるほど。だから卿は、その継ぎ接ぎボロボロの鉄獣機で王冠騎に歯向かい、あまつさえ勝つつもりだというわけかい？」

「当然。娘の前で負ける父親なんて、いねぇのさ」

「そうかいそうかい。意地のために死ぬか。それも良いと思うよ。理由なき死よりは、ずっとねぇ！」

直後、話は終わりとばかりにアーダボネスメサイアが翼の鞭を振るった。突風を巻き起こしながら鞭がしなり、グリフォニスバハムートを打ち据える。

「だったら望み通り、終わらせてあげよう！　凌駕魔力技《オーバーマギスキル》……『キュムロニンバス』！」

アーダボネスメサイアの背後の翼がしなりながら幾重にも展開する。それは弓の弦となり、何本もの雷の矢が同時に生成された。

「神鳴る矢の雨だ、受けてみたまえよ！」

雷の矢が一斉に空へと放たれる。真上に向かって飛翔《ひしょう》した矢はぐるりと旋回すると、グリフォニスバハムートめがけて頭上から降り注いだ。

「わわっ。ヤバいよアレ！」

「わぁってらい。打ち合わせ通りだ、アレを頼んだぜ！」

「りょーかい！　いくよ、『フェザースフィア』！」

双子の操作によりグリフォニスバハムートの翼から羽が舞い上がってゆく。それらは魔力の輝きに包まれ、飛来する雷の矢を防いでいった。

「よし、フェザースフィア戻せ。こっちだっておみまいしてやら！」

雷の矢の雨が止んだところで羽根を戻し、グリフォニスバハムートは両肩にある竜の顎門《あぎと》を開いた。

「お返しだよ。凌駕魔力技『ドラゴンズロア』！」

顎門の奥に輝きが生まれる。直後、眩《まばゆ》いばかりの光の奔流が放たれた。破滅的な凌駕魔力技を前に、しかしカイセン王は呆れを浮かべる。

「またそれかい、懲りないものだね。それとも物覚えが悪いのかな？　そんなもの通じないってねぇ！　凌駕魔力技『スペクルムフラクティ』よ！」

アーダボネスメサイアの翼の鞭がバラバラと分かたれ、宙を舞いひとつに集まってゆく。それは巨大な鏡を形作り、ドラゴンズロアの輝きを正面から飲み込んだ。光は鏡によって反射され、彼方へと散り消えてゆく。

「わかってるとも、ソイツは一度見てる。だから今なら鞭は使えないんだよなぁッ！」

スペクルムフラクティの鏡は、翼の鞭を組み替えて作るものだ。再び攻撃に使うためにはどうしても余計な時間を食う。その隙を逃さず、グリフォニスバハムートが間合いを詰めてゆく。

「ふふ、甘いなぁ。卿はまだ我が王冠騎の力を見くびっているようだ。ならば教えてしんぜよう……スペクルムフラクティはこういう使い方もできるのさ！」

カイセン王が操ると、一枚の巨大な鏡と化していたスペクルムフラクティがバラバラに分離し欠片となって舞い散った。それらは煌《きら》めく鏡の牢獄《ろうごく》となりグリフォニスバハムートを取り囲む。

「てめっ、それは反則じゃ……」

「『キュムロニンバス』だ！　無限なる雷を受けるがいいよ！」

間髪を容れずアーダボネスメサイアが雷の矢を放つ。それらはすぐさま鏡の破片に反射され、あらぬ方向へと向きを変えた。そしてグリフォニスバハムートを囲う鏡の欠片から欠片へと高速で反射を繰り返し。やがてあらゆる方位から獲物へと襲いかかる。

「双子！　守れるか!?」

「うぇえっ無理無理！　どっからくるのぉっ!?　……んげっ」

グリフォニスバハムートがフェザースフィアで防御しようとするも、高速で乱反射を繰り返す雷の矢を捉えきれない。偶然も手伝って数発は弾《はじ》いたが、ついに直撃を許す。

「ぐぅっ!?」

雷の矢が炸裂し、グリフォニスバハムートが体勢を崩した。

膝をつく姿を見下ろしたカイセン王が満足げに笑いを漏らす。

「ンフッフ。どうかな？　我が牢獄の威力は」

「なかなか……厄介じゃねぇか」

ワットの額を汗が流れ落ちてゆく。操縦席に嫌な軋《きし》みが響いてきた。ここにきて、修理期間を短縮するためにロードグリフォンとバハムートドミニオンの無事な部品を寄せ集め強引につなぎ合わせたしわ寄せが来たらしい。ドオレ王国はよく動くところまで仕上げてくれたことだが、やはり完全とはいかなかったようだ。ダメージを受けたことで歪《ゆが》みが顕著になりつつあった。追い込まれている。しかし、だからこそワットは強気に笑みを浮かべた。

「だがな。俺ぁまだまだ動けるぜ？」

「わかっているとも。では続けようか、卿があとどれほど耐えれるか……見ものだよ」

スペクルムフラクティの破片がざわめく。アーダボネスメサイアが再び翼に雷の矢をつがえ、放った。雷の矢が駆け巡る鏡の牢獄の中でグリフォニスバハムートはただ前だけを目指す。

「だったらしっかり目ェ見開いときな。この剣がてめーに届くところをな！」

フェザースフィアが舞い飛び、押し寄せる雷の矢を防いだ。巨神同士の戦いはより激しさを増してゆく。

◆

宙に白い軌跡が刻まれる。羽ばたきとともに繰り出される斬撃を切り払い、しかしジェットペガサスが反撃に出ることはない。

「先ほどまでの勢いはどうしたのですか！　それともドオレの滅剣ともあろう者がこのまま嬲《なぶ》り殺

しになるとでも⁉」

コールスの嘲笑が響き渡る。彼もその立場に鑑みれば剣の腕が立つ方ではあるのだろう、しかしソナタ・ドオレはモノが違うのだ。師イカルの技を受け継ぎ、最高の弟子とも呼ばれていた。ドオレの滅剣の名はその強さとともに諸国に知られている。本来ならば、コールスに勝ち目などないのである。しかし現実は違っていた。

「あなたと私は敵同士！　剣を振るうのに理由など要らないでしょう。……しかし今、あなたの目的は女王を助けることにある。そこに剣を止める理由ができた！」

ストリクトラニアスの操縦席にはコールスだけではなく、アンナも乗せられている。彼女が今どうなっているのかソナタからはうかがえないが、コールスの隣で暴れる様子もないことから気を失っているなど何かしら動けない状態にあるというのは容易に想像できた。

「人質をとったくらいで、ずいぶんと強気に出る」

「お褒めに与《あずか》り光栄ですね！」

コールスが叫んでいるのを聞き流しながら、ソナタは顔をしかめていた。

（……否、ここはダメだ！）

既にソナタには見えていた、コールスを倒すのに必要な動きが。斬るべき場所が。そして彼の身体《からだ》に染みついた技術が勝手に剣を繰り出そうとする。敵の攻撃を弾《はじ》き、その隙をついて急所を討て――そこでいつも我に返るのだ。人質がいる以上、操縦席を討つことはできないと。

（やめろ……俺は助けなければならないんだ！）

彼の技と思考が嚙み合っていない。正しく斬れない、こんな経験は初めてのことだった。これまではいかなる敵も躊躇《ためら》いなく斬り捨ててきた。滅剣の二つ名で知られるようになるほどに。

（だがこのままでは皆がもたない……！）

誘惑に抗うソナタだったが、しかしこのままもたもたとしているわけにはいかなかった。地上では今もワットがボロボロの神獣級を駆り、最強たる王冠騎へと挑んでいる。キャローム ら近衛騎士はアーダボンガ王国の部隊へと果敢に挑み、これを抑えてくれている。今は拮抗《きっこう》している状況も、戦いが長引けばいずれはアーダボンガ王国の物量の前に膝を屈するであろうことは目に見えていた。

（突破口は、この手にあるというのに！）

ストリクトラニアスを倒し、アンナを助け出せば状況は大きく有利に傾く。しかし焦りばかりが積み重なり、むしろ苛立ちから誘惑がたびたび脳裏をかすめてゆく。

（こんな時、どうすればいいんだ？　師は……そんなこと教えてくれなかった！）

かつての鍛錬の日々を思い返して、ソナタも遅まきながら違和感を覚えていた。強くあれ、その言葉とともに教えられた剣のすべては必殺のもの。先んじて倒せ、戦場で必要なのは最後まで立っていることだけだと。

『仕方のねぇ弟弟子だな』

その時ふと、聞き覚えのある声が割り込んできた気がした。敬愛していた師が亡くなった原因となった、憎いはずの相手。

『お前の強さは全て……相手を倒すためのものなんだ。だから、どこを狙っているのか手に取るようにわかっちまう』

（そういう……ことなのか）

すっと兄弟子の言葉が、腑《ふ》に落ちてきた。今まではずっと師イカルの動きを追って剣を振っていた。そこに別の手が添えられた気がした。

『狙うべきは、そこじゃない……』

兄弟子の言葉が、彼の動きを少しだけ変えてくれる。

「護るために、必要な剣……！」

心のままに、ジェットペガサスが剣を振るう。その一撃は殺すために最適な場所を避け、逸れてゆく。もう大丈夫だ。ソナタの剣から迷いが消えた。

「なっ……!?」

それは鋭く、一切の無駄がなく、美しい一撃だった。映像盤の中をくるくると飛んでゆく自機の腕を目の当たりにして、コールスが息を呑《の》む。まったく気づかなかった。なんの衝撃も感じていない、だというのに剣ごと腕が斬り飛ばされている！

「さすが……です！　ドオレの滅剣！　人質など気にもしないということですか！」

ジェットペガサスが反撃に出てきた、つまり人質ごと急所を狙うつもりだ――コールスにとってはそうとしか考えられなかった。このまま敵の間合いにいることは危険であり、距離を取るべきである。白い鉄獣機が大きく翼をはためかせて後退しようとして。

「お前なら逃げるだろうと思っていた」

ソナタにはその動きが手に取るように読めていた。兄弟子ならばひるまず反撃してくる。コールスにそのような度胸も技量もない。

相手が逃げ始めるよりも先にジェットペガサスは前進していた。限界まで引いた剣を突き出す。戦い始める前、コールスが乗り込むときに操縦席の位置ははっきりと確かめた。だから狙うべき場所がわかる。切っ先を逸らし、腹へと。渾身《こんしん》の突きが白い鉄獣機を刺し貫いた。

「きさっ……ぐぅッ⁉」

激突の衝撃が操縦席をかき回す。もがくコールスに構わず、ソナタはさらに畳みかけた。

「征《ゆ》くぞ……撃獣機変《ビートシフト》！」

白い鉄獣機を刺し貫いたまま、ジェットペガサスが姿を変えてゆく。骨格が位置を変え、人型から四足獣へ。翼ある天馬が羽ばたき、推進器が最大出力で嘶《いなな》く。炎に燃える蹄《ひづめ》を鳴らし、白い鉄獣機を抱えたまま宙を駆ける。

「お前があるべきは……空の高みじゃあない！」

向きを変え、進路を地上へ。見る見るうちに地面が迫りくる。

「地に臥《ふ》せるのがお似合いだ！」

そうしてストリクトラニアスを強《した》かに大地へと叩《たた》きつけた。火花を散らして地上を滑走する。鑢《やすり》の上を走るように純白の翼が破壊され、砕け散ってゆく。これでもう二度と空に上がることはない。

やがて勢いを失ったところで、黒い天馬は倒れたままの白い鉄獣機を見下ろした。

「王太子用の鉄獣機だからな。さぞ頑丈にできているだろう」

四肢はひしゃげ翼を失い、ストリクトラニアスは酷い有様だったが胴体周りはしっかり原形をとどめていた。さすが王太子の乗騎だけある。

「終わりだ、コールス・アーダボンガ。お前の負けだよ」

ソナタはジェットペガサスの蹄で胸部装甲を蹴り開けると、無情にも告げたのだった。

◆

雷光が走る。アーダボネスメサイアの凌駕魔力技を何度も受けて、しかしグリフォニスバハムートは健在であった。

「しつこいものだ。こうもダラダラと足掻《あが》かれては、興ざめというものじゃあないかね?」

「へっ、もう飽きたのかい。三頂至冠ってなぁ堪《こら》え性《しょう》がなくていけねぇ」

満身創痍《まんしんそうい》といってよい。だが倒しきれない。キュムロニンバスはフェザースフィアによって防がれ、あるいは特大剣によって切り払われる。それはスペクルムフラクティを併用しても同じだ。むしろ攻撃を繰り返すほどに相手も慣れてきたのか、どんどんと与えるダメージは減っている。

ほぼ無傷のアーダボネスメサイアを操りながら、しかしカイセン王に敵を圧倒する優越感はない。むしろ着実ににじり寄られているという焦燥感が湧き上がってくる。首を振って己の弱気を振り払い、カイセン王はなおさら余裕ぶった笑みを浮かべた。

「なるほど、卿は手ごわいな。ずいぶんと手を取られてしまったものだよ。そろそろ二冠も動き出す頃合いかな、あまり遊んでばかりはいられない。どうだい、終わりにしようじゃないか」

「そうつれないこと言うなよ。ようやくこちらも反撃に出ようと、思ってたところなんだからよ」

カイセン王が息を呑む。ボロボロのグリフォニスバハムートが一歩踏み出す。それだけでどうしてこれほど心がざわめくのか。

（ええい、頂に冠たるこの私が田舎騎士ごときに気圧《けお》されているだって⁉　ならば……全力で攻撃し、沈めてやるまでだ！）

アーダボネスメサイアがさらに出力を上げる。翼の先まで暴力的な魔力に満ち、淡い輝きを放ち始めていた。

「その死にかけの機体で、これが受け止められるかな？」

宙を舞う破片を戻し、再び翼の鞭となす。さらに弓の翼には雷の矢をつがえた。アーダボネスメサイアに可能な全ての攻撃を重ね、グリフォニスバハムートを攻撃せんとした――その時である。

視界の端を白と黒の流星が横切ってゆく。カイセン王が目を見開いた。その姿を見間違うものか！　コールスの乗る白い鉄獣機が、黒い天馬によって地上に叩きつけられているではないか！

「なっ、コールス⁉　下郎めがッ！　私の息子から離れるのだ‼」

カイセン王の注意がグリフォニスバハムートからそれてゆく。その瞬間、ワットは全力で駆け出していた。残る力を注ぎ込み、グリフォニスバハムートの巨体が一気に加速する。アーダボネスメサイアの懐へと飛び込もうとして。

しかしアーダボネスメサイアの視線はずっとグリフォニスバハムートを捉え、一瞬たりとも離れてはいなかったのだ。

「それで、隙でもついたつもりかい？　残念ながらわざとだよ。卿は誘い込まれたのさぁ！」

アーダボネスメサイアが動き出す。翼の鞭が鋭く伸び、グリフォニスバハムートへぐるぐると巻きつくと、その動きを完全に封じていた。

「これでもう動くことはできないだろう。大人しく終わりを受け入れたまえよ」

翼の鞭に力がこもり、グリフォニスバハムートの機体が軋みを上げる。しかし操縦席のワットは不敵に笑っていた。

「ああ、もう動く必要はねぇな。ここが一番ちょうどいい具合だ」

「……なんだって？」

「ようし王様よぉ、歯ァ食いしばれよ。こいつはちぃとばかり……激しいからよ！」

翼の鞭にギリギリと締め上げられながら、グリフォニスバハムートの両肩にある竜の顎門が強引に開いた。喉の奥に光が灯《とも》りゆくのを見て、カイセン王が初めて焦りを浮かべる。

「きさっ……⁉　やめろォ！」

アーダボネスメサイアの弓の翼には雷の矢がすでにつがえられている。カイセン王はとっさに全ての雷の矢を天へと放った。攻撃に先んじてグリフォニスバハムートへと雷の矢が降り注いでゆく。

「ヒヒッ！　ざっんねーん！　止めろと言われてもー？」

「フヒッ！　やめるわけないじゃーん！　べろば～！」

フェザースフィアが舞い上がる。あり得るはずがない凌駕魔力技の同時使用。グリフォニスバハムートの元となったバハムートドミニオンは出力に欠陥があり、凌駕魔力技を同時に使用できない──しかしそれは全力ならばの話である。

僅か二枚のみのフェザースフィアが、ドラゴンズロアだけを守っていた。余剰の魔力をほんの少しだけ融通した最小の防御。何本の雷の矢が身体を貫こうとも構うことなく。ロードグリフォンの頭部が、まったく視線を逸らすことなくアーダボネスメサイアを睨《にら》み据える。

「くらいやがれ」

ついに光は最高潮に達し、竜の顎門より凌駕魔力技『ドラゴンズロア』が放たれる。光の奔流がグリフォニスバハムートへと巻きついたままの翼の鞭へと激突する。鏡の破片にいくらかを反射されながらも、光は翼の鞭を呑み込み消し飛ばしながら伸びてゆく。

「く、くるなぁぁぁぁぁッ!!」

皮肉にも翼の鞭でつながっていたことでアーダボネスメサイアは逃げることすらできなかった。光の奔流は思うさま翼を貪りながら延び、とうとう王冠騎の本体へと到達する。それはちょうど王冠騎の両肩へと直撃した。両肩から翼へと食らいつき、瞬く間に消し飛ばす。

グリフォニスバハムートもまた限界を迎えていた。さんざん矢に打たれ、ついにフェザースフィアごとドラゴンズロアが破壊される。光は失われ、戒めから解放された巨体が煙を噴き上げ倒れていった。

そうして破壊の光が通り過ぎた後。そこには両腕と両翼をごっそりと失ったアーダボネスメサイアの胴体だけが立ち尽くしていた。それもやがて傾き、地に跪《ひざまず》いてゆく。戦いはやみ、静けさが訪れていた。

もうもうと立ち込めた土煙をかき分け、巨体が起き上がる。

――グリフォニスバハムート。全身くまなく矢に穿《うが》たれ、ドラゴンズロアも失われている。動かなくなった片腕を引きずり、しかしその芯は――ロードグリフォンは未だ折れていない。残る腕をぎこちなく動かし、足元から特大剣を拾い上げる。

「……貴様は……自分が、何をやっているか……わかっているのかい」

立ち尽くしたままのアーダボネスメサイアから、カイセン王の呻《うめ》きが聞こえてきた。

「ここで私を墜とせば……三頂至冠の一冠が墜ちることあれば……！　クヒッ、均衡は破られ！　バヒリカルドの地は戦乱の嵐に飲み込まれるのだよ！」

「そうだな……大変なことになるだろう……」

グリフォニスバハムートがよろよろとした動きで特大剣を構えた。カイセン王の言葉がいよいよ悲鳴じみてゆく。

「これのなにが平和か！　オグデン王国……お前たちこそバヒリカルドを滅ぼす悪魔となるのだ！」

「いいや。争いを起こさねぇ方法は、まだあるさ」

「……なんだと？」

不可解に引き攣《つ》れた表情を浮かべたカイセン王に、ワットが静かに告げる。

「斬ればいい。ゲッマハブもメナラゾホーツも。そうすりゃあ皆揃《そろ》って大人しくなるってもんだろ」

「まさか、正気でそれを言っているのか?」

「ああ、残念なことにな……それじゃあ、先に眠っててくれや」

残る力を振り絞ってグリフォニスバハムートが剣を一閃《いっせん》し――アーダボネスメサイアの頸《くび》を斬り飛ばした。

弧を描いて巨大な頭が飛ぶ。

その光景はなぜだか妙にゆっくりと見えて、戦場の誰もがはっきりと目にしていた。妙に軽い音を立てて首級《くび》が落ちる。

「お、王冠騎が……我らの王が……斃《たお》され……た?」

誰かが震える声で呟《つぶや》いた。それを引き金として、誰も彼もが現実を理解してゆく。王太子の機体は墜ちた。王冠騎までもが墜ちた。もはやアーダボンガ王国を率いることができる者は残っていない。

「終わりだ。貴様らの敗北だよ」

グリフォニスバハムートに乗ったワットに告げられ、兵士たちはがっくりと膝をついたのだった。

◆

戦いがやみ、動きのなくなった街中を進む部隊がある。それらは一様に同じ紋章を掲げていた。

すなわちオグデン王国貴族による鉄獣機部隊だ。

巨神同士の戦闘から逃れていた彼らは、決着がついたとみて舞い戻ってきた。半分以上が瓦礫の山と化した街を踏みしめ、佇《たたず》むグリフォニスバハムートのもとを目指す。

「なんともすさまじいありさまだな」

ケンタリオランナーから周囲を見回し、オットーが呟いた。ため息を漏らす以上のリアクションが難しい。機体を操るメディエがきょろきょろと首を巡らせた。

「それよりアンナはどこ⁉　大丈夫だよね？」

「間違いなくあそこだろう」

一行はグリフォニスバハムートの元までたどり着く。そこにはワットをはじめ、キャロームら近衛騎士たちの姿もあった。他国のものと思《おぼ》しき見知らぬ服を着た人物もいるがひとまず横に置く。

「アンナ！　大丈夫⁉」

アンナ・オグデンはぐったりした様子でワットに抱きかかえられていた。呼びかけても反応はない、まさかどこか怪我でもしたのかとメディエが顔を青ざめさせる。ワットは安心させるようにゆっくりと頷《うなず》いた。

「大丈夫、薬で寝かされてるだけだ。解毒剤も打ったし、そのうち目を覚ますはず。……そうだな？」

ワットが呼びかけた先には縄で縛られた二人組がいた。アーダボンガ王国国主カイセンと、その息子コールスだ。彼らは鉄獣機戦において敗れ去り、死ぬことなくこうして捕縛されたのである。

「ご安心を、嘘《うそ》偽りなどありませんよ。解毒剤があればこそ眠らせたのですからね。直に目を覚ますでしょう」

「貴様……陛下に……！」

キャロームが完全に据わった目つきでコールスを睨んでいる。実際に剣を抜きかけたが、周囲が慌てて止めに入った。

「三頂至冠の国主ともなれば、交渉材料として高い価値がある。死体にそんなものはないのだよ」

「……それが、陛下のためになるのであれば」

オットーの言葉にキャロームが渋々と剣を離した。

「いやぁ、負けてしまったねぇコールス。この敗北はどうやって埋め合わせたものかなぁ」

「後始末は彼らがしてくれるそうですよ。私たちは見物しておきましょう、父さん」

「なるほど。それはいい」

縛り上げられた二人はといえば捕まっているにもかかわらず暢気《のんき》におしゃべりをしているのだから、周囲は殺気立ってならない。三頂至冠の面《つら》の皮の厚さたるや、オットーなど思わず感心してしまったほどだ。

「少しは静かにしてくれるかい。俺たちはあんたらを殺すつもりはない……が、誰かの暴発までは止めきれねぇ」

ワットに言われ、ようやく二人は口を閉じた。ワットはしばし天を見上げ、それからアンナをメディエへと託した。

「それじゃ、悪いがちょっとアンナを頼むわ」

「えっ。いいけど師匠、まだ何かする気？」

「ああ。ちょいとばかり残った用事を片付けてくる」

そうして彼は立ち上がり、彼方を睨みつけた。地平に翻るモノがある。それはやがて誰の目にもはっきりと見えるまでに近づいてきた。

「あれは、ゲッマハブ古王国の紋章……」

その印を知らないものなど、この地にはいない。旗を掲げた軍勢がひたひたと押し寄せてくる。ゲッマハブ古王国軍の本体。その最前列を見覚えのある巨神が突き進んでいた。

「カカカッ！　愚か、愚か愚かァッ!!　アーダボンガめがァッ！　うぬらだけ甘い汁を吸おうとするから斯様《かよう》な目に遭うのじゃ！　ざまぁみよ！　それは全て儂《わし》のモノ！　儂だけが勝者となるのじゃあッヒッヒッヒッ!!」

王冠騎ゲッマハトブルク。先日受けた傷は既に修復されているらしく、両腕を振り回して元気に走っていた。

それだけでもこの上なく悪夢のような光景だというのに、試練はまだ終わってはいない。ゲッマハブ古王国軍とはまた別の方角から旗が上がったのが見える。当然のごとく、そこに描かれているのはメナラゾホーツ帝国の紋章であった。

「そりゃあ帝国も来るよなァ。皇帝陛下は実に容赦なくていらっしゃる」

ワットはグリフォニスバハムートに乗り込み、機体を目覚めさせる。近衛騎士たちも慌てて自らの機体へと駆けていた。オットーは望遠鏡をのぞき込み、口元を戦慄《わなな》かせている。

「三頭至冠がここに勢ぞろいするか……。至冠議会のためならばどれほどよかったことか」

嘆いたところで始まらない。アーダボンガ王国を撃破したのは他でもないオグデン王国なのだ。

誰もが慌ただしく動き始める中、レドとレダはかまわず二人で踊っていた。

「るらら～、もうしーらな～い」

「らりら～、なるようになーれ～」

ズン、グリフォニスバハムートが軋みを上げながら歩き出す。ドラゴンズロアを失い翼は折れ、飛ぶことすらできない状態で、しかし迷いなく。大地を揺るがすゲッマハブ古王国の大軍勢へと。一糸乱れぬ動きで迫るメナラゾホーツ帝国の精鋭へと。たった一騎で立ち向かってゆく。

「それじゃああとは……帳尻を合わせてくるとしようか」

その歩みに追いすがる機影があった。ロードグリフォン改が次々に駆けつけ、キャロームの声が問いかける。

「まさかまた私を置いていくつもり？」

「おいおい！　付き合いの良すぎる友人《ダチ》を持つのも考えものだな。こんな貧乏くじ、わざわざ引きに行くこたねーだろ」

「どうせ逃げられないんだもの。じっと待つのは性に合わないわ」

「ははっ、違いない」

さらに推進器の咆哮とともにジェットペガサスが飛んできた。グリフォニスバハムートの頭上で浮かびながらついてくる。

「兄弟子殿、及ばずながら加勢しよう」

「お前までもか！　ドオレ王国にゃ感謝してる、これ以上付き合うこともないだろ。兄貴についてなくていいのか？」

「ここでおめおめ帰ったところで、兄に怒られるだけだ。なぜ友を見捨てた？　とな」

「……そうかい」

すぐにワットは説得を諦めた。騎士が覚悟をもって列に並んだ以上、それ以上問うべき言葉などない。何より既に望遠を使わずともメナラゾホーツ帝国、ゲッマハブ古王国の紋章がはっきりと見える距離まで近づいている。逃げるにしたって手遅れだ。

「はぁ～、まったく父親やるのも楽じゃねぇな」

よっこいしょと特大剣を担ぎなおす。それだけで軋みが上がったが、全て無視した。

「でもやめるつもりなんてないんでしょ？」

「もちろんだ。それじゃあ皆、いっちょ派手にやったるかぁ！」

「応ッ!!」

グリフォニスバハムートを中心に近衛騎士たちが陣形を組む。上空をジェットペガサスが翔けぬけていった。

応じるように、ゲッマハトブルクが軍勢の中から飛び出してくる。

「うぬめぇ、なんじゃあ死に体ではないか！　そのような様で儂の道を遮ろうなどと、思い上がりも甚《はなは》だしいのぅ！」

「厳しいってなわかってるさ。だがここは意地でも譲れないんでね！」

ロードグリフォン改の陣形が二つに割れ、グリフォニスバハムートが駆け出す。既に半壊したこの機体でどこまで抗えるかもわからない。だが、やるしかないのだ。

片や覚悟とともに特大剣を構え、片や哄笑《こうしょう》とともに重装甲に包まれた拳を振り上げ。ついに巨神同士が激突する——その瞬間。ゲッマハトブルクの横っ面《よこつら》めがけて、月光の槍《やり》が叩き込まれたのである。

「うぬればっぴゃ⁉」

目の前の獲物しか目に入っていなかったゲッマハトブルクに避けることなどできず、直撃を受ける。しかしコイツは強固な装甲を備えた重装型、なんとか大破は免れ、しかし勢いよく地面に叩きつけられていた。

「おんのっ！　れぇ！　なんじゃ儂の邪魔をするかッ！」

グリフォニスバハムートが思わず足を止め、空を見上げた。そこに浮かぶ巨神が槍を投げた腕を収めている。

「帝冠騎『マグナス・メナラゾホルト』……シーザー帝まで突っ込んでくるかよ」

しかしマグナス・メナラゾホルトはグリフォニスバハムートの存在など完全に無視し、起き上がりかけたゲッマハトブルクの顔面を踏みしめるようにして天空より降り立っていた。

「またも儂を足蹴にしたじゃとぉ⁉」

「ククッ。これで耳の遠い貴様にもよく伝わるであろう。出てくる幕ではない、そこで大人しくしておれ」

マグナス・メナラゾホルトが足を振り上げ、力いっぱい踏みなおしたところでゲッマハトブルクが静かになった。

慌てたのがゲッマハブ古王国軍である。王冠騎が先行したと思えば倒され、踏みつけられているのだ。しかもそれを為した敵は帝冠騎。彼らが対応に迷っていると、その間に接近していた帝国軍が圧力をかけた。

「よい、そこまで」

マグナス・メナラゾホルトがさっと手を上げると、帝国軍がぴたりと動きを止めた。それは恐るべき完璧なる統制の下《もと》にある。

しかし、この絶好の機会に攻め手を止めたのはなぜか？　ありありと困惑を浮かべたワットが王冠騎と帝冠騎を忙しなく見比べていると、マグナス・メナラゾホルトが今度こそ彼へと振り向いた。

「そこの貴様、オグデンの騎士であるな」

「……ええその通りでございますよ、皇帝陛下」

「その声、なるほど貴様であろうな。フン、三頂至冠を相手にずいぶんな大立ち回りをしてみせる。大馬鹿者め、褒めてつかわそう」

「お褒めに与《あず》かったところで、実に申し訳ないんですがねぇ……」

ワットは意を決し、グリフォニスバハムートに剣を構えさせる。シーザー帝は己に向けられる巨大な刃を目を細めて眺めた。

「ほほう？　余に剣を向ける、その意味をわかってのことであろうな」

「存分に。しかし俺はオグデン王国の、アンナ陛下の筆頭騎士。争いを招く芽をすべて摘むのが、使命でしてね」

　ズタボロのグリフォニスバハムートではどれほどの勝ち目が残っているのかわからない。それでも、ワットに退くという選択肢はないのだ。

　マグナス・メナラゾホルトが首を動かし、大破寸前のオンボロ機体を頭のてっぺんからつま先まで確かめる。直後、我慢できないとばかりに破顔した。

「くく……フハハ！　その体たらくでよくぞ吠《ほ》える！　女王が女王なら騎士も騎士であるな！　ハハハハハ……!!」

　腹でも抱えているのか、マグナス・メナラゾホルトは棒立ちである。あまりに大笑いされるものだから、さすがのワットもちょっと気まずくなってきた。

　そうして大笑いと困惑が漂う混沌《こんとん》のただなかに、さらに馬蹄《ばてい》の響きが重なった。後方から現れたケンタリオランナーが戦場のど真ん中へと駆け込んでくる。操縦席を開いて現れた少女の姿を見て、ワットがなんともつかない呻きを上げた。

「遅くなって申し訳ございません……皆さま」

　少女――アンナ・オグデンはそう告げ、真っ先にボロボロのグリフォニスバハムートを見上げた。

「お父様……！　私をのけ者にして戦場に向かうなんて……ひどいではありませんか」

「ええっ、いやいや！　アンナさん薬で眠らされてたんだから、仕方なくね！　そもそも女王陛下を連れてくような戦場じゃあないって」

片がつくまで眠っていてほしかったとは、さすがのワットも言えはしない。

「ですが、決着には間に合ったようですね」

そうしてアンナは振り返り、彼女たちを興味深げに眺めていたマグナス・メナラゾホルトと向き合った。

「お待たせいたしました、シーザー皇帝陛下。この戦いの勝者について……どうか、お話を聞いていただきたく」

「フン、勝者など明らかである。それは我がメナラゾホーツ帝国に他ならぬ。見よ！　愚か者どもは雁首《がんくび》揃えて我が足元にひれ伏した！」

マグナス・メナラゾホルトに踏みつけられたままのゲッマハトブルク。そして老王を人質に取られた古王国軍は動くことができないでいる。アーダボネスメサイアは既に大破し首まで失った。王国軍はといえば士気が低く、未だ混乱状態のただなかにある。オグデン王国はそもそも規模的に論外、しかも激戦を潜り抜けたばかりで疲弊の極みにある。この場で唯一、無傷である帝国軍の一人勝ちとなるのは誰の目にも明らかなのだ。

シーザー帝を、マグナス・メナラゾホルトを止められる者はこの地におらず。

アンナがぎゅっと両手を握りしめる。諦めず顔を上げたその時、マグナス・メナラゾホルトとばっちり目が合った。

「本来ならば我が帝国がこのまま全てを平らげて然るべき！　……で、あるが。まったく惜しいかな。余はそこなアンナ・オグデンに……借りがある」

「ふえ？」

帝冠騎のゴツい指先を突きつけられて、アンナが困惑もあらわにのけぞった。

「皇帝たる余が借りたままというのは実に、実に気に食わん。故に！　貴様の戯言《ざれごと》に……ただ一度だけ手を貸してやろう」

マグナス・メナラゾホルトが操縦席を開いた。シーザー帝が生身を晒《さら》し、アンナをひたと見つめて。

「さぁ宣言するがいい……『至冠議会《コローナセナートゥス》』の開催を！　この場はそのためにこそあるのであろう？　それに、クク。たまには青空の下で開くというのも、おつなものであろうからな!!」

もはやどこがエンペリモ中央議会堂だったかすらわからない廃墟《はいきょ》を見回し、心底愉快げに宣《のたま》ったのであった。

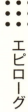

エピローグ　陽が落ちる刻に

見上げれば抜けるような青空が広がり、陽気をかき消す寒々しい風が吹き抜けてゆく。

ヤンタギオの街は多数の鉄獣機《マシンスティール》が入り乱れて激戦を繰り広げた結果、見事なまでに壊滅していた。

そこかしこに破壊の爪痕が刻まれており、特にエンペリモ中央議会堂付近の被害が著しい。国を代表する壮麗さを誇った建築物も今やただの瓦礫《がれき》の山でしかなく、もはやそれは会議場としての機能を果たしえなかった。

だというのに、わざわざそんな瓦礫の山の上に集まる者たちがいる。

「フン！　なかなか見晴らしがよくなったではないか」

一人は三頂至冠が一冠、メナラゾホーツ帝国の皇帝シーザー。彼は周囲の瓦礫を見回すたび、なぜだか子供のように楽しげにケラケラと笑っていた。

「儂《わし》を地べたに座らせようなどと！　小僧っこどもめ、老人に対する敬意に欠けておるぞ！」

一人は三頂至冠が一冠、ゲッマハブ古王国の国王スラトマー。瓦礫のひとつに腰かけているものの、老いた身体《からだ》には優しくないらしく盛んに文句を垂れていた。

「ああ、嫌になるなぁ。もう帰っていいかい？　あとは二人で片づけておいてくれたまえよ」

一人は三頂至冠が一冠、アーダボンガ王国の国王カイセン。彼はもはやどうでもなんでも良さそうな様子で、大きめの瓦礫の上にだらしなく寝っ転がっていた。

斯様《かよう》な有様でありながら、これから開かれるのは確かに至冠議会《コローナセナートゥス》なのである。

もはや円卓など跡形もなく、どころか座席のひとつすらなく参加者だってまともに揃《そろ》っていない。

ただ、三頂至冠の三冠だけは全て集まっているのだ。煌《きら》びやかさも賑《にぎ》わいも皆無でありながら、今後のバヒリカルドの命運を決する重要な話し合いがこれから開かれようとしている。

当然のように、本議会において議事進行の役を負っていたエンペリモ国王の姿もない。戦いに巻き込まれたのか、単に逃げ出したのか。その場にいる者たちにとってもはやどうでもよいことだった。

代わりに一人の少女がその場に立つ。オグデン王国の女王、アンナ・オグデンである。彼女の背後にはやはりオグデン王国筆頭騎士、ワット・シアーズの姿もあった。

「……エンペリモ王の姿が見当たらず。よって僭越《せんえつ》ながら、私が進行役を務めさせていただきます」

カイセン王が苦笑とともに視線を明後日の方向へと逸らし、老王スラトマーは火の出そうな視線を注いでいた。負け犬たちの様子をシーザー帝だけが愉《たの》しげに眺めている。彼はここに酒があれば完璧なのだがな、などとどうでもいいことを考えていた。今なら酒の肴《さかな》にだけは困ることはない。

「うぬら、腰が痛《いと》うて痛うて。斯様な場所にとどめ置かれる理由などない、儂は帰るぞ」

「そうはゆかぬな、年寄りめ。貴様のしでかしたことだ、逃がしはせぬぞ」

シーザー帝に睨《にら》みつけられ、老王スラトマーは額に青筋を浮かべるながらゆっくりと腰掛けなおした。まったく憤懣《ふんまん》やるかたないが、皇帝の背後に佇《たたず》む帝冠騎『マグナス・メナラゾホルト』の威容が、老王から逃げるという選択肢を奪い去ってゆく。

「剣呑《けんのん》だねぇ。もっと穏やかにすすめようじゃないか」

「どの口で言うか、紛《まが》い物《もの》めが。貴様、普段から平和だのなんだのとぬかしおって、挙句の果てがこの所業とはな」

寝っ転がっていたカイセン王がよっこいしょと起き上がった。

「そういうシーザー殿こそ、ずいぶん似つかわしくない真似をしているじゃあないか。君に限ってまさか平和に目覚めたなどと、面白くもない冗談は言わないだろう？」

「覚えの悪い頭をしているな。余の考えは先ほど言った通り、ただ借りを清算したに過ぎぬ」

「いいや、おかしいね。普段のシーザー殿ならば借りなどと踏み倒して当然。律儀に返そうとしていること自体が不可解だよ」

「……何が言いたい」

じろりと睨むシーザー帝に、カイセン王も負けじと睨み返す。

「思い返せば不自然だったよ。婚約騒動を言い出しておきながらあっさりと撤回、かと思えば盾突かれても笑って許す……。なんともシーザー殿らしくない贔屓《ひいき》だ」

「ほっほ！　そうじゃそうじゃ。うぬら、揃って儂を謀《たばか》りおったんじゃろう！　なんと恥知らずな輩《やから》じゃ！」

「いやぁ舐《な》められたお返しはしないとね。シーザー殿、いくら手負いとはいえ……二冠を相手に勝てるつもりかな」

ここぞとばかりに息を吹き返す老王スラトマーとカイセン王を鬱陶しそうに睨みつけて、シーザー帝はややおいてからため息を漏らした。

「よかろう、愚か者どもが。我が帝国に挑むというならば、こちらにも否やはなし」

老王スラトマーが、カイセン王が身を乗り出す。別に彼ら同士が仲良しこよしなどということは一切ないが、状況的にまずは目障りな帝国を排除するほうが先決である。いきり立つ二冠を相手に、シーザー帝はごく当然のように隣へと声をかけた。

「と、いうことであるが……どうだ、オグデンの女王よ。これより不埒者《ふらちもの》に罰を与える。貴様もひと口乗らぬか？　なにせこ奴らが言い出してきたことであるからな」

すっ――と老王スラトマーとカイセン王が引いた。アンナは最初のひと言以来ずっと口を挟まず、静かにたたずんでいた。

「……まず。私どもからシーザー様に何かをお願いしたことはありません。全ては皇帝陛下ご自身の判断です。その上で……」

彼女は決然と顔を上げ、三冠を見回す。

「もしも争いを止めるつもりがないというのであれば。これ以上、バヒリカルドの地に戦乱を呼ぶというのであれば……我が国は抵抗いたします。そのために、シーザー様へと微力をお貸しいたしましょう」

「お任せくださいや、陛下。たとえ剣が折れようと、必ずやこいつらをシバき倒して見せますんで」

アンナの後ろに立つワットが殊更に厳めしく周囲を睨みつける。

老王スラトマーとカイセン王の表情が、これ以上ないほど渋みを増した。彼らは既に知っている。

このオグデン王国筆頭騎士がどれほどに厄介で、脅威で、諦めることを全く知らないのだと。

三冠全てが黙り込む。シーザー帝、老王スラトマー、カイセン王、それぞれの心中では損得感情織り交ぜた複雑怪奇な計算が弾かれていた。結果が出るまでにかかった時間は、それほど長くない。

「……と、思うたが、気が変わった。ほっほっ。年寄りは大事にするものぞ」

「いやぁ。思っていたのと違う展開かなぁ。本当、平和は一日にしてならずだねぇ、今一度見つめなおしてみようかなぁはっはっは」

二冠が、屈した。

相手がメナラゾホーツ帝国だけであれば、二冠で攻めかかればなんとかなるだろう。しかしオグデン王国が帝国の味方につくとなれば話は変わってくる。以前までであれば多少規模が大きかろうが外様《とざま》は外様、歯牙にもかけなかったところであるが。なにせ二冠ともにオグデン王国に手を出して痛い目にあったばかりなのである。いかに傲慢そのものといえる二冠であろうと、これを過小評価することなどできなかった。

そのような考え、シーザー帝には手に取るようにわかるのである。

「フン。己が分際を弁《わきま》えず調子に乗るから痛い目を見るのだ。……む？　そうではないかオグデンの女王よ。貴国はここな者たちから無体な扱いを受けたのであるな」

言いながら、シーザー帝の表情が笑みの形に歪《ゆが》んでいった。目だけがらんらんと輝く、それは獲物を見つけた肉食獣の笑みだ。もうすでに老王スラトマーとカイセン王は逃げ出したい気分でいっぱいだった。

「はい、そうですね。そもそもゲッマハブ古王国とは賠償交渉を行う手筈《てはず》になっており……あ！　そうでした。失礼しましたシーザー様。直後にゴタゴタがありご返答をうかがっておりませんでしたが……賠償交渉の席にはシーザー様にも、ご参加いただきたく」

果たしてアンナはにこやかな笑顔とともにシーザー帝の言葉を肯定していた。どうして今そんなことを蒸し返すのか！　と老王スラトマーは叫びそうになりつつ、シーザー帝に睨みつけられてむっすりと口を閉じる。

「クク、そこにアーダボンガめも加わるわけであるなぁ。壮観ではないか？　ならばどうだ、オグデンの女王よ。ここはひとつ賠償金の取り立てを、余に依頼してみぬか」

「げぇっ……う、うぬめ止めい、それだけはやめよ……！」

「お、おっそろしいことを言い出してくれるね……！」

老王スラトマーとカイセン王が揃って震える。しかし悲しいかな、二冠にこれを止める術は何ひとつない。正論建前脅しも含めて、帝国にもオグデン王国にも通じはしないのだから。

「こ奴らは腐っても三頂至冠よ。賠償せよといったところでのらりくらり、しぶとく立ち回るであろうな。そこに余が力を貸すことで、滑らかに進めてくれよう。なあに、そもそも余とてアーテホスめの失態を賠償せねばならぬことだしな。もののついでというやつだ、気にすることはないぞ」

もののついでなんぞでメナラゾホーツ帝国に責められてたまるか、とは二冠の正直な思いである。恐ろしく風向きが悪い。激烈な腹痛に襲われたかのような顔色で二冠が視線を逸らし。逸らした先では、アンナが今までで一番に可憐《かれん》な笑みを浮かべていた。

「それは名案ですね。シーザー様のお力をお借りできるならば、これほど心強いこともございません」

「良かろう。これで大義は我にあり、というわけだ」

シーザー帝の表情がこれ以上なく上機嫌に歪む。もう少しで祝いの酒をもてい、と言い出しそうなほどだ。対する敗者どもは言葉もなく、ただただがっくりと首をうなだれたのだった。

◆

かくしてバヒリカルドの地に立ち込めた戦乱の機運は流れ去っていった。

老王スラトマーとカイセン王は背負わされた賠償と、なによりシーザー帝の取り立てに頭を抱えながら逃げるようにその場を去ってゆく。

「此度《こたび》の至冠議会は閉会であるな。これ以上話すこともあるまい。なにより、青空はもう飽きた」

シーザー帝は堂々と立ち上がり。その前にアンナとワットが深々と頭を下げていた。

「先ほどはありがとうございました。シーザー様が味方をしてくださったおかげで、これ以上争いを広げずに済みました」

実際、危ういところであったのだ。手負いとはいえ三頂至冠の二冠が抵抗を選べば、オグデン王国には戦い抜く以外の選択肢がなかったのだから。そうなればバヒリカルドの地は激しい戦乱の嵐に見舞われることになっただろう。それはアンナたちの望むところではない。

「何度も言わせるな、余は借りを帳消しにしたまで。斯様なことが二度あると思うでないぞ」

釘《くぎ》を刺すシーザー帝へとアンナは頷《うなず》き返す。それを見てシーザー帝は満足げに歩き出して、しばらく進んでからふと振り返った。

「最後までその意地に命を懸けた貴国の勇気、大義であった。しかし心せよ。この先、貴様らがつまらない国に成り下がったら……次は我が帝国が全てを平らげるとな。努々《ゆめゆめ》忘れるでないぞ！」

シーザー帝は呵々大笑《かかたいしょう》、二度と振り向くことなく去ってゆく。その背に向けてアンナとワットはもう一度深々と頭を下げたのであった。


兵《つわもの》どもが夢の跡。ヤンタギオの街に残る者はいない。

三頂至冠はそれぞれの出血を乗り越え、いずれ再び駆け引きを始めることであろう。エンペリモ王国とて破壊された街を再建し、また各国を招くことになるだろう。しかしそれが為されるのは、これからずいぶんと未来の話になる。

「それじゃあ、俺たちも戻るとするか」

アンナはしばらく瓦礫の広がる街並みを眺めていたが、やがてワットに呼ばれて振り返った。

「……はい。お父様、私たちは大きな争いを止めることはできました。ですがそれでも……全ての悲しみを防ぐことはできないのです」

「そうだな。鉄獣機に乗ろうが、それが神獣級だろうが争いの全てを収めることなんてできはしない。力を持ち出すほど、相手も同じ力で立ち向かってくるもんだ」

ワットはぽりぽりと額を掻《か》いて。それからアンナを安心させるように、にぃっと笑った。

「だが諦めはしないだろう？　争いを起こすのはいつだって人の意思。だからこちらもそれを止める意思を持ち続けるのさ」

「……はい！」

破壊の跡をもう一度目に焼きつけて、アンナは歩き出す。そうしたところで背後から声がかかった。

「もう行かれるのですか、アンナ陛下」

弾《はじ》かれるように振り返れば、そこにはさわやかな笑みを浮かべた青年の姿がある。コールス・アーダボンガ――彼を前にした瞬間アンナがじりっと後退《あとずさ》り、ワットが庇《かば》うように前に出た。剣の柄《つか》には既に手がかかっている。コールスは素早く両手を上げてみせた。

「ご心配なく。まさかこれ以上、あなたたちを害するつもりはありません。私たちの間には色々なことがありましたが……せめて別れの挨拶はしたいと思っただけなのですから」

小首を傾《かし》げて告げる彼に、しかしアンナは警戒もあらわに答えた。

「それ以上、近寄らないでください」

「ええ、ええ。心得ていますよ。この場所からでも、言葉を交わすには十分です」

その様子を確かめながら、ワットは険しい表情の下で考える。

（……もう少し近づいてくれたほうが、斬りやすいんだがな）

それを知ってか知らずかコールスは両手を上げ笑みを浮かべたまま、それ以上近づく様子はない。

（それにしてもコイツ。あれだけやらかしておきながら挨拶だと？　頭おっかしいんじゃねぇか⁉）

その身を攫《さら》い、薬まで用いた相手に笑顔で接し、別れの挨拶に来ているのである。図太い神経をしているというよりもはや、思考そのものが異なっているとしか思えない。

「私はこれでも反省しているのですよ、今回は性急すぎたと。もっとじっくりと手順を踏んで進めるべきでした」

（よし、やっぱりコイツは斬っておくか）

この世には、許してはいけない悪というものがあるのだ。まさにかつて師を斬った時のように。

ワットの剣呑な視線を敏感に感じ取り、コールスはすうっと後ろへ下がって。

「おい、コールス・アーダボンガ」

突然、背後から声がかかる。思わず振り向いたコールスの頬に鉄拳が突き刺さった。拳の主であるソナタ・ドオレが咆《ほ》える。

「貴様への別れの挨拶なぞ、これで十分だ！」

殴り飛ばされたコールスの身体が宙を舞う。ワットにはその光景が、妙にゆっくりと見えていた。

コールスが自分の方に飛んでくる――そう気づいた瞬間、彼は反射的に膝を撓《たわ》め身を沈めていた。

そのまま勢い良く伸び上がり。ちょうどそこにあったコールスへと、渾身《こんしん》のアッパーカットを叩《たた》き込む。

「げぎゅっ」

カエルが潰れたような音を漏らし、コールスの飛ぶ向きが変わった。彼はぐるりと縦回転すると、そのままべしゃりと地面へと叩きつけられ、這《は》いつくばる。

「………ごっ、ご挨拶……でっ、すね……滅剣……殿」

それなりに鍛えているからか、ボコボコになりながらもコールスは起き上がってきた。ふらつく頭を振ってなんとか顔を上げた先、彼の眼前には小柄な人影が立っていた。それがアンナであると気づいた瞬間、コールスは腫れ上がった顔に精いっぱいの笑みのようなものを浮かべる。

「こ、これ……これは、陛下……ご機嫌うるわじびぇッ⁉」

口を開きかけたそこに、アンナが渾身のビンタを叩き込んでいた。乾いた音を響かせて掌が振り抜かれ、コールスはさらにぐるんと一回転すると。ついに床に伸びたのだった。

アンナはふぅとひと息ついて、倒れ伏して痙攣《けいれん》しているコールスを見下ろす。

「あなたは最低な人です。ですが……これ以上、直接の報復はいたしません。国同士の感情は……あくまで交渉によって解決するものですから。それでは、ごきげんよう」

ひと息に告げると、アンナはさっさと踵《きびす》を返していた。その背後ではコールスが呻《うめ》きながら転がり、腫れ上がった頬を撫《な》でさすっている。

「……やはり貴女は……お強い方だ。逃してしまったのは……つくづく残念……ですよ」

「まだ言うかこの野郎……！」

気色ばむワットたちへ向けて、コールスはもう起き上がる気力もなく、だらりと両手だけを上げてみせた。

「誓って、これ以上は何もいたしませんとも。……フフ、フられた男は余計な足掻《あが》きをしないのが……世のマナーというものですからね……」

何がそんなに楽しいのか、コールスは低い笑いを漏らし続けている。アンナはもう答えることもなく足早にその場を去っていった。ワットがその後に続く。皆の後を追いながらソナタは疑問の残る表情で首を傾げた。

「あれは本当に反省していると思うか？　兄弟子殿、やはり止《とど》めを刺しておくべきでは」

「アンナがあれでいいつったから終わりだ。それでいいんだよ」

ちらと振り返れば、コールスは愛おし気に腫れた頬を撫でていた。あれがバヒリカルドに冠たる三頂至冠、アーダボンガ王国の王太子の姿だろうか。なんだか怖くなったソナタはさっと視線を逸らし、忘れることにしたのだった。

「そんなことよりだ、アンナ陛下。兄上から別れの挨拶を申したいと言付かっております」

「オウヴェル様から。はい、喜んでまいります！」

目的を告げたソナタに、アンナは今度こそ屈託のない笑みを浮かべたのだった。

ソナタに案内されて向かった先で、ドオレ王国国王オウヴェルは待っていた。

「その様子からして、至冠議会は無事に終わったというところかな」

「はい。シーザー様のお力添えを得て、争いを大きくすることなく終えることができました」

オウヴェル王はひとつ頷き、やがて吐息とともに笑みを浮かべた。

「私の目に狂いはなかった。やはりあなたは尊敬に値する女王だったよ」

「私など……。皆の助けあったればこそです」

そうしてオウヴェル王は改まって頭を下げた。

「それから、貴国の働きに感謝しないといけないことがある。今回の事件で傷を負ったことで、アーダボンガ王国めの動きが鈍っている。周囲への圧力も随分と減るだろう。しばらくは我がドオレ王国も安泰だ」

それが先々まで安全を保証するものではないとしても、オウヴェル王であればこの時間を最大限に生かして上手く立ち回ることだろう。それからオウヴェル王はすっと手を差し出した。

「あなたとの出会いは、このつまらない至冠議会の中で何物にも代えがたい価値があった」

「私も。オウヴェル様から先達として教えをいただき、大変心強くありました。この地で様々な国との交流を持てたのはそのおかげです」

アンナと固く握手を交わし、それからオウヴェル王はワットの前に立つ。

「筆頭騎士殿……これから時折、うちの愚弟が世話になるかもしれない。頼めるだろうか」

ワットは胸を叩いて請け負った。

「心得ております陛下。ご安心ください。兄弟子として、しっかりと仕上げておきますので」

「それはまったく心強いことだな」

莞爾《かんじ》と笑い、別れの挨拶を告げる。ソナタがなんども手を振りなおす中、ドオレ王国一行は国許へと帰っていった。


ワットは長い、長いため息を漏らす。

争いを収め友邦《とも》を見送り、これでもうこの地でやるべきことは残っていない。

「本当に色々あったが……俺たちも故郷《くに》に帰るとするか！」

「はい！」

長かった至冠議会もようやく終わりを告げる。


それからしばらく経った後日のこと。シーザー帝を交えての賠償交渉が始まり、皇帝は約束を違《たが》えることなくきっちりと賠償金の取り立てまでを行った。

ゲッマハブ古王国とアーダボンガ王国へとたっぷり圧力をかけながら搾り取るのは、それはもういたく皇帝陛下の気に入ったと見え。あれほど楽しそうにしている皇帝陛下は早々お目にかかることはない、とは配下の者たちの言である。

かくしてオグデン王国へと急に、目玉が飛び出そうなほど高額の賠償金が届けられることになった。一連の事件の中でオグデン王国も浅からぬ傷を負ったとはいえ、それを補って余りある金額なのである。それこそバハムートドミニオンとロードグリフォンを再建しても全く目減りしていないほどに。王国に、にわかな賠償金景気がもたらされたのは言うまでもない。

それからアンナはこの資金をもとに働きかけ、オグデン王国とドオレ王国との間に正式な同盟関係を結ぶことに成功した。バヒリカルドの地において三頂至冠に次ぐと言われた国同士の同盟である、その規模は冠にも引けを取らないものとなり、第四の巨大勢力として一気に檜舞台《ひのきぶたい》へと飛び出したのである。

加えて、アンナ女王にもオウヴェル王にも三頂至冠のごとく周囲を侵略する意図はなく。彼らはむしろ、この同盟はまつろわぬ小国たちの盾となるべく在《あ》ると宣言し。実際にそのように動いた。オグデン＝ドオレ同盟の存在は三頂至冠の身勝手に頭を悩ませていた状況を大きく揺るがしてゆく。バヒリカルドの地に、新たな均衡が生まれようとしていた——。

◆

至冠議会を経て、オグデン王国に何か変化があったかといえばそれほどでもない。

国許《くにもと》へと帰ったアンナたちを待っていたのは、これまで通りの日常だった。アンナがたまった執務を片付けていると、新たな書類を片手にオットーが相談に来る。メディエは報告がてらしょっちゅう遊びに来るし、時には寝坊助の改まりきらないワットを起こしに行ったりする。

ちょっとした変化といえば、レドとレダの双子がしばしば執務室に遊びに来るようになったことだろうか。いや、来ても仕事の邪魔なのは確かなのだが、それでも陰謀まがいの悪戯《いたずら》を仕掛けられるよりずっとマシである。その変化は双子に曰《いわ》く。

「姉上の悪戯はまだまだヌルいからねー！　僕たちがやり方ってものを教えてあげるよ！」

ということらしい。ワットあたりは渋い顔をしていたが、当のアンナは家族との仲を深められたと喜んでいたため黙認されることになった。

最も大きな変化はといえば、ソナタ・ドオレがオグデン王国を訪れるようになったことである。ジェットペガサスの機動力にものを言わせて飛んできては、ワットに手合わせを所望してくるようになっていた。おかげでのんびり寝こけているわけにもいかなくなり、ワットはちょっと不満げだった。

「鉄獣機で飛んでくるかよ。消費する魔石だって安かないだろうに、よくやるよ」

「その程度、兄弟子殿と立ち会えると思えば安いものだ」

近隣の敵国であるアーダボンガ王国の動きが鈍くなったことで、ドオレ王国は国内への投資が活発化し景気が上向いているとのこと。もちろん例の賠償金からも補助を出している。

「兄弟子殿、今日こそ俺が勝たせてもらう。そして免許皆伝と認めていただこう！」

ワットのぼやきをさらりと流して、ソナタはいそいそと訓練用の剣を取ってくるとワットに投げ渡した。

「懲りねぇなぁ弟弟子。いいぜ、いっちょ揉《も》んでやる！」

ワットは受け取った剣を一度振ってなじませると、口元に笑みを浮かべながら構える。そうして気合の声とともに彼らの勝負が始まるのだった。

中庭で繰り広げられる稽古模様を見つめる視線がある。

「うう～らやま～!!　師匠にいっぱい稽古つけてもらえるなんて～！」

メディエさんが、今日も執務室の窓辺に噛《か》みつきながら唸《うな》っていた。歯形が残るのでやめてほしい。

ソナタが来た日はいつもこうなのである。アンナは仕事を片付けながら困り顔で聞いてみた。

「そんなに羨ましいのでしたら、メディエさんも参加してくればよろしいのでは」

「でもさ～ソナタ君ってさぁ！　師匠の弟弟子だから師匠の弟子である僕より格上なんだよね。だから口出しできないの～！」

なかなか複雑なものがあるらしい。アンナはさっさと仕事を片付けると、人を呼んでお茶の用意を始める。メディエと一緒に二人の戦いを眺めて微笑んだ。

「お父様、とても楽しそうですね」

「そうなんだよね～！　それがまたうらや～ま～！」

そうしてアンナは、気晴らしにお茶菓子をドカ食いし始めたメディエを宥《なだ》めにかかるのだった。


「……くそう！　まだ及ばなかったか！」

何合もの打ち合いの末にソナタの剣を弾《はじ》き飛ばし、軍配はワットに上がった。荒い呼吸を落ち着けながら、ワットは涼しい顔を取り繕う。

「狙いがよくなってきてるぜ、弟弟子。訓練は続けてるようだな」

今回はまだ兄弟子の威厳を見せつけることができた。しかし内心では冷や汗ものである。

（そろそろヤバくなってきたかも……）

かの戦いによって殻を脱ぎ捨てたソナタはどんどんと成長している。ワットはあとどれくらい勝ち越していられるだろうか。

（いずれ負けるとしても、もう少し鍛えてやってからだな。それまで俺も気ぃ引き締めねぇと……！）

実を言えばソナタがいない間に、ワットもまた己を鍛えなおしている。なかなか若い時のようにはいかないが、やらないよりはいくらもマシだ。

（それに、王国筆頭騎士が弱くちゃあ格好つかないからな）

これからも王国筆頭騎士として女王アンナを護ってゆかねばならない。それが永遠ではないとしても、少なくとも――今度こそちゃんとした結婚相手が現れるのを見届けるまでは、筆頭騎士であり続ける覚悟である。

「おっさんも、まだまだ頑張るからな！」

目の前にある、当たり前に過ごす平穏のありがたみをしみじみと噛みしめながら、王国筆頭騎士は今日も剣を振る。父として騎士として、その決意を新たにしてゆくのだった。

あとがき

はじめまして、あるいはご無沙汰しております。天酒之瓢《あまざけのひさご》と申します。

一巻に続いてお読みいただけた方も、唐突に二巻から読み始めた方も。まずはこの本をお手に取っていただき誠にありがとうございます。

お蔭様《かげさま》でこのように二巻をお届けすることができました。読者の皆様には篤くお礼申し上げます。

さて、一巻において劇的な出会いを果たした主人公ワットとその娘、アンナ。彼らの物語が続くにあたり、その先にどのような試練が待ち受けているものか。そう考えたときに、まず浮かんだのが『娘の結婚』でありました。ある種定番ではありますが、出会ったばかりの父と娘が向き合うには唐突で大きな事件です。それだけに面白いことになるだろうと。

次に重要であるのがアンナの相手です。我らがヒロインに対し有象無象ではふさわしくありません。そういった次第で、三つの超大国とそれら全てから求婚されるアンナという大枠がまっさきに出来上がりました。もちろん余念なく、簡単に選ぶことの出来ない状況に仕立てておきました。

しかし真の苦労はここからでした。この特殊な舞台設定を不足なく説明し、肝心の事件を起こし、なおかつ周辺も含めて六ヵ国くらい一気に増えたため爆増した登場人物を動かして物語を紡がねばなりません。なぜ書き始める前にその困難さに思い至らなかったのか？　不思議でなりません。もちろんのこと、書けば書くほどになおさらに登場メカも増えてゆくわけです。

かくして止めどなく増えるページと脂汗混じりでにらめっこしながらの製作となり。なんとか捏《こ》ね合わせて二巻の完成と相成りました。お楽しみいただければ幸いです。

今回もみことあけみ先生に素晴らしいデザインを仕上げていただきました。その中でも目玉とも言うべき、新型機であるジェットペガサスなのですが。確かにロードグリフォンと互角の機体として設定したものの……実は当初は変形する予定はありませんでした。ところがいざデザインが上がってきたら、そこには素敵な変形後の姿までもが描かれていたのです！　その場で本編中でも変形することにしました。結果的に象徴的なシーンに仕上がり良かったと思います。

末筆ながら、本作を刊行するにあたりお力添えをいただきました編集部の方々、担当編集のＦ様に深くお礼申し上げます。

今回はスケジュール的に数多くのご迷惑をおかけしてしまい、大変、大変申し訳ありませんでした。伏してお詫《わ》び、そしてお礼申し上げます。

それでは皆様、よろしくお願いいたします。

DRE NOVELS

隠居暮らしのおっさん、女王陛下の剣となる 2
～王国筆頭騎士は結婚を迫られる娘を守り抜く～

2025 年 5 月 10 日　初版第一刷発行

著者　天酒之瓢
発行者　宮崎誠司
発行所　株式会社ドリコム
〒 141-6019　東京都品川区大崎 2 -1-1
TEL　050-3101-9968
発売元　株式会社星雲社（共同出版社・流通責任出版社）
〒 112-0005　東京都文京区水道 1-3-30
TEL　03-3868-3275
担当編集　藤原大樹
装丁　AFTERGLOW
印刷所　中央精版印刷株式会社

Printed in Japan
ISBN978-4-434-35727-5

ファンレター、作品のご感想をお待ちしております。
右の二次元コードから専用フォームにアクセスし、作品と宛先を入力の上、コメントをお寄せ下さい。
※アクセスの際に発生する通信費等はご負担ください。

元最強暗殺者は田舎でひっそり神父になる
～大出世した教え子たちに慕われるおっさんが暗躍する話～

ケンノジ
［イラスト］玲汰

かつて王国の陰と恐れられた伝説の暗殺者ザックは、いまでは身寄りのない子供たちを預かり田舎の教会で静かに暮らすおっさん神父。教え子たちには心技体すべてを教え、そのおかげか卒業した子たちは大物に……ただしザックに自覚はないが。そんな彼の元に、巣立ったはずの教え子〝王国最年少騎士団長〟エミリアが訪れる。久々ながらも、なぜか浮かない表情をする彼女に、重大な悩みを抱えていると深読みしたザックは密かに解決すべく動き出す。

最強の教え子たちの裏でひっそり難問を解決――チート級おっさん暗躍ファンタジー。

DRE NOVELS

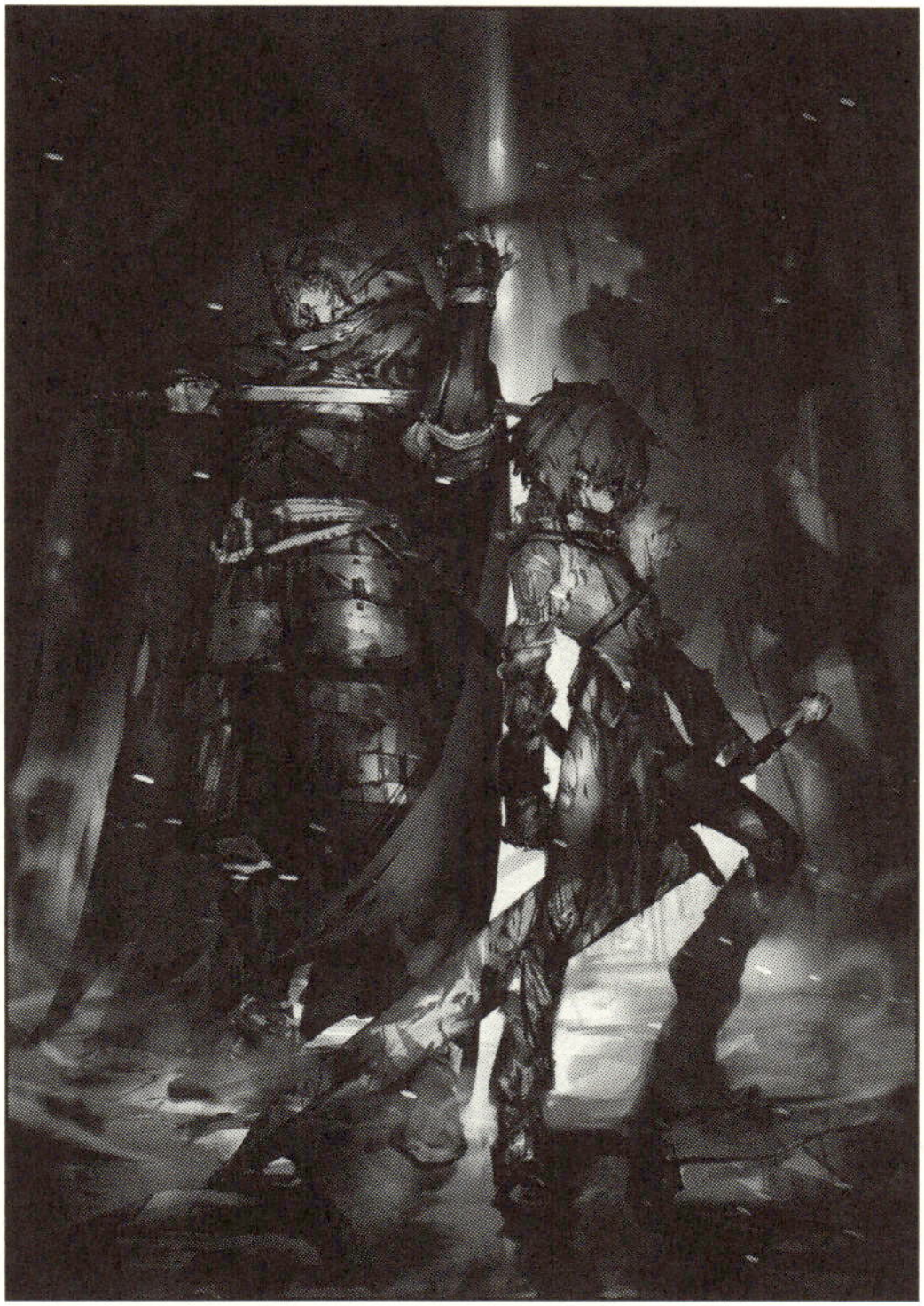

ブレイド&バスタード
―灰は暖かく、迷宮は仄暗い―

蝸牛くも
[イラスト] so-bin

――冒険の果てに、いつか魂さえ失うとしたら?

「その時は、次の冒険者が上手くやるさ」

誰も足を踏み入れたことのない《迷宮》の奥で発見された、あるはずのない冒険者の死体――蘇生されたものの記憶を失った男イアルマスは、単独で《迷宮》に潜っては冒険者の死体を回収する日々を送っていた。《蘇生》が成功しようが失敗して灰となろうが、頓着せず対価を求める姿を蔑みつつも一目置く冒険者たち。そんな彼の灰塗れの日常は、壊滅した徒党の唯一の生き残り「残飯」と呼ばれる少女剣士との出会いを機に動き始める! 蝸牛くも×so-binが贈るダークファンタジー登場!!

DRE NOVELS